mtb

Zum Buch:

In St. Peter-Ording hat es Ellen sehr gut getroffen: Liebeskummer ade und Ruhe zum Schreiben ihres neuen Romans. In Martina, der netten Teeladenbesitzerin, findet sie sogar eine neue Freundin bei gemütlichen Teenachmittagen und Rotweinabenden. Der mysteriöse Mann, mit dem sie über den toten Briefkasten in den Dünen Briefe austauscht, scheint sie durch und durch zu verstehen. Schritt für Schritt nimmt ihr Roman endlich Gestalt an, denn das Leben scheint immer noch die besten Geschichten zu schreiben. Doch sie ahnt nicht, dass sie damit einen Menschen, der ihr sehr am Herzen liegt, zu verletzen droht.

Zur Autorin:

Tanja Janz wollte schon als Kind Bücher schreiben und malte ihre ersten Geschichten auf ein Blatt Papier. Heute ist sie Schriftstellerin und lebt mit ihrer Familie und zwei Katzen im Ruhrgebiet. Neben der Schreiberei und der Liebe zum heimischen Fußballverein schwärmt sie für St. Peter-Ording, dem einzigartigen Ort an der Nordseeküste.

Lieferbare Titel:

Strandperlen
Krabbe mit Rettungsring

Umwelthinweis:
Dieses Buch wurde auf chlor- und säurefreiem Papier gedruckt.

Tanja Janz

Friesenherzen und Winterzauber

Roman

mtb

MIRA® TASCHENBUCH
Band 25976
1. Auflage: November 2016

MIRA® TASCHENBÜCHER
erscheinen in der HarperCollins Germany GmbH,
Valentinskamp 24, 20354 Hamburg
Geschäftsführer: Thomas Beckmann

Originalausgabe

Konzeption/Reihengestaltung: fredebold&partner GmbH, Köln
Umschlaggestaltung: büropecher, Köln
Redaktion: Friderike Baum
Titelabbildung: Maskot, Ian Nolan / Getty Images;
Ian Nolan / Thinkstock; büropecher, Köln
Satz: GGP Media GmbH, Pößneck
Druck und Bindearbeiten: GGP Media GmbH, Pößneck
Printed in Germany
Dieses Buch wurde auf FSC®-zertifiziertem Papier gedruckt.
ISBN 978-3-95649-654-7

www.mira-taschenbuch.de

Für Martina,
die in einem kleinen Ostfriesenhäuschen wohnt,
das aber in Wirklichkeit ein Leuchtturm ist.

1. Kapitel

„Bedarfshalt Sandwehle", erklang eine Frauenstimme aus einem Lautsprecher. Die Regionalbahn nach St. Peter-Ording glitt im gemächlichen Tempo über die Schienen. Links und rechts der Bahngleise erstreckte sich schneebedecktes Land, so weit die Augen blicken konnten, das durch seine platte Beschaffenheit die unmittelbare Nähe zur nordfriesischen Küste erahnen ließ, wenngleich der typisch salzige Geruch der Luft in der kalten Jahreszeit gänzlich fehlte. Wind strich über die scheinbar endlosen blütenweißen Weiten, die sich bis zum Horizont ausbreiteten, und wirbelte feinen Schneestaub auf. Die Wintersonne schien von einem wolkenlosen Himmel auf die helle Schneedecke herab, die aus Tausenden glitzernden Punkten zu bestehen schien. Wie viele kleine Spiegel warfen sie das Sonnenlicht in alle Himmelsrichtungen und verliehen der Landschaft etwas Mystisches, als läge ein wohlbehütetes Geheimnis unter dem strahlenden Weiß verborgen.

Die Sitzplätze der wenigen Waggons der Nord-Ostsee-Bahn waren bis auf wenige Ausnahmen frei. Nur hier und da fanden sich vereinzelt von Fahrgästen belegte Sitze, sodass die überschaubare Anzahl der Reisenden genügend Platz hatte, um ihre Taschen und Gepäckstücke auf den unmittelbaren Nachbarsitzen abstellen zu können.

Zur Urlaubssaison sah dies natürlich ganz anders aus. Dann kamen jedes Jahr neben unzähligen Touristen auch saisonale Arbeitskräfte auf die Halbinsel Eiderstedt in Nordfriesland. Besonders der Küstenort St. Peter-Ording zog Kurgäste, Urlaubsreife und Arbeitswillige an wie das Licht die Motten.

Vier langhaarige Typen in lässiger Kleidung, mit farbenfrohen Beanies auf ihren Köpfen, hatten den hinteren Teil der Bahn mit ihren großen Reiserucksäcken in Beschlag genommen und beschallten den Zug mit englischsprachiger Rockmusik, die aus einem Gettoblaster tönte. Zwei ältere Damen mit altrosafarbenen und gelben Angoramützen, robusten Steppjacken und Stiefeletten zum Schnüren rümpften missbilligend ihre Nasen ob der Ruhestörung. Wobei nicht eindeutig auszumachen war, ob sie sich durch die Rockmusikklänge oder eher durch die schreienden Kinder einer Großfamilie, die im Nachbarwaggon saß, belästigt fühlten, die laut im Chor kreischend eine Autoalarmanlage imitierten und dadurch den akustischen Eindruck erweckten, als wäre der Zug bis auf den letzten Platz belegt.

Weit vorn im ersten Wagen saß Ellen einem älteren Mann gegenüber, der in unregelmäßigen Abständen an einer Holzpfeife zog, die jedoch nicht angezündet war und dabei in seinem rechten Mundwinkel wippend verweilte. Der Mann ließ sich durch den Geräuschpegel nicht aus der Ruhe bringen. Er studierte eine aktuelle Ausgabe der Tageszeitung *Husumer Nachrichten* und kommentierte einzelne Meldungen hin und wieder mit einem Brummen oder einem Hochziehen seiner Augenbrauen. Ellen war um einiges jünger als er. Sie hielt ein iPad auf ihrem Schoß und tippte eifrig mit den Fingern auf den Tasten des Bildschirms herum.

„Och, nee. Wieder keine Internetverbindung", seufzte sie und streckte das iPad nun in ungelenken Winkeln von ihrem Körper weg, in der Hoffnung wieder eine Verbindung mit ihrem Tablet zum World Wide Web zu bekommen. Sie trug wadenhohe beigefarbene und mit Schaffell gefütterte Ugg Boots über enge ausgewaschene Jeans und einen kakifarbenen Parka, der bis zur Mitte ihrer Oberschenkel reichte. Ihr hellblondes mittellanges Haar trug sie zu einem lockeren Pferdeschwanz zusammengebunden und ihren Hals wärmte ein marineblauer grob gestrickter Loop, in dessen Strickmuster weiße Anker eingearbeitet waren.

Der ältere Herr schaute ihr über den Rand der Zeitung amüsiert dabei zu, wie sie sich vergeblich in abenteuerlichen Posen verbog, um eine Verbindung zum Internet zu bekommen. „In Nordfriesland richtet sich der Empfang nach dem Wind, junge Dame", bemerkte er.

Ellen hielt überrascht in ihrer Bewegung inne und schüttelte dann den Kopf, als hätte sie den Mann nicht richtig verstanden. „Wie bitte?"

„Stimmt die Richtung, hat man Empfang", erklärte er und zwinkerte ihr vergnügt zu.

Sie ließ die Hand, in der sie das iPad hielt, sinken und setzte sich wieder zurück auf den Platz, dem Mann gegenüber. „Und wenn die Richtung nicht stimmt? Was ist dann?", fragte Ellen und legte den Kopf schief.

Der Mann zuckte bloß mit den Schultern. „Dann hat man Pause. So einfach ist das hier." Er lächelte ihr noch einmal zu, wobei sich seine Augenpartie in Fältchen legte, und vertiefte sich dann wieder in die Lektüre der Tageszeitung.

Sie lächelte zurück, auch wenn der Mann es nicht mehr sah. Dann verstaute sie ihr Tablet in ihrer Reisetasche, tastete nach der Dose mit Hustenbonbons und steckte sich ein quaderförmiges Klümpchen in den Mund.

Pause, dachte Ellen und lehnte ihre Stirn gegen die kalte Fensterscheibe des Zuges. Sie blickte nachdenklich auf die vorbeirasende Schneelandschaft. Wann hatte sie eigentlich das letzte Mal eine wirkliche Pause, eine Art Time-out, gehabt? Sie überlegte kurz, konnte sich aber nicht wirklich daran erinnern.

Natürlich, als Kind, da hatte es solche Zeiten gegeben. In den Schulferien zum Beispiel. Und das war damals für sie völlig selbstverständlich gewesen, wie für alle Kinder. Nichts Besonderes eben. Nie wäre sie auf die Idee gekommen in der lernfreien Zeit freiwillig auch nur ein Schulbuch anzurühren. Damals war ihr ihre Freizeit heilig gewesen. Doch das hatte sich schlagartig nach dem Abitur geändert.

Neben der Ausbildung zur Bankkauffrau und dem nachfolgenden BWL-Studium, das sie nach dem fünften Semester wieder aufgab, da sie mehr Zeit in ihren Nebenjobs verbrachte als im Hörsaal, war immer etwas zu tun gewesen.

Und als dann auch noch unverhofft einer ihrer Regionalkrimis aus Lübeck auf der Bestsellerliste eingestiegen war und sie sich vor Lesungsanfragen kaum mehr retten konnte, begriff Ellen bald, dass auch für sie der Tag nur vierundzwanzig Stunden hatte.

Die Schreiberei hatte sie bis dato lediglich als Hobby neben ihrem Job in einer Bank betrieben, den sie nach dem geschmissenen Studium wieder aufgenommen hatte – als kreativen Ausgleich sozusagen. Doch schon ein paar Wochen später, nachdem ihr Krimi bereits in die dritte Auflage gegangen war und der Verlag ihr erneut zu dem Überraschungserfolg gratuliert und Blumen geschickt hatte, wurde es schwierig für sie, ihre regulären Arbeitszeiten und die wiederholten Anfragen nach einem weiteren Roman unter einen Hut zu bringen.

Und dann hatte es da noch Laurits gegeben, Hamburgs Star- und Szene-Gastronom Nummer eins und Ellens fester Freund. Jedenfalls hatte sie bis vor wenigen Tagen noch geglaubt, sich in einer festen Beziehung zu befinden, als sie sich mit ihm zum Frühstück in einem Lokal an der Außenalster getroffen hatte.

Es sollte eine Überraschung sein. Ellen hatte zufällig auf einem Immobilienportal im Internet die absolute Traumimmobilie für sich und Laurits entdeckt und kurzerhand das Exposé des urigen Fährhauses von dem Makler angefordert. Sie waren nun schon seit über einem Jahr liiert, was in Ellens Augen höchste Zeit war, um den nächsten Schritt zu wagen, sprich ein gemeinsames Heim zu beziehen und dadurch ihre Beziehung auf die nächste Stufe zu stellen.

Als sie an dem besagten Morgen Laurits aufgeregt von ihrer Immobilien-Entdeckung berichtete und ihm das Exposé unter die Nase hielt, zog er ein Gesicht, als hätte er auf Alufolie gebissen und nicht in ein frisch gebackenes Franzbrötchen. Er legte das Hefegebäck zurück auf seinen Teller und eröffnete Ellen, nie solch konkrete Zukunftspläne mit ihr gehabt zu haben. Er wollte lieber alles auf sich zukommen lassen, ohne gleich Nägel mit Köpfen machen zu müssen.

Ellen war durch seine Aussage wie vor den Kopf gestoßen. Sie hörte ihm sprachlos zu und fragte sich, ob sie sich im falschen Film befand. Sie konnte einfach nicht glauben, was sie da hörte – geschweige denn konnte sie es begreifen.

„Ich bin von deiner Hausaktion wirklich völlig überrascht. Du weißt doch, wie wichtig mir Unabhängigkeit ist", wiederholte Laurits und schaute dabei auf sein Handy. Dann stand er auf, biss noch einmal von seinem Franzbrötchen ab und kippte hastig einen Schluck aus der Kaffeetasse hinterher. Er steckte sich das Mobiltelefon in die Gesäßtasche seiner Designerjeans und angelte mit einer Hand nach seinem Schal, den er zuvor achtlos über die Stuhllehne geworfen hatte. „Sorry, aber ich habe gleich einen wichtigen Termin mit einem meiner Lieferanten. Wir können ja später telefonieren."

Ellen nickte bloß und schaute ratlos auf das Exposé, das vor ihr auf dem Tisch lag.

Kaum war Laurits aus ihrem Sichtfeld verschwunden, fragte sie sich, ob das gerade wirklich passiert war oder ihr ihre durchaus blühende Fantasie mal wieder einen Streich gespielt hatte.

Das angebissene Gebäckstück und die leere Kaffeetasse, die ihr gegenüberstand, bewiesen ihr jedoch, dass ihre Vorstellungskraft ihr dieses Mal keinen Streich gespielt hatte und das Gespräch mit Laurits tatsächlich in der Realität stattgefunden hatte – leider.

Ellen griff nach ihrer Tasse, wobei ihre Hände leicht zitterten. Sie hatte ihr Leben für die nächsten Monate bereits fest durchgeplant gehabt und in ihrem Kopf hatte sich ein regelrechtes Konstrukt manifestiert, das nun wie ein Kartenhaus in sich zusammengefallen war.

Die heiße Flüssigkeit durchfuhr sie angenehm warm, konnte aber nicht die Taubheit des Schocks vertreiben. Tief durchatmend massierte Ellen sich die Schläfen. Jetzt bloß nicht in Panik verfallen, versuchte sie sich zu beruhigen. Vielleicht sollte sie später einfach noch einmal mit Laurits reden. In Ruhe und ganz vernünftig. Eventuell stellte sich die Situation dann ganz anders dar, als sie sie gerade empfand. Es konnte doch nicht möglich sein, dass sie davon ausgegangen war, mit ihm in einer festen Beziehung zu sein, und Laurits diese „Beziehung“ die ganze Zeit eher als eine lockere Sache betrachtete. Oder?

Aus ihrer Handtasche erklang der Klingelton ihres Mobiltelefons und unterbrach ihre Grübeleien über ihr aktuelles Beziehungschaos. Ellen hatte eigentlich keine Lust, mit jemanden zu telefonieren. Dennoch griff sie pflichtbewusst in ihre Tasche und zog ihr Handy hervor. Auf dem Display erschien der Name von Isabel Allekotte, ihrer Verlagslektorin.

Auch das noch! dachte Ellen. Ausgerechnet jetzt. Normalerweise freute sie sich über Anrufe vom Verlag, da es sich bisher ausschließlich um positive Gespräche gehandelt hatte. Außerdem mochte sie die fröhliche Art ihrer Lektorin, die von Anfang an an sie als Autorin und ihren Krimi geglaubt hatte. Doch im Moment war Ellen völlig von der Rolle, wegen des Gesprächs mit Laurits. Aber sie konnte auch den Anruf nicht einfach ignorieren. Sie wusste, dass ihre Lektorin immer nur dann anrief, wenn sie wichtige Dinge mit ihr zu besprechen hatte.

Ellen würde ihr gesamtes schauspielerisches Talent aufbringen müssen, um sich nichts von ihrer aktuellen Stimmungslage anmerken zu lassen. Sie räusperte sich und wischte dann einen Augenblick später mit einem Finger über den grünen Hörer auf dem Display des Handys. „Ellen Carstens?“, meldete sie sich, betont gut gelaunt.

„Isabel Allekotte. Guten Morgen, Frau Carstens. Ich hoffe, ich störe Sie nicht?“, erklang die dynamische Stimme der Lektorin am anderen Ende der Leitung.

„Guten Morgen, Frau Allekotte. Nein, Sie stören überhaupt nicht“, log Ellen so überzeugend, dass sie sich selbst fast glaubte.

„Ich habe ganz tolle Nachrichten für Sie, Frau Carstens. Ihr Krimi geht schon wieder in eine neue Auflage.“

„Ach! Im Ernst?“, fragte Ellen erstaunt. „Ist die letzte Auflage denn schon wieder vergriffen?“ Normalerweise wäre Ellen bei der Nachricht vor Freude an die Decke gesprungen, denn was gab es Schöneres für eine Autorin, als zu hören, dass sich die eigenen Bücher wie geschnitten Brot verkauften? Doch ihre Freude wurde durch das vorangegangene Gespräch mit Laurits merklich getrübt.

„Fast komplett abverkauft“, bestätigte ihr Frau Allekotte.

„Das ging aber fix. Damit habe ich gar nicht gerechnet.“

„Ja, wir sind auch alle sehr begeistert, denn Sie steigen mit Ihrem Krimi in der nächsten Woche wieder auf Platz 24 der Spiegel-Bestsellerliste ein“, verkündete Frau Allekotte enthusiastisch.

„Ich dachte, wenn ich einmal aus der Liste raus bin, dann war es das“, sagte Ellen überrascht.

„Nicht unbedingt. Zumal vor Kurzem ein Tatort im Fernsehen lief, der ebenfalls in Lübeck spielte. Dies kann durchaus ein Multiplikator gewesen sein und dazu geführt haben, dass Leser Lust auf Krimis aus Lübeck bekommen und die Buchhändler Ihr Buch dann empfohlen haben“, erklärte Frau Allekotte.

„Das sind ja in der Tat wunderbare Nachrichten“, sagte Ellen. Ihr tat die Neuigkeit über die Verkaufserfolge ihres Krimis gut. Gerade nach dem unerwarteten Gesprächsausgang mit Laurits war dies Balsam für ihre geschundene Seele. Wenigstens beruflich lief es rund. Immerhin.

„Aber ich rufe Sie noch wegen einer ganz anderen Sache an. Ich habe quasi einen kleinen Überfall auf Sie vor.“

„Aha? Das hört sich ja gefährlich an“, erwiderte Ellen vorsichtig.

„Keine Sorge, gefährlich ist es nicht. Dafür könnte es aber durchaus spannend werden.“

„Klingt ja fast wie nach einem Experiment.“

Frau Allekotte lachte leise. „Im Grunde genommen ist es sogar tatsächlich eine Art Experiment, oder nennen wir es besser einen Versuch.“

Ellen runzelte die Stirn. Was mochte das bloß sein? „Aha? Ich bin ganz Ohr.“ Intuitiv kramte sie in ihrer Handtasche nach einem Zettel und einem Stift, falls sie sich während des Gesprächs Stichpunkte machen musste, um kein wichtiges Detail später zu vergessen. Sie beförderte einen zerknitterten Einkaufszettel zutage, dessen Rückseite noch unbeschrieben war, und einen Ikea-Bleistift, dessen Miene bei nächster Gelegenheit mal wieder angespitzt werden musste.

„Bei der letzten Programmkonferenz haben wir beschlossen, dass wir unbedingt noch einen tollen Liebesroman für das übernächste Sommerprogramm benötigen. Ein richtiger Strandschmöker zum Wohlfühlen, wo die Seiten beim Lesen nur so dahinfliegen. Und da in Ihrem letzten Krimi auch die eine oder andere romantische Szene vorkommt, habe ich sofort an Sie gedacht. Ich glaube nämlich, dass in Ihnen auch eine große Liebesromanautorin steckt."

Ellen ließ den Bleistift sinken. „An mich?", fragte sie perplex und überlegte, wie Frau Allekotte bei ihrem Mord- und Totschlag-Stoff an einen „Strandschmöker zum Wohlfühlen" denken konnte.

„Ja, an Sie. Sie sind in meinen Augen die ideale Autorin für einen solchen Roman. Ich traue Ihnen zu, dass Sie durchaus genreübergreifend schreiben können und Ihnen Liebesromane mindestens genauso liegen wie spannungsgeladene Krimis. Wir möchten Sie gerne auch in diesem Genre aufbauen."

Ellen schüttelte den Kopf. Ausgerechnet jetzt, wo ihr eigenes Liebesleben den absoluten Tiefpunkt erreicht hatte, wollte der Verlag einen Liebesroman von ihr haben.

Das Timing hätte nicht unpassender sein können. Aber vermutlich nannte man dies Ironie des Schicksals. „Meine Spezialität sind doch eher Krimis“, merkte sie an. „Außerdem ist Lübeck vielleicht nicht unbedingt das perfekte Setting für einen Liebesroman“, gab sie zu bedenken.

„Das eine muss das andere doch nicht ausschließen. Und der Roman muss auch nicht unbedingt in Lübeck spielen, da lasse ich Ihnen völlig freie Hand. Wie schon erwähnt, ich halte Sie für außerordentlich talentiert und bin mir sicher, dass sie einen wunderbaren Liebesroman für unsere Leser schreiben werden – ob in Lübeck oder anderswo. Außerdem ist der Zeitpunkt wirklich mehr als ideal. Jetzt, wo sie eine erfolgreiche Bestsellerautorin sind und die Leute gerne mehr von Ihnen lesen möchten. Mit einem Liebesroman könnten Sie sowohl neue Leser gewinnen, als auch bestimmt den einen oder anderen Fan Ihrer Krimis dafür begeistern. Könnten Sie es sich denn vorstellen, einen solchen Roman zu schreiben?“

Konnte sie es sich vorstellen? Was sollte Ellen darauf antworten? Sie war sich nicht sicher. Auf der einen Seite wollte sie Frau Allekotte nicht enttäuschen, indem sie ein Manuskript einreichte, das weit hinter den Erwartungen des Verlages zurückblieb. Doch auf der anderen Seite, käme es wahrscheinlich einem Eigentor gleich, dieses Angebot abzulehnen, und würde obendrein höchst unprofessionell wirken. „Tja … ich kann es ja mal probieren“, antwortete sie vage.

„Darf ich das als Zusage Ihrerseits werten?“, fragte die Lektorin begeistert.

Durfte sie? Vielleicht war es ja doch einen Versuch wert? Und womöglich würde ein neues Buchprojekt sie auch von ihrem aktuellen Liebeschaos mit Laurits ablenken und ihr sogar dabei helfen, ihren Liebeskummer zu verarbeiten. Es war definitiv besser, sich in einem neuen Genre zu probieren, als Trübsal zu blasen und sich in Form von Schokolade Seelentrost zu holen.

Ellen gab sich einen Ruck und nahm all ihren Mut zusammen. „Dürfen Sie“, bestätigte sie mit fester Stimme. Wahrscheinlich sollte sie ihrer Lektorin einfach vertrauen. Schließlich verfügte Frau Allekotte über jahrelange Erfahrung in der Literaturbranche, und wenn sie sagte, dass sie Ellen einen Liebesroman zutraute, dann sollte sie sich einmal an eine solche Geschichte heranwagen.

„Das ist ja wunderbar! Ich freue mich sehr über Ihre Zusage, Frau Carstens!“

„Und ich mich über das Vertrauen, das Sie in mich setzen“, erwiderte Ellen.

„Aber natürlich! Wir müssen nur das zeitliche Prozedere genau durchplanen. Meinen Sie, Sie könnten mir ein erstes Exposé am Anfang des nächsten Jahres zukommen lassen?“

„Dann hätte ich einen guten Monat Zeit, das Exposé zu schreiben. Das erscheint mir machbar“, überlegte Ellen laut.

„Großartig! Dann plane ich die Abgabe für den zehnten Januar ein, wenn Sie nichts dagegen haben. Vorher passiert im Verlag nach den Feiertagen eh nichts.“

„Einverstanden“, stimmte Ellen zu.

„Falls Sie irgendeine Form von Hilfe benötigen sollten, dann wenden Sie sich bitte zu jeder Zeit an mich“, bot ihre Lektorin an.

„Vielen Dank. Ich komme bestimmt darauf zurück. Hoffentlich wollen die Leute im Sommer dann, neben einem Krimi aus Lübeck auch einen Liebesroman von Greta Bennert lesen.“

„Oh, gut, dass Sie dieses Thema ansprechen, das hätte ich ja fast vergessen zu erwähnen. Wir haben uns überlegt, dass es besser wäre, den Liebesroman nicht unter Ihrem Krimi-Pseudonym zu veröffentlichen. Das könnte zu einer falschen Erwartungshaltung bei der Leserschaft führen“, erklärte Frau Allekotte.

„Verstehe. Also soll ich mir ein zweites Pseudonym für das Liebesroman-Projekt ausdenken?“

„Das wäre prima. Der Verlag würde sich nämlich wünschen, dass Sie unter einem zweiten offenen Pseudonym veröffentlichen würden. Wir würden auch dafür sorgen, dass die Leser eine direkte Verbindung zwischen ihrem zweiten Pseudonym und Greta Bennert herstellen können. In etwa so wie bei J. K. Rowling, die ja auch unter dem Pseudonym Robert Galbraith erfolgreiche Krimis verfasst.“

„Ach so.“ Ellen schluckte. Eigentlich war die Herausforderung, in einem ihr bis dato fremden Genre zu schreiben, schon eine verdammt harte Nuss für sie, und nun sollte sie das Ganze auch noch unter einem offenen Pseudonym tun, das die Leser mit Greta Bennert in Verbindung brachten. Kein Pseudonym, hinter dem sie sich notfalls hätte verstecken können, falls das Buch ein totaler Reinfall wurde.

„Der Autorenname Greta Bennert passt ideal für das Krimi-Genre. Sicherlich finden Sie auch einen wunderbaren Namen, der sich perfekt nach einer Autorin von Liebesromanen anhört“, unterstrich Frau Allekotte nochmals den Wunsch des Verlages.

Den Einkaufszettel hatte Ellen mittlerweile zu einer kleinen Papierkugel zusammengeknüllt und kullerte diese mithilfe des Ikea-Bleistifts über den Tisch. „Okay, dann machen wir das so“, stimmte sie nach kurzem Zögern zu.

Was für ein Tag! Erst brach ihre private Welt komplett zusammen, und dann eröffneten sich schlagartig völlig neue berufliche Perspektiven für sie. Vermutlich stimmte der Spruch, dass wenn sich eine Tür schloss, sich eine andere öffnete.

Nachdem sie das Telefonat mit Frau Allekotte beendet hatte, bestellte sie sich bei der Kellnerin einen Grog, da sie irgendetwas brauchte, um ihre Nerven zu beruhigen. Und zwar jetzt, unabhängig von der Uhrzeit.

Die Bedienung brachte das Getränk, und Ellen genehmigte sich die ersten drei Schlucke, als ihr Handy erneut klingelte. Vielleicht war es ja dieses Mal Laurits, der ihr mitteilen wollte, dass er es sich mit dem Fährhaus doch anders überlegt hatte, schöpfte sie Hoffnung. Eilig griff sie nach dem Handy und seufzte, als sie den Namen des Anrufers auf dem Display las. *Mama.*

„Guten Morgen, Mama“, versuchte sie in einem möglichst unbedarften Tonfall zu sagen, der keine mütterlichen Fragen nach ihrem Befinden auf den Plan rufen sollte. Ihre Mutter weilte zusammen mit ihrer besten Freundin Rita seit einer Woche in dem nordfriesischen Bad St. Peter-Ording, wo sie einer lästigen Schuppenflechte im Rahmen einer Schwefelkur den Kampf angesagt hatte. Rita war kurz entschlossen einfach mitgekommen, um dort Wellness zu machen und sich vom neuen Rentnerdasein ihres Mannes zu erholen.

„Ist bei dir alles in Ordnung, Ellen?“, fragte ihre Mutter sie argwöhnisch.

„Ja, natürlich!“ Ihrer Mutter hatte Ellen noch nie etwas vormachen können. Und dennoch wurde sie es nicht müde, es zu versuchen. „Was soll denn nicht in Ordnung sein?“, fragte sie leichthin.

„Ich merke doch, dass etwas nicht stimmt. Mich kannst du nicht täuschen. Deine Stimme ist immer eine Oktave höher, wenn du versuchst etwas zu verheimlichen.“

Verdammt! Damit hatte sie recht und Ellen sich verraten. Ausreden zwecklos, niemand kannte sie besser als ihre Mama.

„Der Verlag hat mir gerade angeboten, einen Liebesroman zu schreiben", rückte Ellen mit der halben Wahrheit raus.

Mit ihrem Liebeschaos und der Befürchtung, eventuell bald wieder als Single dazustehen, wollte sie ihre Mutter nicht belasten. Es reichte schon, dass ihr die Vorstellung fast das Herz zerriss. Zumal noch nicht sicher war, ob sich die Situation mit Laurits nicht doch noch klären ließe … Obwohl ihr Bauchgefühl ihre Hoffnung rasch im Keim erstickte und ihr signalisierte, dass ihre Mutter mit ihrer Einschätzung vermutlich richtiggelegen hatte. Sie hatte Laurits nämlich von Anfang an skeptisch gegenübergestanden. Für sie war er wahlweise ein „Luftikus" oder eine „Mogelpackung" gewesen.

„Kein Mann für Enkelkinder", hatte sie Ellen gleich eröffnet, nachdem sie ein Foto von ihm gesehen hatte.

„Aber du kennst ihn doch noch nicht mal", hatte Ellen protestiert.

„Das muss ich auch nicht. Da reicht das Foto völlig aus", hatte ihre Mutter gefunden.

Durch die morgendliche Episode mit dem Fährhaus hätte sich ihre Mutter unter Garantie bestätigt gefühlt, und dies hätte dann einen endlosen Monolog von ihr zur Folge gehabt. Das wollte Ellen sich und auch ihrer Mutter ersparen. Schließlich sollte sie sich in St. Peter-Ording erholen, und auch ihre eigenen Nerven wollte Ellen keinem weiteren Stress an diesem Vormittag aussetzen.

„Ach! Das ist doch aber toll, Ellen-Mäuschen. Wieso bist du denn deswegen so durch den Wind?“, fragte ihre Mutter.

„Ich habe überhaupt keine Idee für eine Liebesgeschichte und soll dem Verlag schon im Januar das Buch in einer kurzen Zusammenfassung präsentieren. Außerdem wünscht sich der Verlag, dass ich dieses Mal unter einem offenen Pseudonym das Buch veröffentliche, das mit den Krimis von Greta Bennert in Verbindung gebracht werden kann.“

„Na, das ist für dich doch kein Problem“, sagte Frau Carstens voller Überzeugung. „Du hattest doch im Aufsatzschreiben immer die besten Noten.“

„Mama …“ Ellen musste lachen. „Was du hier für Vergleiche anstellst!“ Ihre Mutter stellte sich die Arbeit einer Schriftstellerin definitiv zu einfach vor. Dass zum Schreiben eines Buches mehr gehörte, als bloß gute Deutschaufsätze in der Schule geschrieben zu haben, konnte sie sich nicht vorstellen. Klar, ein gewisses Grundtalent zum Schreiben sollte schon vorhanden sein und eine übersprudelnde Fantasie. Doch Schriftstellerei war vor allem ein Handwerk, das man erlernen musste und das keineswegs einfach war.

„Ein ganz toller Vergleich ist das sogar! Ein Buch ist doch im Grunde genommen nichts anderes als ein Aufsatz. Nur etwas länger eben. Oder Rita?“

„Auf jeden Fall“, erklang im Hintergrund Ritas Stimme.

Ellen schloss kurz die Augen und schüttelte den Kopf, ob der Logik ihrer Mutter und deren bester Freundin, die sich gewiss von ihr nicht vom Gegenteil überzeugen lassen würden. „Wieso hast du mich eigentlich angerufen, Mama?“, wechselte sie das Thema. „Wolltest du etwas Bestimmtes?“

„Ach ja. Das hätte ich ja jetzt fast vergessen. Wir sitzen hier gerade so schön beim Frühstück im *Deichkind* und genießen den Blick auf die verschneiten Salzwiesen.“

„Okay … und deswegen rufst du mich an? Um mir von der Aussicht zu erzählen?“, fragte Ellen verwirrt.

„Nein. Natürlich nicht! Ich wollte dich um einen Gefallen bitten.“

„Aha? Um was denn für einen?“

„Ich wollte dich fragen, ob du mir einen bestimmten Rollkragenpullover nach St. Peter-Ording schicken kannst, den ich vergessen habe einzupacken“, erklärte ihre Mutter. „Den, den ich von dir letztes Jahr zu Weihnachten bekommen habe. Du weißt schon, den blauen mit dem Zopfmuster.“

„Ja sicher. Kein Problem.“

„Du weißt ja, wie dein Vater ist“, seufzte ihre Mutter ins Telefon. „Der findet den Pullover eh nicht, selbst dann nicht, wenn ich ihm genau beschreiben würde, wo im Schrank er liegt und es auf einer Landkarte einzeichnen würde. Auf dem Auge ist er auf ganzer Linie blind. Womöglich schickt er mir am Ende noch eine kurze Hose.“

Ellen musste schmunzeln, denn sie wusste, dass die Befürchtungen ihrer Mutter nicht völlig unbegründet waren. Ihr Vater war manchmal tatsächlich etwas verpeilt. Als sie in der achten Klasse mit ihrer Stufe nach Italien in die Skifreizeit fahren wollte, hatte er ihr Sandalen in den Koffer gepackt. „Ich dachte, du fährst nach Italien?“, hatte er verständnislos gefragt, nachdem ihre Mutter kopfschüttelnd die offenen Schuhe wieder in den Schrank zurückgestellt hatte.

„Fahr ich ja auch“, hatte Ellen gesagt.

„Dann verstehe ich nicht, warum deine Mutter die Sandalen wieder ausgepackt hat. Da ist es doch warm.“

„Damit die Mutter der Tochter noch drei Paar dicke Wollsocken extra einpacken kann. Deine Tochter fährt in die Dolomiten, Norbert. Zum Skifahren. Nicht nach Rimini zum Badeurlaub an den Strand“, hatte ihre Mutter erklärt und dabei die Augen verdreht – aber so, dass er es nicht sehen konnte.

„Ich fahre nachher zu Papa, und dann bring ich den Pullover heute noch zur Post.“ Ellen strich den zerknüllten Einkaufszettel notdürftig glatt und griff dann erneut nach dem Bleistift. „Ich brauche nur die Adresse, an die ich den Pulli schicken soll.“

„Hm“, brummte ihre Mutter.

„Du kannst sie mir auch später per SMS schicken, falls du sie gerade nicht parat hast“, schlug Ellen vor, die nicht genau wusste, was sie von dem „Hm“ ihrer Mutter halten sollte.

„Ich habe nur überlegt, ob du mir den Pullover überhaupt schicken sollst.“

Ellen runzelte die Stirn. Einen Moment zuvor wollte ihre Mutter das Oberteil noch unbedingt haben, und nun hatte sie es sich scheinbar wieder anders überlegt? Diese Art von Sprunghaftigkeit war wieder mal typisch für sie. „Tja, das musst du wissen, ob du den Pullover brauchst …“

„Natürlich brauche ich den Pullover“, erwiderte ihre Mutter entschieden. „Was glaubst du wohl, warum ich dich angerufen habe?“

„Okay … Dann schick mir einfach später die Adresse, ja?“

„Ich habe gerade überlegt“, nahm ihre Mutter den Faden wieder auf, „ob du nicht vielleicht einfach nach St. Peter-Ording kommen solltest.“

„Ich soll nach St. Peter-Ording kommen?“, fragte Ellen ungläubig. Solch eine Idee, einfach alles stehen und liegen zu lassen und von jetzt auf gleich in den Urlaub zu fahren, konnte nur von ihrer Mutter kommen. „Einfach so?“

„Richtig“, erwiderte ihre Mutter, als wäre ihr Vorschlag das Selbstverständlichste der Welt.

„Warum das denn? Ich brauche doch gar keine Kur“, entgegnete Ellen. Wobei sie gegen ein paar Tage Urlaub nichts einzuwenden gehabt hätte.

„Um nach St. Peter-Ording zu fahren, muss man ja nicht unbedingt eine Kur machen. Dafür brauchst du aber einen Einfall für deinen Liebesroman. Und im stressigen Hamburg kommst du bestimmt nicht so leicht auf eine tolle Idee für eine romantische Geschichte", argumentierte ihre Mutter.

„Hm", brummte nun Ellen.

„Nicht hm. Sondern ja. Was du jetzt brauchst, ist einen freien Kopf. Und den bekommst du hier. Was meinst du, was der Nordseewind hier pustet! Da kommen die kreativen Gedanken ganz von allein, und du hast in null Komma nichts eine Idee für dein Buch, die den Verlag aus den Socken haut."

Der Gedanke, ein paar Sachen in eine Reisetasche zu packen und spontan an die Nordsee zu verduften, hörte sich eigentlich ganz verführerisch an. Aber konnte sie das wirklich einfach so tun? Sie hatte zwar keinen festen Job mehr, der sie daran hinderte, doch fühlte sie sich immer noch an Laurits gebunden, obwohl er das anscheinend anders sah als sie.

Konnte sie in der jetzigen Situation wirklich einfach so wegfahren? Bevor sie ein klärendes Gespräch mit ihm geführt hatte? Doch auf der anderen Seite wusste sie, dass Laurits ein unglaubliches Talent zum Abtauchen hatte und es sein konnte, dass er in den nächsten Tagen nichts von sich hören ließ und auch nicht erreichbar war, um so der Situation aus dem Weg zu gehen. Da würde ihr die ganze Warterei in Hamburg auch nichts bringen. Die paar Tage konnte sie genauso gut an der nordfriesischen Küste verbringen und sich von ihren trüben Gedanken ablenken und vielleicht sogar inspirieren lassen.

„Und wo soll ich dann übernachten? Ich habe doch gar keine Unterkunft reserviert", überlegte Ellen laut.

„Ach, mach dir darüber mal keine Sorgen. Um die Jahreszeit ist in St. Peter-Ording sehr wenig los. Da hast du quasi freie Auswahl bei den Unterkünften."

„Hm", machte Ellen noch einmal.

„Rita und ich würden uns jedenfalls freuen, wenn du kommen würdest. Gib dir einen Ruck. Sei spontan, und kauf dir ein Zugticket nach St. Peter-Ording", forderte ihre Mutter sie auf.

Vielleicht hatte sie recht. Zum einen brauchte Ellen wirklich möglichst schnell eine zündende Idee für das Liebesroman-Projekt, und zum anderen wäre es eventuell gar nicht schlecht, wegzufahren, um etwas Abstand zu der Laurits-Situation zu bekommen.

Höchstwahrscheinlich würde dies mehr bringen als ein Versuch, die Situation zu klären. Bestimmt würde es Laurits eher zum Nachdenken bringen, wenn sie einfach mal etwas plante, ohne es vorher mit ihm abzusprechen. So könnte sie ihm zeigen, dass sie eine unabhängige Frau war und ihre Entscheidungen nicht von ihm abhängig machte, und, wer weiß, vielleicht – hoffentlich – würde er sie am Ende sogar vermissen und merken, was er an ihr hatte.

Ellen erinnerte sich an einen Spruch aus einem Glückskeks, mit dem sie bis jetzt nichts hatte anfangen können.

Was du liebst, lass frei. Kommt es zu dir zurück, gehört es dir für immer. Doch nun erschloss sich ihr plötzlich der Sinn dieser Weisheit.

„Okay, Mama. Ich komme", sagte Ellen schließlich. Sie hatte das Gefühl, dass es die richtige Entscheidung war, nach St. Peter-Ording zu fahren.

„Sehr gut! Wann?", fragte ihre Mutter.

„Morgen", sagte sie kurz entschlossen. „Gleich morgen früh mache ich mich auf den Weg zu euch. Mit deinem Pullover."

„Das nenne ich wirklich spontan. So gefällst du mir, mein Mäuschen!"

„Ich werde mir gleich ein Zugticket besorgen und dir dann Bescheid sagen, wann ich in St. Peter-Ording ankomme", meinte Ellen.

„Superduper. Rita und ich holen dich dann vom Bahnhof ab", sagte ihre Mutter freudig.

Das Telefonat war gerade mal vierundzwanzig Stunden her, und dass ihre Entscheidung für den Trip an die Nordseeküste genau richtig war, hatte ihr die Tatsache bestätigt, dass sie Laurits am Abend zuvor nicht mehr erreicht hatte und er ihr auf ihre spätere SMS, in der sie ihm mitteilte, am nächsten Tag in das nordfriesische Bad zu reisen, lediglich eine gute Fahrt gewünscht hatte. Sie war mittlerweile richtig wütend auf ihn, dass ihn ihr Gespräch vom Vortag und auch ihre Nachricht von ihrem Spontanurlaub so kaltließ.

Ja, Abstand und eine Pause würden ihr guttun.

„Nächster Halt, Bad St. Peter-Ording", plärrte die Frauenstimme wieder aus dem Lautsprecher. „Diese Fahrt endet hier."

Ellen war so in ihre Gedanken versunken gewesen, dass sie gar nicht gemerkt hatte, wie der Zug sich ihrem Zielort genähert hatte.

„Da wären wir. Endstation, junge Dame." Der Pfeifenmann ihr gegenüber faltete seine Zeitung zusammen und zog sich eine Pudelmütze über den Kopf.

Ellen erhob sich ebenfalls, schulterte ihre Reisetasche und zog sich ein paar graue Handschuhe über. „‚Endstation' hört sich irgendwie ein bisschen nach Ende der Welt an", bemerkte sie stirnrunzelnd.

„Im Winter kommt es einem auch manchmal so vor in St. Peter. In dieser Zeit, in der nur wenige Touristen kommen, ist es hier ziemlich ruhig. Aber ich mag das. Sehr gerne sogar. Da kommen mir immer die besten Ideen", sagte der Mann und stellte sich an die Zugtür.

Ellen folgte ihm. „Was für Ideen denn?"

„Meistens für meine Bilder. Ich male Landschaftsbilder – St. Peter-Ording zu jeder Jahreszeit sozusagen. Im Winterlicht sieht die Landschaft manchmal richtig magisch aus. Aber das werden Sie bald selbst bewundern können … Und Sie? Machen Sie Urlaub in St. Peter?"

Sie stützte sich mit einer Hand an der Innenseite der Tür ab, um das Gleichgewicht in dem ruckelnden Waggon besser zu halten. „Nein. Jedenfalls nicht im klassischen Sinne. Meine Mutter ist mit ihrer besten Freundin zur Kur da, und ich besuche die beiden sozusagen für einige Tage. Und ein paar Ideen könnte ich zufällig auch gebrauchen."

„Ah. Da wünsche ich Ihnen eine angenehme Zeit hier. Und das mit den Ideen wird garantiert funktionieren. Sie müssen nur genau in die Ruhe und Weite hineinhorchen, dann werden Sie die Inspiration flüstern hören. Hier sind mir noch immer die besten Einfälle gekommen", sagte der Mann.

Der Zug wurde langsamer und hielt schließlich am Bahnhof Bad St. Peter-Ording an.

„Vielen Dank. Etwas Erholung kann ich neben grandiosen Einfällen gut gebrauchen", erwiderte Ellen und blickte aus dem Fenster des Zugs auf den Bahnsteig. Wohlgemerkt auf *den* Bahnsteig. In St. Peter-Ording existierte nämlich nur der eine und deswegen erspähte sie auch sogleich ihre Mutter und Rita, die neben einer Handvoll Reisenden standen und sich bereits die Hälse nach ihr verdrehten. „Mein Empfangskomitee ist auch schon da", bemerkte sie grinsend.

„Ein bisschen großer Bahnhof muss auch sein, wenn man in St. Peter ankommt", sagte der Mann und zwinkerte Ellen zu.

Der Zug kam zum Stehen, und die Türen des Waggons öffneten sich zischend und entließen die Reisenden auf den Bahnsteig.

„Auf Wiedersehen, die Dame", sagte der Mann, dessen Pfeife immer noch lässig in seinem Mundwinkel verweilte. Er tippte zum Abschied mit zwei Fingern an seine Stirn und zündete sich im nächsten Moment mit einem Streichholz gekonnt die Tabakpfeife an. Dann schlenderte er von dannen, am rot verklinkerten Bahnhofsgebäude vorbei, in dem eine Verkaufsstelle zum Erwerb von Fahrkarten untergebracht war. Als Abschiedsgruß hinterließ er einen würzigen Tabakpfeifengeruch in der eisigen Winterluft.

„Ellen! Huhu! Hier sind wir!", rief ihre Mutter und wedelte wild mit den Armen durch die Luft, als ob sie befürchtete, ihre Tochter könnte sie übersehen oder gar überhören.

Ellen lief auf die beiden Frauen zu und ließ sich von ihrer Mutter in den Arm nehmen, die sie fest an sich drückte. „Mama, ich krieg keine Luft mehr."

„Keine Mütze hast du auf. Bei dem Wetter", ermahnte ihre Mutter sie sogleich kopfschüttelnd zur Begrüßung. „Und dann wunderst du dich, wenn du hinterher mit einer Erkältung flachliegst. Eigentlich müsstest du langsam mal vernünftiger werden."

„Ich freue mich auch, dich zu sehen." Ellen lachte hell auf und strich sich eine Haarsträhne hinters Ohr, die sich durch einen Windstoß aus ihrem Zopf gelöst hatte. Das war mal wieder typisch ihre Mutter. Diese Sprüche würde sie sich vermutlich noch von ihr anhören müssen, wenn sie längst sechzig oder noch älter war. Sie zog sich provisorisch einen Teil ihres Loopschals über den Kopf. „Bist du jetzt zufrieden?"

„Na ja. Aber eine vernünftige Mütze besorgen wir dir noch, nachdem du eine Unterkunft gefunden hast."

„Hallo Ellen." Rita umarmte sie ebenfalls. Sie war etwas kleiner als Ellen und ihre Mutter, dafür aber um einige Kilos schwerer. Ihre bunte Wollmütze betonte zusätzlich die runde Form ihres Gesichts, das auch heute wieder perfekt geschminkt war. Rita achtete extrem auf ein gepflegtes Äußeres und hatte bis zu ihrer Rente beim NDR in Hamburg als Visagistin gearbeitet, wo sie im Laufe ihres Arbeitslebens allen prominenten Gesichtern, die die Showbranche zu bieten hatte – oder die sich für prominent hielten –, die Nase gepudert hatte. „Da hat deine Mama recht. Der Wind pfeift hier mitunter ziemlich ordentlich durch die Gegend. Und schwuppdiwupp hat man sich was weggeholt."

„Ein Glück, dass der Zug pünktlich gekommen ist. War äußerst schattig auf dem Bahnsteig. Ich hab richtig kalte Füße bekommen", sagte Ellens Mutter. „Also, ich könnte jetzt ein heißes Getränk vertragen. Wie sieht es mit euch aus?"

„Oh ja. Noch besser wäre gleich ein zweites Frühstück", meinte Rita.

„Oder ein erstes Frühstück. Ich bin noch gar nicht dazu gekommen, heute irgendetwas etwas zu essen", erklärte Ellen. „Ich musste mitten in der Nacht aufstehen, um von Hamburg aus den frühen Zug nach St. Peter-Ording zu nehmen." Dass sie letzte Nacht gar nicht geschlafen hatte, weil sie die Sache mit Laurits beschäftigte, verschwieg sie allerdings.

„Das wird dann aber höchste Zeit mit dem Frühstück. Es ist schon kurz vor elf. Fast Mittag. Da schälen andere Leute schon wieder Kartoffeln", befand ihre Mutter, und Rita nickte ihr zustimmend zu.

„Jaja, und als Nächstes erzählst du mir noch, dass das Frühstück die wichtigste Mahlzeit am Tag ist", meinte Ellen lachend und pustete sich eine Haarsträhne aus dem Gesicht, die der böige Nordseewind ihr sogleich wieder vor die Augen wehte.

Ihre Mutter nickte. „Natürlich. Stimmt ja auch. Der Mensch braucht immerhin eine Grundlage. Sonst kann er nichts leisten. Hat schon deine Oma immer gesagt. Und dein Freund wird dir das bestimmt auch schon mal gesagt haben. Immerhin ist er ja quasi vom Fach."

„Klar", erwiderte Ellen knapp und hoffte, dass damit das Thema Laurits erledigt war.

„Was hat er eigentlich dazu gesagt, dass du so spontan an die Nordsee gefahren bist?", fragte ihre Mutter neugierig.

„Er hat mir eine gute Fahrt gewünscht", sagte Ellen wahrheitsgemäß und achtete dabei darauf, dass ihre Stimme nicht wieder in eine verräterisch höhere Tonlage geriet, die ihre Mutter zu weiteren Fragen veranlasst hätte. Sie legte eine Hand auf ihren Magen, der geräuschvoll eine Mahlzeit einforderte. Perfektes Timing. „Ich glaube, es wird wirklich höchste Zeit, dass ich etwas Essbares zu mir nehme."

„Na, dann mal los. Auf zum Frühstück", sagte Rita und rieb ihre Hände aneinander. „Fahren wir mit dem Taxi?"

Die drei Frauen steuerten auf ein Großraumtaxi zu, das nur wenige Meter vom Gleis entfernt parkte. Als Ellens Reisetasche im Kofferraum verstaut war, nahmen die Frauen im hinteren Teil des Taxis Platz.

„Wohin darf ich Sie bringen?", fragte der Taxifahrer über seine Schulter.

„Am besten gleich ins Dorf. Wir wollen in einem Café frühstücken", antwortete Ellens Mutter gut gelaunt.

Der Taxifahrer drehte den Kopf zu ihnen. „Da gibt's einige Frühstücksmöglichkeiten."

„Bringen Sie uns einfach dorthin, wo es das beste Frühstück gibt", entschied sie pragmatisch.

„Wir verlassen uns da ganz auf Ihre Empfehlung, junger Mann", fügte Rita hinzu.

Damit schien der Taxifahrer etwas anfangen zu können. „Na, denn mal los, bevor es Mittag gibt", sagte er und düste sogleich los.

Ellen lehnte sich im Sitz zurück und schaute aus dem Fenster, während sie sich fragte, ob sich ihre Sorgen bis zu ihrer Abreise wohl in Luft aufgelöst haben würden und alles wieder gut mit Laurits wäre oder ob sie mit der gleichen Ungewissheit wieder zurück nach Hamburg fahren würde.

2. Kapitel

Der Taxifahrer hatte sie zu dem Café *Backhuus* gefahren, das eigentlich kein Café im klassischen Sinne war, sondern vielmehr eine Art Bistro, das in einer Bäckerei mit Konditorei integriert war. Alle Tische waren mit Gästen belegt, als Ellen, ihre Mutter und Rita den Laden betraten.

„Das Café scheint in der Tat beliebt zu sein", stellte Rita fest.

„Vermutlich wird es von sämtlichen Taxifahrern in St. Peter-Ording empfohlen", bemerkte Ellen trocken und fischte ihr vibrierendes Handy aus der Manteltasche ihres Parkas. Sie hatte in dem Café endlich Empfang, und auf dem Display erschienen prompt zwei Nachrichten. Eine Werbe-SMS von ihrem Mobilfunkanbieter und eine WhatsApp-Nachricht von ihrer besten Freundin Tine, die sich erkundigte, ob sie gut angekommen war. Jedoch keine Nachricht von Laurits.

Sie spürte einen kleinen Stich in ihrer Herzgegend, schluckte ihre Enttäuschung aber sofort herunter. Ihre Mutter und Rita sollten nichts von ihrem Liebeskummer mitbekommen. Ellen wollte kein Mitleid, und deswegen bemühte sie sich um einen möglichst entspannten Gesichtsausdruck, wenngleich ihr dies ziemlich schwerfiel. Wenigstens dachte Tine an sie, tröstete sie sich.

Ellen tippte eine Antwort an ihre Freundin und ließ sich dann von Rita und ihrer Mutter erzählen, welche Anwendungen sie in den letzten Tagen schon bekommen hatten, dass die Matratzen ihrer Betten viel zu weich waren und sie eine mögliche Kurverlängerung wegen eines Rückenleidens anstrebten.

Ein paar Minuten später wurde in einer Ecke des Lokals ein Tisch frei, an dem kurz zuvor eine vierköpfige Familie gegessen hatte und den sie sogleich ansteuerten.

„Das war richtig gut", sagte Ellen zufrieden, nachdem sie ihr Frühstück zu sich genommen hatte, und legte die gebrauchte Serviette auf ihren Teller und das benutzte Messer obendrauf. Wenigstens konnte ihr Laurits' Gleichgültigkeit nicht den Appetit verderben. Das hatte bislang noch kein Mann geschafft.

Während Tine bei Herzschmerzangelegenheiten keinen Bissen herunterbrachte, konnte Ellen selbst bei großem Liebeskummer eine Jumbo-Pizza mit doppelt Käse und eine Portion Vanilleeis mit Schlagsahne verdrücken. „Ich habe gar nicht gemerkt, was für einen großen Hunger ich hatte. Und nun bin ich pappsatt."

„Kein Wunder! Drei belegte Brötchen, eine Portion Rührei, einen Joghurt und eine Scheibe Schwarzbrot, das ist nicht übel“, stimmte Rita ihr zu und löffelte vergnügt den Rest ihres Obstsalates.

„Was fährst du auch auf nüchternen Magen los? Wenigstens am Hamburger Bahnhof hättest du dir noch ein Franzbrötchen besorgen können, bevor du in den Zug eingestiegen bist“, fand ihre Mutter.

„Jaaa, Mama“, antwortete Ellen lahm. Dass sie spät dran gewesen war, weil sie vor lauter Liebeskummer vergessen hatte, auf die Zeit zu achten, wollte sie ihrer Mutter nicht unbedingt erzählen. Deswegen zog sie es vor, ihr einfach zuzustimmen.

Für den Kauf eines Franzbrötchens wäre garantiert immer noch genug Zeit gewesen, hätte sie ihrer Tochter höchstwahrscheinlich trotz ihres Kummers zur Antwort gegeben.

„Die Seeluft macht noch extrahungrig. Du wirst in den nächsten Tagen schon merken, dass du hier mehr als in Hamburg isst. Aber du kannst das ja auch vertragen“, meinte Rita.

„Oje, dann muss ich mir bald neue Hosen kaufen, weil mir meine alten nicht mehr passen. Da werde ich wohl mein gesamtes Honorar auf den Kopf hauen müssen.“ Ellen zwinkerte Rita zu.

„Ach was! Dafür wirst du dich hier auch viel mehr bewegen, als du es in Hamburg tust. Da verbrennst du alle zusätzlichen Kalorien. In St. Peter läuft man eher mal von A nach B. Schließlich gibt’s hier keine U-Bahn, in die man sich einfach reinsetzen kann. Du könntest dir höchstens ein Fahrrad leihen und kräftig in die Pedale treten."

„Bei dem Schnee? Und sich dann mit dem Rad auf die Nase legen und einen Arm brechen? So weit kommt es noch!", protestierte ihre Mutter entschieden.

Ellen legte den Kopf schief und betrachtete Rita von der Seite. „Man könnte fast meinen, du bist eine richtige St. Peter-Ording-Expertin, so wie du redest. Warst du schon mal hier?"

„Ja, natürlich. Habe ich dir das noch gar nicht erzählt?"

Ihre Mutter zog die Augenbrauen hoch. „St. Peter ist quasi Ritas zweite Heimat. Sie kennt hier Gott und die Welt."

„Das wusste ich gar nicht. Warst du hier schon öfter mal auf Kur und hast uns vielleicht eine künstliche Hüfte verheimlicht?", scherzte Ellen.

„Ach was! Von wegen künstliche Hüfte oder Kur, da ist Gott sei Dank noch alles im originalen Zustand bei mir. Nee, nee. Ich war früher oft mit meinen Eltern hier. Da war in dem Örtchen noch nicht so viel los. Jeden Sommer waren wir in St. Peter und auch zwischendurch mal. Über Pfingsten zum Beispiel. Später in den Achtzigerjahren sind Werner und ich dann mit unserem Wohnmobil hierhergefahren, auf einen Campingplatz. Der lag direkt hinterm Deich, und die Pächterin war ein Hippie, wie sie im Buche steht. *Strandperle* hieß der Campingplatz. Den gibt es sogar heute noch. Allerdings mit neuen Pächtern, hat mir letztens ein Einheimischer erzählt. Von da aus fällt man quasi direkt auf den Strand, wenn man den Wohnwagen verlässt."

„Apropos Strand. Den würde ich ja auch zu gerne mal sehen. Können wir gleich einen Abstecher dorthin machen?", fragte Ellen.

„Der Pharisäer für Sie. Bitte sehr." Die Bedienung stellte eine hohe Tasse mit dem Heißgetränk aus Kaffee, Rum und mit Schlagsahne vor Rita auf den Tisch, die sich bedankte.

„Du brauchst erst einmal eine Bleibe, wo du dein Gepäck abstellen kannst. Die schwere Reisetasche kannst du unmöglich mit an den Strand schleppen", warf Ellens Mutter ein.

„Schade. Dann müssen wir das wohl auf später verschieben. Aber du hast recht."

„Entschuldigen Sie, ich möchte mich ja nicht einmischen, aber wenn Sie möchten, können Sie Ihre Tasche gerne bei uns zwischenparken und nach Ihrem Abstecher zum Strand wieder abholen", schlug die Kellnerin vor.

„Wirklich?", fragte Ellen überrascht. „Würde Ihnen das nichts ausmachen?"

„Nein, nein. Ganz und gar nicht."

Ellen lächelte die Bedienung strahlend an. „Das ist aber wirklich sehr nett von Ihnen. Perfekt! Das Angebot nehme ich natürlich gerne an. Vielen Dank!"

Nachdem die Frauen gezahlt und Ellens Gepäck im Personalraum untergebracht hatten, liefen sie zunächst die

Badallee entlang und bogen wenig später in die Straße Zum Südstrand ein, die sie direkt auf den Deich führte und den Blick auf die zugeschneiten Salzwiesen und den ebenfalls schneebedeckten Strand freigab.

„Der Wahnsinn! Ein richtiger Wintertraum!" Ellen hielt sich eine Hand vor die Stirn, um ihre Augen vor dem grellen Sonnenlicht zu schützen, das durch den reflektierenden Schnee noch heller wirkte. Da hatte der Maler aus dem Zug nicht übertrieben, als er ihr von der Schönheit der Landschaft vorgeschwärmt hatte. „So was habe ich noch nie gesehen. Man kann das Meer in der Ferne ja nur erahnen."

Rita zog eine Sonnenbrille aus ihrer Manteltasche und setzte sie auf. „Da staunst du, was? Der Strand ist insgesamt zwölf Kilometer lang und an manchen Stellen bis zu zwei Kilometer breit", referierte Rita in bester Tourimusführer-Manier.

Sie spazierten den Deich nordwärts entlang und genossen die Aussicht. Der eisige Wind blies ihnen in die Gesichter, aber Ellen fand es einfach herrlich.

„Lauf die Strecke einmal am Tag, und du weißt, dass du Füße hast", meinte ihre Mutter mit einem Seitenblick auf Rita.

„Hast du das schon mal gemacht? Den gesamten Strand abgelaufen?" Ellen sah sie mit großen Augen an.

Ihre Mutter schnaubte. „*Mal* ist gut. Rita scheucht mich jeden Tag den Weg rauf und runter. Das macht schlappe vierundzwanzig Kilometer!"

Rita kicherte. „Wer rastet, der rostet."

Ellen rubbelte mit den Händen über ihre Ohren, die sich eisig und taub anfühlten. „Die Strecke werde ich heute jedenfalls nicht mehr zurücklegen. Ich glaube, meine Ohren sind mittlerweile schockgefrostet."

„Zeig mal her", forderte ihre Mutter. „Die leuchten auch schon rot wie ein Hummer. Wird Zeit, dass wir dir eine vernünftige Mütze besorgen." Sie deutete auf Ellens Loopschal. „Das dünne Ding ist doch nix für Nordseewetter."

„Und schon gar nicht bei Ostwind", fügte Rita hinzu.

Sie gingen noch etwas weiter, bis sie einen Weg erreichten, der vom Deich wieder ins Ortsinnere führte. Wenig später fanden sie sich halb erfroren im Ortsteil Dorf von St. Peter-Ording wieder. Unweit von der Bäckerei *Backhuus*, wie Rita Ellen erklärte.

„Hm, das riecht hier aber lecker", sagte Ellen und schnupperte, um herauszufinden, woher der würzige Geruch kam, der in der Luft lag.

„Ich vermute, der Duft kommt von da drüben." Rita deutete auf ein rotes Backsteinhaus auf der gegenüberliegenden Straßenseite, über dessen Eingang ein weißes Schild mit schwarzer Schrift angebracht war.

„Martinas Teeladen", las Ellen laut vor. „Ein Becher *St. Peter Winterbrise*, frisch gebrüht, nur ein Euro fünfzig. Klingt gut, ich bin so durchgefroren, da wäre eine Tasse heißer Tee jetzt genau das Richtige."

„Für mich auch“, erwiderte ihre Mutter, und Rita nickte ebenfalls.

Sie überquerten die Straße und betraten kurz darauf den urigen Teeladen mit heimeligem Tante-Emma-Flair. Es roch nach vielen aromatischen und exotischen Zutaten, die in die vielen verschiedenen Teesorten gehörten, welche in großen Blechboxen in Regalen standen.

Neben Tees aus Indien, China, Japan oder Nepal und Sorten wie Darjeeling, Earl Grey, grüner und weißer Tee, Rotbuschtee oder Oolong lagen auch Schokolade und Pralinen in einer Auslage.

Ein leises Klirren erfüllte den Raum, das von den Windspielen kam, die überall im Laden hingen. Neben der Ladentheke stand eine zierliche Frau an einem Tisch, die ungefähr in Ellens Alter war, und füllte mit einer Kelle Teig in einen Waffelhörnchenautomat und drückte dann die obere Druckguss-Platte auf die untere. Es erklang ein Zischlaut, und danach breitete sich sogleich ein unwiderstehlich duftendes Anisaroma in dem Lädchen aus, das Ellen an ihre Kindheit erinnerte, in der sie mit ihrer Oma zusammen Anis-Waffeln gebacken hatte.

Die Frau blickte von dem Waffelautomaten auf und legte die Kelle zurück in eine Schüssel mit Teig. „Moin, Moin!“, begrüßte sie ihre Kundschaft. „Was kann ich Ihnen Gutes tun?“

„Wir brauchen dringend eine Aufwärmung und möchten gerne drei Tassen von Ihrer *St. Peter Winterbrise* probieren“, sagte Ellens Mutter.

„Sehr gerne. Möchten Sie Ihren Tee mitnehmen oder lieber hier trinken?“

„Gerne hier“, antwortete Rita.

„Wunderbar. Nur einen kurzen Moment, bitte. Sie können es sich dort drüben in die Tee-Ecke bequem machen“, sagte die Frau und wies auf zwei gemütliche Sofas und einen Sessel, die um einen niedrigen Tisch positioniert waren.

Sie entledigten sich ihrer Jacken, Mützen, Schals und Handschuhe und ließen sich dann in die weichen Polster sinken. Derweil hatte die Frau die Waffel mit einem Kochlöffel aufgerollt und zum Auskühlen auf einen Teller gelegt und war in einen Nebenraum verschwunden. Kurz darauf kam sie mit einem Tablett zurück, auf dem sie drei Tassen mit frisch gebrühtem Tee trug.

„Ich bin Martina Nissen, die Inhaberin des Ladens“, stellte sie sich ihnen vor, nachdem sie die Tassen auf den Tisch gestellt hatte. „Ich kann Ihnen zu dem Tee auch frisch gebackene Neujahrskuchen anbieten, wenn Sie möchten. Ich muss sie nur noch mit Vanillesahne befüllen.“

„Da sagen wir doch nicht Nein!“ Trotz des ausgiebigen Frühstücks hatte Ellen bei dem köstlichen Duft, der in der Luft hing, großen Appetit auf die gerollten Aniswaffeln mit Vanillesahne bekommen. Rita hatte vermutlich recht, dass die Nordseeluft ihren Appetit beflügelte. „Die Waffeln riechen richtig lecker.“

„Der Tee aber auch", sagte Rita und nippte vorsichtig an dem heißen Getränk, um sich nicht die Zunge zu verbrennen. „Und schmecken tut er noch viel besser!"

„Danke, das höre ich gerne." Martina Nissen lächelte und befüllte die Neujahrskuchen mit der süßen Sahne.

Ellen trank ebenfalls einen kleinen Schluck von dem Schwarztee, der nach Vanille und Anis schmeckte. Sie sah sich in dem Teehaus um und entdeckte in einer Ecke ein Bücherregal. „Teeschmöker, unsere Empfehlungen für Sie", las sie auf einem Schild, das mittig am Regal befestigt war. Das weckte Ellens Neugier. Sie stand auf und ging zum Bücherregal.

Die Bücherempfehlungen entpuppten sich als eine bunte Mischung aus verschiedenen Genres. Krimis reihten sich neben Liebesromanen ein, Reiseführer standen in Reih und Glied mit Kochbüchern, die die Leser zum Nachkochen der besten nordfriesischen Rezepte animieren sollten. Eines hatten alle Bücher gemeinsam: Sie alle hatten einen Regionalbezug zu St. Peter-Ording.

„Ich bekomme die Bücher immer wöchentlich von *Bookbantje Truels*, dem Buchladen im Ort, geliefert", erklang Martina Nissens Stimme neben Ellen. Sie war so sehr in die Bücherauswahl der Teeschmöker vertieft gewesen, dass sie nicht bemerkt hatte, dass die Inhaberin des Teeladens zu ihr gekommen war. „Ich habe mir von dem Inhaber des Buchladens sagen lassen, dass viele Leute gerne ein gutes Buch zu ihrer Tasse Tee lesen."

„Oh ja. Das stimmt“, bestätigte ihr Ellen. „Es gibt sogar Buch-Blogger, die Videos darüber drehen, welchen Tee sie zu welchem Buch getrunken haben und diese dann auf YouTube online stellen.“

„Ach! Das ist ja verrückt!“ Martina Nissen schüttelte den Kopf. „Davon habe ich noch nie etwas gehört. Haben Sie diese Videos schon einmal angeschaut?“

Ellen lächelte Martina Nissen an. „Ich gucke diese Videos tatsächlich, weil ich auch gerne Tee trinke, wenn ich ein Buch lese, aber auch, wenn ich selbst eins schreibe. Ich bin nämlich Autorin, und deswegen interessiere ich mich grundsätzlich für alles, was mit Büchern zu tun hat“, erklärte sie.

„Das ist ja ein Ding“, staunte die Inhaberin des Teeladens. „Eine Autorin als Kundin hatte ich noch nie in meinem Laden. Was schreiben Sie denn für Bücher?“

„Bislang Krimis.“ Und bald hoffentlich ebenso erfolgreich Liebesromane, fügte Ellen im Stillen hinzu, verdrängte den Gedanken aber gleich wieder. Heute wollte sie erst einmal in St. Peter ankommen; morgen konnte sie sich dann immer noch mit ihrem neuen Buch beschäftigen.

„Wie spannend! Sie müssen unbedingt Herrn Truels vom Buchladen mal einen Besuch abstatten. Der freut sich immer, wenn sich Autoren in seinen Laden verirren. Das kommt nämlich für gewöhnlich eher selten vor. Es sei denn in St. Peter-Ording findet eine Lesung statt.“

„Das mache ich sehr gerne. Ich liebe es, durch die Bücherregale zu stöbern und dabei spannende Geschichten zu entdecken. Wo ist denn das Geschäft?", erkundigte sich Ellen.

„Im Ortsteil Bad. In der Nähe von der Strandpromenade. Wenn Sie mir sagen, wo Ihre Unterkunft ist, kann ich Ihnen den Weg dorthin erklären", bot Frau Nissen ihr an.

„Wo meine Unterkunft ist, kann ich Ihnen leider noch gar nicht sagen. Ich bin vorhin erst mit dem Zug angekommen und habe mich noch nicht um eine Bleibe gekümmert. Das wollte ich nach dem ersten Strandspaziergang erledigen. Aber vielleicht können Sie mir ja hier im Ort eine Unterkunft empfehlen?"

„Klar. Das kann ich gern tun. An was hatten Sie denn gedacht? Ein Hotel, eine Ferienwohnung oder eine Pension? Nichtraucher, allergikerfreundlich, mit Frühstück oder lieber ohne?", sprudelte es aus Martina Nissen heraus. „Und vor allem: Wie lange möchten Sie in St. Peter-Ording bleiben?"

Ellen lachte. Sie mochte die quirlige Art der Ladeninhaberin und hatte das Gefühl, mit ihr auf einer Wellenlänge zu sein. „Ach, es muss gar nichts Besonderes sein. Im Grunde genommen reicht mir schon ein einfaches Zimmer mit einem Bett, einem Schrank und einem Tisch aus. Darüber, wie lange ich bleiben möchte, habe ich mir ehrlich gesagt noch keine genauen Gedanken gemacht. Vielleicht eine Woche. Vielleicht aber auch länger."

„Na, wenn das so ist. Ich habe über dem Teeladen ein Gästezimmer, das meistens als Unterbringung von Aushilfen in der Hauptsaison genutzt wird. Das ist im Moment frei. Sie könnten es haben, wenn Sie möchten, Frau …?"

„Oh, einfach nur Ellen!"

„Okay, Ellen. Aber nur, wenn du Martina zu mir sagst", erwiderte ihre neue Bekanntschaft.

„Geht klar, Martina", stimmte Ellen zu und lächelte die Ladeninhaberin an. Was für eine glückliche Fügung es doch gewesen war, dass sie hierhergekommen waren! So hatten sie bei einer heißen Tasse Tee direkt auch noch eine Unterkunft für Ellen gefunden.

Wenn das kein vielversprechender Anfang für ihre Zeit in St. Peter-Ording war …

„Also, was sagst du? Möchtest du dir das Zimmer mal ansehen?", fragte Martina.

Ellen nickte. „Ja, sehr gerne. Aber kannst du denn jetzt einfach aus dem Laden verschwinden?"

„Gerade jetzt kann ich das." Martina ging zur Ladentür, schloss sie ab und drehte das „Geschlossen"-Schild im Fenster um. „Ich habe nämlich bis fünfzehn Uhr Mittagspause."

„Dann werden wir mal jetzt bezahlen und gehen", sagte Ellens Mutter, die nichts von dem Gespräch zwischen ihnen mitbekommen hatte, und griff nach ihrem Portemonnaie.

„Nein, nein. Bleiben Sie ruhig sitzen. Ich habe oben ein Gästezimmer frei, das ich Ellen eben zeigen möchte", erklärte Martina.

„Das ist ja toll! Dann bleiben wir natürlich noch", sagte ihre Mutter und lehnte sich wieder gemütlich auf dem Sofa zurück.

Ellen und Martina stiegen die Holztreppe zur ersten Etage hoch. Auf der oberen Stufe lag eine getigerte Katze mit weißen Pfoten und weißem Lätzchen und mauzte ihnen entgegen. Sie drehte sich auf den Rücken und präsentierte ihnen ihren runden Bauch.

„Ich hoffe, du hast keine Katzenallergie?", fragte Martina besorgt. „Paul ist nämlich ein ganz haariger Vertreter und ergaunert von jedem Besucher Streicheleinheiten."

„Nein, Gott sei Dank bin ich nicht allergisch." Ellen ging in die Hocke und kraulte den Kater hinter den Ohren, was er durch lautes Schnurren guthieß. „Du bist ja süß."

„Er ist ein Findelkind. Irgendwann saß er vor unserer Ladentür, und wir haben ihn hereingelassen und gefüttert. Seitdem ist er nie wieder weggegangen. Das ist nun auch schon fast zehn Jahre her."

„Wir – das heißt, deine Familie und du?", fragte Ellen.

„Ja. Ich lebe hier zusammen mit meinem Mann Björn und meinen Zwillingen Lisa und Kim. Björn ist gerade bei der Arbeit. Er ist Koch in einem Hotel. Und meine Töchter sind noch in der Schule. Sie sind zwölf Jahre alt und gerade schwer in der Pubertät", erklärte Martina lachend.

Ellen erhob sich wieder. „Dann hat Paul ja eine große Familie gefunden."

„Absolut. Und er ist auch ein richtiger Familienkater. Am liebsten hat er es, wenn alle da sind und es schön laut ist." Martina schloss eine Tür auf, die sich schräg gegenüber von der Treppe befand. „Wie gesagt, es ist nichts Besonderes, aber es ist ganz kuschelig", sagte sie und öffnete mit Schwung die Tür zu dem Gästezimmer.

Ellen trat ein und sah sich in dem geräumigen Zimmer um. Alle Möbel waren in Weiß gehalten. Vor dem Fenster stand ein Schreibtisch im Vintage-Stil, auf dem eine Messing-Leuchte stand, und davor ein Stuhl mit Polster aus hellem Leinen. Neben dem Fenster auf der rechten Seite befand sich ein weißes Holzbett, auf dem blau-weiß gestreifte Kissen und eine Decke lagen. Auf der gegenüberliegenden Seite stand ein großer doppeltüriger Kleiderschrank, in dessen unterem Teil zwei große Schubladen zusätzlichen Stauraum boten. An den Wänden hingen Schwarz-Weiß-Fotografien von Segelschiffen, die Fensterbank war mit Miniatur-Schiffsmodellen dekoriert, und hier und da fanden sich Accessoires aus Treibholz. Die Krönung für Ellen war jedoch ein Schaukelstuhl mit einem geschnitzten Anker, auf dessen Sitzkissen sich ein gesticktes Segelschiff befand.

„Das Zimmer ist ein Traum. Fast wie aus einem Katalog für *Schöner Wohnen*", sagte Ellen begeistert und strich über einen Kompass, der auf einer kleinen Kommode in der Ecke lag. „Mir kommt es vor, als könnte ich von hier aus die wogenden Wellen des Meeres rauschen hören. Hier möchte ich bleiben und nirgendwo anders“, erklärte sie bestimmt und schaute aus dem Fenster, das den Blick auf einen großen Garten mit Obstbäumen und einem Gartenhaus freigab.

„Das freut mich. Das Bad ist allerdings auf dem Flur“, fügte Martina hinzu.

„Das macht mir nichts aus. Wann darf ich das Zimmer beziehen, und wie teuer ist es?“

Martina hielt ihr den Schlüssel hin. „Von mir aus sofort, und über die finanziellen Angelegenheiten können wir uns später noch unterhalten, wenn Björn wieder da ist. Er wollte heute Abend etwas kochen, vielleicht hast du ja Lust, mit uns zu essen? Dann lernst du auch gleich den Rest meiner Familie kennen.“

„Die Einladung nehme ich gerne an!“, sagte Ellen freudig und nahm den Schlüssel entgegen.

„Prima! Wir essen immer gegen sieben.“

„Okay, dann heute Abend um sieben bei euch“, sagte Ellen lächelnd.

Jetzt war sie richtig in St. Peter-Ording angekommen, nun konnte es losgehen mit dem Schreiben, oder vielleicht würde sie sich auch zuerst den Luxus gönnen und einfach mal zwei oder drei Tage abschalten, um den Kopf frei zu bekommen.

Ellen spürte eine gewisse Vorfreude in sich aufkeimen.

Eine Vorfreude auf die Zeit in St. Peter-Ording und auf hoffentlich interessante Begegnungen, die ihr die nötige Inspiration für ihren Liebesroman bescherten. Und sie vor allem von ihrem Liebeskummer wegen Laurits ablenkten. St. Peter-Ording erschien ihr viel zu schön, um die Zeit hier damit zu verbringen, solchen schwermütigen Gedanken nachzuhängen. Lieber wollte sie sich darauf konzentrieren, neue Kraft zu tanken.

3. Kapitel

Nachdem Ellen ihrer Mutter und Rita die Neuigkeiten erzählt hatte, waren sie zusammen noch mal zu dem Café gelaufen, das sich unweit von Martinas Teeladen befand, um Ellens Gepäck abzuholen. Das Café hatte glücklicherweise keine Mittagsruhe, sondern war durchgehend geöffnet, sodass Ellen gleich ihre Reisetasche in Empfang nehmen konnte.

„Findest du den Weg zum Teeladen allein zurück?“, fragte ihre Mutter. „Rita und ich haben in vierzig Minuten einen Breuss-Massagetermin in der Dünen-Therme und müssen uns mächtig sputen, damit wir nicht zu spät kommen.“

„Klar. Geht ihr ruhig zu eurem Termin. Wir können ja später telefonieren“, erwiderte Ellen. „Ich rufe euch an, wenn ich ausgepackt und mich frisch gemacht habe.“

„Lass dir ruhig Zeit. Die Massage dauert bestimmt gute dreißig Minuten. Und wir müssen ja auch erst einmal dort ankommen.“

„Vielleicht lege ich mich auch noch eine halbe Stunde hin.“ Ellen musste gähnen. Das Nordseeklima schien sie nicht nur hungrig zu machen, sondern auch schläfrig.

„Das liegt an der ganzen Bewegung. Das bist du in der Form nicht gewöhnt", meinte Rita und zwinkerte ihr zu.

„Wie dem auch sei, wir müssen jetzt wirklich los." Ihre Mutter umarmte sie kurz. „Und du meldest dich dann später, ja?"

„Mach ich", versprach Ellen.

„Bis später!" Sie winkte Rita und ihrer Mutter hinterher, die sich zu Fuß zur Dünen-Therme auf den Weg machten. Sie bewunderte die beiden dafür, dass sie noch so flott unterwegs waren. Sollte sie später in dem Alter über die gleiche Ausdauer verfügen, konnte sie sich wirklich glücklich schätzen.

Ellen streifte sich ihre Stiefel von den Füßen, als sie wieder in ihrem Zimmer angekommen war. Ihr Plan war eigentlich gewesen, ihre Tasche auszupacken und sich eine heiße Dusche zu gönnen und danach vielleicht ein kurzes Nickerchen zu halten. Doch ihre Glieder fühlten sich so schwer an, dass sie sich erst einmal hinlegte. Sie wollte die Augen nur für fünf Minuten zumachen, bevor sie zu ihrer ursprünglichen Planung zurückkehrte. Doch als sie ihre Lider schloss, döste sie augenblicklich weg.

Ein Vibrieren an ihrem rechten Oberschenkel weckte sie, aber Ellen brauchte noch einen Moment, um zu realisieren, wo sie sich befand. Sie fühlte sich wie in einer finnischen Sauna, aber das war kein Wunder, denn sie lag in voller Wintermontur auf dem Bett in Martinas Gästezimmer.

Sie musste eingeschlafen sein, ziemlich schnell sogar, sonst hätte sie sich zumindest noch den Parka ausgezogen. Rasch entledigte sich Ellen ihres Schals und der Winterjacke und tastete dann hastig nach ihrem Handy, der Quelle der Vibration.

Vielleicht war es dieses Mal der ersehnte Anruf von Laurits, der sich erkundigen wollte, ob sie gut angekommen war, und ihr sagte, dass er sie schrecklich vermisste. Mehr musste er nicht sagen, und Ellen würde großzügig darüber hinwegsehen, dass er sich nicht schon eher gemeldet hatte.

Doch es war wieder nicht Laurits, stellte sie deprimiert fest. Auf dem Display ihres Mobiltelefons leuchtete der Name ihrer besten Freundin Tine auf. Ellen versuchte das bittere Gefühl der Enttäuschung niederzukämpfen. Schließlich war es ungerecht Tine gegenüber. Sie sollte sich freuen, wenn sich ihre Freundin meldete, statt Frust zu schieben, dass es nicht Laurits war.

Trotzdem spürte sie, wie die Enttäuschung ihr die Kehle zuschnürte, und sie war erleichtert, als das Handy verstummte und ein verpasster Anruf auf dem Display angezeigt wurde. Sie beschloss, sich erst zu sammeln, bevor sie Tine zurückrief. Ihr Verhalten war ein eindeutiges Indiz für hochgradigen Liebeskummer. Und so sollte sie einen Liebesroman mit „Herzklopfen inklusive“ schreiben? Na dann, Prost, Mahlzeit! Das konnte ja was werden.

Ellens Handy vibrierte erneut. Sie räusperte sich, um die Enge in ihrem Hals loszuwerden. Nachher dachte Tine noch, dass sie ihre Anrufe absichtlich ignorierte. Aber es war nicht Tine. Der Anruf kam aus dem Verlag. Da musste sie nun wirklich rangehen. Vielleicht ging es um den Liebesroman, der ihr jetzt schon Kopfzerbrechen bereitete, obwohl sie noch kein Wort davon geschrieben hatte. Oder gerade deswegen.

Sie riss sich zusammen, räusperte sich kurz und nahm dann den Anruf entgegen. „Carstens?"

„Hallo, Frau Carstens. Hier ist Isabel Allekotte. Das ist ja schön, dass ich Sie so kurz vor dem Start ins Wochenende noch erreiche", sagte die Verlagsmitarbeiterin beschwingt.

„Hallo, Frau Allekotte. Wie schön, von Ihnen zu hören", antwortete Ellen gespielt heiter, um sich nichts von ihrer Niedergeschlagenheit anmerken zu lassen. Allerdings war sie auch gespannt, warum Frau Allekotte sie an zwei Tagen in Folge anrief. Normalerweise hörte sie höchstens einmal in der Woche etwas aus dem Verlag – wenn überhaupt –, manchmal auch nur einmal im Monat. Vielleicht wollte sie ihr ja schonend beibringen, dass sich der Verlag nun doch gegen einen Liebesroman aus ihrer Feder entschieden hatte – was Ellen nicht wirklich in eine tiefe Lebenskrise gestürzt hätte, denn sie hatte bis jetzt noch nicht einmal den Funken einer Idee für die Geschichte.

„Ich melde mich so schnell noch einmal bei Ihnen, weil wir heute Redaktionskonferenz hatten und ich der Runde von unserem gestrigen Gespräch berichtet habe. Wir sind alle sehr glücklich über Ihre Zusage für den Liebesroman und haben schon mal geschaut, wann ein guter Erscheinungstermin für den Roman wäre. Deswegen wollte ich Sie vorab fragen, ob Sie sich vorstellen könnten, den Roman bis zum September fertiggestellt zu haben, damit er im kommenden Juni veröffentlicht werden kann?", fragte die Lektorin. „Das wäre ein idealer Erscheinungstermin für den Sommerroman."

„Oh, bis zum September?", fragte Ellen überrascht.

„Natürlich nur, wenn Sie es bis dahin schaffen. Wir hätten da nämlich einen schönen Programmplatz für Sie und Ihren Roman, und außerdem beginnt im Juni die Urlaubszeit. Da werden gerne Liebesromane am Strand, im Garten oder auf dem Balkon gelesen", erklärte Frau Allekotte.

„Das hört sich doch ganz gut an. Bis September sollte ich den Roman geschrieben haben", sagte Ellen vorsichtig. Hoffentlich waren die Erwartungen des Verlages an ihren ersten Liebesroman nicht zu groß, und hoffentlich schaffte sie es innerhalb von neun Monaten ein romantisches Buch zu schreiben, denn im Moment wusste sie nicht, ob sie diesen Anforderungen gerecht werden konnte.

„Also, sind Sie einverstanden?", fragte die Lektorin. „Dann würden wir Ihren Roman nämlich fest im Programm einplanen."

„Ja, ich bin einverstanden." Ellen wurde mit einem Mal noch wärmer, nachdem sie das gesagt hatte. Sie zog den Reißverschluss ihrer Strickjacke nach unten und wedelte sich Luft zu. Der konkrete Abgabetermin des Verlages verursachte zusätzliche Hitzewallungen in ihr. So mussten sich die Wechseljahre anfühlen, vermutete Ellen, wenngleich sie davon noch meilenweit entfernt war.

Ob Frau Allekotte auch so mit ihrem zukünftigen Roman planen würde, wenn sie wüsste, wie es gerade in ihr aussah? Wenn sie wüsste, dass ihre Erfolgsautorin noch nicht einmal eine Idee für den angedachten Liebesroman hatte? Und das, obwohl sie nun im malerisch schönen St. Peter-Ording war und es dort nur vor Inspiration so wimmeln sollte, wie sie von dem Pfeifenmann wusste.

„Wir freuen uns alle schon riesig auf Ihren Roman, Frau Carstens, und wir werden natürlich alles für den Erfolg des Buches tun", versprach die Lektorin und verabschiedete sich dann.

Ellen legte das Handy auf die Fensterbank und hängte ihren Parka auf einen Bügel in den Schrank. Dann machte sie sich daran, ihre Tasche auszuräumen und die Sachen in dem Kleiderschrank zu verstauen, um sich so Zeit zu verschaffen, ihre Gedanken zu ordnen. Sie brauchte eine Idee – und zwar schnell.

Nachdem sie sich ihren provisorischen Schreibplatz eingerichtet hatte, sah sie sich in dem Raum um. Wenigstens herrschte nach außen hin Ordnung, wenngleich in ihr das absolute Chaos tobte.

Sie schnappte sich Handtücher und frische Sachen und verschwand damit in dem kleinen Bad, das sich schräg gegenüber ihrem Zimmer befand. Vielleicht half ihr eine heiße Dusche dabei, ihre Gedanken wegen Laurits und wegen des Liebesromans zu sortieren.

Das warme Wasser, das aus dem Duschkopf kam, tat ihr gut. Sie spürte, wie durch die leichte Massagewirkung der Wasserstrahlen ihre Lebensgeister wieder geweckt wurden und ihr Kopf klarer wurde. Nachdem sie sich abgetrocknet und mit einer Lotion, die nach Kokos duftete, eingecremt hatte, fühlte sie sich fast wie ein neuer Mensch, und die Herausforderung, ein Exposé für einen Liebesroman zu schreiben, schien auch etwas von ihrem anfänglichen Schrecken verloren zu haben.

Vielleicht würde ihr die Lektüre von ein paar neuen Büchern dabei helfen, zu ihrer eigenen Kreativität zurückzufinden. Sie wollte ohnehin dem ortsansässigen Buchladen, von dem Martina ihr zuvor erzählt hatte, einen Besuch abstatten.

Als sie auf ihr Handy schaute, stellte sie fest, dass es zwar schon Nachmittag war, sie aber noch ausreichend Zeit bis zu ihrer Verabredung zum Abendessen mit Martinas Familie hatte. Deswegen rief sie wie versprochen ihre Mutter an. Bei Tine wollte sie sich später melden.

„Wir können uns ja zu einem Spaziergang treffen“,

schlug ihre Mutter vor, die scheinbar nichts anderes in St. Peter-Ording tat, als den lieben langen Tag von A nach B zu wandern.

„Ich wollte eigentlich in den Ortsteil Bad zu *Bookbantje Truels*. Weißt du, wo das ist?", fragte Ellen.

„Aber sicher. Der kleine Buchladen ist ganz in der Nähe von der Strandpromenade. Da haben Rita und ich vor ein paar Tagen noch Postkarten gekauft. Wir können uns da gerne treffen, wenn du willst."

Ellen musste lachen. „Wenn ich mich hier nur ein bisschen besser auskennen würde, wäre das kein Problem, Mama."

„Ach, weißt du was? Wir kommen dir einfach entgegen", beschloss ihre Mutter. „Der Teeladen ist doch auf der Straße Am Bad und die gehst du einfach rechts hoch, immer Richtung Norden. Der Straßenverlauf führt dich automatisch in den Ortsteil Bad. Rita und ich werden sie südwärts runtermarschieren, und irgendwo auf der Strecke werden wir uns automatisch über den Weg laufen, und dann begleiten wir dich zu dem Buchladen. Was hältst du davon?"

Das hörte sich für Ellen nach einem guten Plan an. „Okay. Abgemacht."

„Und dann kannst du dir auch endlich eine vernünftige Mütze kaufen", konnte sich ihre Mutter nicht verkneifen.

Ellen unterdrückte ein Seufzen. Aber St. Peter-Ording zu erkunden, würde bestimmt mehr Spaß machen, wenn sie nicht dauernd fror. Also hatte ihre Mutter wohl oder übel recht. „Einverstanden. Ich ziehe mich nur noch schnell an und laufe dann los."

Das tat sie dann auch. Dick eingemummelt in ihrem Parka, mit Handschuhen, einem Schal und dick gefütterten Stiefeln machte sie sich auf den Weg Richtung Bad. Ellen war froh, dass die Gehwege überall freigeräumt und mit Splitt gestreut waren. So kam sie zügig voran und musste auch nicht befürchten, auf glatten Stellen auszurutschen, während sie nach ihrer Mutter und Rita Ausschau hielt, die sie auf der gegenüberliegenden Straßenseite erspähte, nachdem sie einige Zeit die Straße entlanggelaufen war. Ellen lief auf die beiden zu. „Das hat ja gut geklappt."

„Hier kann man aber auch gar nicht aneinander vorbeilaufen", sagte ihre Mutter und hakte sich bei ihr unter.

Nach einer Weile Fußmarsch erreichten sie den Ortsteil Bad. „Hier gibt es die meisten Geschäfte, Restaurants und Hotels in St. Peter-Ording", erzählte Rita. „In den Sommermonaten herrscht hier reges Treiben – an manchen Tagen sogar wie auf einem Volksfest. Da treten sich die Leute buchstäblich auf die Füße. Jetzt im Winter allerdings ist von dem Trubel der Hauptsaison nichts zu spüren. Einige Läden machen in der dunkeln Jahreszeit sogar komplett dicht und legen eine Winterpause ein. Andere haben wenigstens für wenige Stunden am Tag geöffnet." Sie deutete auf ein beleuchtetes Schaufenster eines Schuhladens, das weihnachtlich dekoriert war.

Der Buchladen befand sich unmittelbar daneben in einem weißen Haus mit Sprossenfenstern und einem mit roten Ziegeln gedeckten Dach. Die mit Büchern dekorierte Glasfront lud Passanten zum Schaufensterbummeln und Hereinkommen ein. Über dem Eingang stand in gelben Lettern *Bookbantje Truels*, neben der Tür war ein Weihnachtsbaum mit elektrischer Beleuchtung aufgestellt worden.

„Sagtest du nicht was von einem *kleinen* Buchladen?“, fragte Ellen.

Ihre Mutter zuckte mit den Schultern. „Na ja, im Vergleich zu den Hamburger Buchläden ist der hier doch wirklich klein. Fast schon winzig.“

Ellen runzelte die Stirn und ließ ihren Blick die Straße entlang schweifen. „Im Vergleich zu den anderen Geschäften hier ist er aber richtig groß.“

„Ob klein oder groß, lasst uns mal schnell reingehen. Ich muss mich dringend etwas aufwärmen, sonst brauche ich vor lauter Zähneklappern demnächst ein Gebiss“, meldete Rita sich zu Wort.

„Dann mal nichts wie ab mit uns in die gute Stube“, sagte ihre Mutter und öffnete schwungvoll die Ladentür.

Kaum hatten sie das Geschäft betreten, wurde Ellen direkt von dem Zauber umhüllt, den Buchhandlungen auf sie ausübten. Bibliotheken und Buchläden waren für sie seit jeher magische Orte gewesen, in denen sich zauberhafte Welten, spannende Abenteuer und heldenhafte Protagonisten verbargen und nur darauf warteten, von den richtigen Lesern entdeckt zu werden.

An den Wänden von *Bookbantje Truels* standen deckenhohe Bücherregale, die allesamt voll bestückt mit Lesefutter für große und kleine Bücherfans waren. Hinter einer hölzernen Theke packte eine Angestellte für einen ungefähr dreizehnjährigen Jungen zwei Bücher in einen Jutebeutel, auf dem der Slogan „Wo Bücher zu Hause sind – *Bookbantje Truels*" aufgedruckt war. Ein mächtiger Kronleuchter war an der Decke befestigt und tauchte den Buchladen in ein warmes heimeliges Licht. In einer Ecke stand noch ein weiterer Weihnachtsbaum, der mit Strohengeln, Tannenzapfen, silbernen Christbaumkugeln und roten Kerzen festlich geschmückt war und unter dem sich Weihnachtsbücher für Jung und Alt befanden.

Ihre Mutter und Rita hatte es sogleich zu dem Regal mit den Back- und Kochbüchern gezogen. Ein Hobby, das sie zur Begeisterung ihrer Ehemänner leidenschaftlich gern ausübten.

Mitten im Raum befanden sich mehrere Büchertische, deren Angebot Ellen nacheinander betrachtete. Jeder von ihnen hatte ein eigenes Thema. Auf einem entdeckte Ellen nordfriesische Reiseführer, auf einem anderen spirituelle Sachbücher und religiöse Literatur. Auf zwei Tischen wurden neben weiteren Weihnachtsbüchern für Kinder auch Backbücher mit Rezepten für Weihnachtsplätzchen präsentiert.

Auf dem größten der Tische, der mitten im Raum stand, fand Ellen aktuelle Spannungsschmöker und Liebesromane, die sie entweder schon gelesen hatte oder zumindest vom Titel her kannte. Sie nahm eines der Bücher in die Hände, auf dessen Cover ein hübscher Blumenstrauß abgebildet war, und las sich den Text auf der Rückseite durch.

„Kann ich Ihnen vielleicht behilflich sein?", ertönte eine männliche Stimme neben ihr.

Ellen blickte auf und versank augenblicklich in einem Paar tiefgrüner Augen, das zu einem äußerst attraktiven Mann gehörte, der sie an den Schauspieler Bradley Cooper erinnerte, für den sie eine heimliche Schwäche hatte – und deswegen auch all seine Filme kannte. „Tja, äh … ich weiß nicht so genau", sagte sie und versuchte, ihren Blick von den grünen Augen des Bradley-Cooper-Doppelgängers zu lösen. Das war ihr ja schon Ewigkeiten nicht mehr passiert, dass ihr Herzschlag beim Anblick eines Mannes für einen Moment völlig aus dem Takt geriet. Außer bei Laurits natürlich.

„Keine Sorge, das wissen die meisten meiner Kunden nicht. Aber um das herauszufinden, bin ich ja da", erklärte er mit einem ebenso einnehmenden Lächeln. „Für meine Kunden das passende Buch zu finden ist die schönste Aufgabe in meinem Beruf."

Ellen legte das Buch wieder zurück auf den Stapel und erwiderte, noch etwas entrückt, das Lächeln des Buchhändlers. „Dann trifft sich das ja gut."

„Ayk Truels. Ich bin der Inhaber von diesem kleinen Buchladen.“ Er reichte ihr die Hand.

„Ellen Carstens“, erwiderte sie und ergriff seine Hand. „Meine Mutter ist in St. Peter-Ording mit ihrer Freundin zusammen auf Kur, und ich besuche die beiden für ein paar Tage“, erzählte sie, obwohl er sie nicht danach gefragt hatte. Lieber Himmel, seine Ausstrahlung brachte sie schon so durcheinander, dass sie anfing zu plappern!

„Ah, verstehe. Dann suchen Sie bestimmt nach der passenden Lektüre für gemütliche Winterabende“, vermutete Ayk Truels.

„Genau. So könnte man es nennen.“ Der Buchhändler gefiel ihr – nicht nur äußerlich. Auch seine offene, freundliche Art, in der sie keine professionelle Berechnung ausmachen konnte, um möglichst viele Bücher zu verkaufen, bezauberte Ellen. Außerdem schien er ziemlich gute Umgangsformen zu haben, was sie bei Männern sehr anziehend fand.

Ob er Bradley Cooper kannte und wegen der Ähnlichkeit zu dem Schauspieler schon mal angesprochen worden war? Ellen ertappte sich dabei, wie sie ihn anstarrte, und versuchte sich auf seine Worte und nicht auf sein Äußeres zu konzentrieren.

„Hm … lassen Sie mich mal überlegen. Welche Art von Büchern bevorzugen Sie denn normalerweise? Krimis, Liebesromane, Biografien oder vielleicht sogar Fantasy?“, erkundigte er sich. „Oder suchen Sie nach einem Sachbuch oder einem Weihnachtsroman?“

„Eigentlich lese ich alles, was mich spontan anspricht. Da ist jedes Genre vertreten. Aber ich habe wohl in meinem Leben bisher mehr Krimis als Liebesromane gelesen“, erklärte sie und seufzte innerlich auf. Ein paar mehr Liebesromane zur Recherche konnten wohl nicht schaden.

„Dann sind Sie wohl eine Vielleserin.“ Der Buchhändler lächelte sie so strahlend an, als wäre sie damit zu seinem Lieblingsmenschen geworden, und sein Lächeln zerstreute für einen Augenblick die düsteren Gedanken in ihrem Kopf. „Die meisten Leser dieser Genres lesen nämlich regelmäßig Bücher und gehören nicht zu den Gelegenheitslesern, die nur ein Buch pro Jahr lesen – und das dann meistens im Strandkorb.“

Ellen nickte. „Ich lese eigentlich ständig und überall. Letztens musste ich mir erst wieder ein neues Bücherregal zulegen, weil das alte aus allen Nähten geplatzt ist.“

Ayk Truels lächelte sie wissend an. „Hermann Hesse hat einmal gesagt, dass ein Haus ohne Bücher arm sei, selbst dann, wenn es mit schönen Teppichen, kostbaren Tapeten und wertvollen Bildern ausgestattet ist.“

„Wie wahr“, stimmte Ellen ihm zu. Sie mochte Männer, die kluge Dinge zitierten. Das wirkte nicht nur belesen und interessiert auf sie, sondern auch unheimlich sexy. Sie überlegte, ob Laurits sich jemals auf die Worte von weisen Menschen bezogen hatte. Womit Ellen gedanklich wieder bei Laurits und dem geplatzten Traum vom gemeinsamen

Fährhaus angelangt war, was ihrer Begeisterung für den Buchhändler innerlich einen Dämpfer gab.

„Auf dem Tisch hier haben wir die neuesten Bucherscheinungen aus dem Bereich Krimi ausliegen", riss der Buchhändler sie aus ihren Grübeleien. „Vielleicht ist hier ja ein schöner Regionalkrimi für Sie dabei. Oder ein spannender Thriller?"

Ellen warf einen Blick auf die Bücher, die in Stapeln auf dem Tisch aufgereiht lagen. Sie entdeckte sogar ihren letzten Lübeck-Krimi und überlegte kurz, ob sie ihm erzählen sollte, dass sie bereits sämtliche deutsche Regionalkrimis gelesen hatte und selbst Autorin war.

Doch sie entschied sich dagegen. Sie genoss es, unerkannt mit dem Buchhändler zu plauschen und einfach eine stinknormale Kundin zu sein, die eine Beratung bekam wie jeder andere auch – und mit der nicht über die aktuellen Krimi-Bestseller gefachsimpelt wurde.

Ellen griff nach einem Roman, dessen Cover sie spontan ansprach. „Ich glaube, zur Abwechslung möchte ich mal wieder einen Liebesroman lesen", sagte sie und deutete auf das Buch in ihrer Hand. „Ich habe bestimmt schon über ein Jahr keinen mehr gelesen."

„Eine sehr gute Wahl! Die Autorin ist äußerst beliebt bei meinen Kunden. Insbesondere natürlich bei der weiblichen Leserschaft. Zu meinem Bedauern allerdings spielen all ihre Bücher an der amerikanischen Ostküste und nicht in St. Peter-Ording", sagte er mit einem Augenzwinkern.

„Apropos St. Peter-Ording … ich denke, ein Reiseführer kann auch nicht schaden, wenn ich mich hier in den kommenden Tagen nicht verlaufen will." Ellen schmunzelte. „Welchen können Sie mir denn empfehlen?"

„Kommen Sie bitte einmal mit mir mit. Unsere Reiseführer liegen da vorn auf dem Tisch aus."

Ellen folgte dem Buchhändler zu dem Tisch, den sie schon zuvor betrachtet hatte, und verließ den Laden später nicht nur mit dem neuen Liebesroman und einem Reiseführer über St. Peter-Ording, sondern auch mit einem Mann im Kopf, den sie unbedingt wiedersehen wollte. Trotz ihres Liebeskummers.

Das wertete Ellen als ein positives Zeichen. Sie war froh, dass ihre Gedanken nun nicht nur um ihre aktuellen Beziehungsprobleme mit Laurits kreisten. Die kleine unverfängliche Schwärmerei konnte ihr nur guttun.

Ihre Mutter und Rita hielten jeweils eine Jutetasche der Buchhandlung in der Hand.

„Wieso denn doppelt? Hättet ihr euch die Bücher nicht einfach untereinander ausleihen können?", fragte Ellen stirnrunzelnd, nachdem sie gesehen hatte, dass beide die Bücher von Jamie Oliver und Steffen Henssler gekauft hatten.

„Auf gar keinen Fall!", wiegelte Rita bestimmt ab.

Ellen schüttelte verständnislos den Kopf. „Warum denn das nicht?"

„Ganz einfach: weil man Kochbücher nicht verleiht", erklärte ihre Mutter entschieden.

„Na, dann." Ellen zuckte mit den Schultern und hakte sich bei den Damen unter. Die Logik der beiden verstand sie zwar nicht, aber da sie wusste, wie eigen sowohl ihre Mutter als auch Rita sein konnten, beschloss sie, ihr Verhalten nicht weiter zu hinterfragen. „Was habt ihr denn jetzt noch vor?", fragte sie stattdessen.

„Jetzt kaufen wir dir endlich eine vernünftige Mütze!" Ihre Mutter sah sie mit einem Blick an, der keinen Widerspruch duldete.

Ellen hob ergeben die Hände. „Okay, okay. Danach muss ich aber schleunigst den Rückweg antreten, wenn ich Martina und ihre Familie nicht warten lassen und pünktlich zum Abendessen erscheinen möchte."

„So lange werden wir nicht brauchen", sagte Rita und steuerte den Laden neben der Buchhandlung an, der neben Souvenirartikeln rund um St. Peter-Ording auch eine ordentliche Auswahl an Mützen, Handschuhen und Schals führte. Seufzend folgte Ellen den beiden älteren Frauen.

Als Ellen wieder am Teeladen ankam, sah sie Martina durch das Schaufenster und winkte ihr zu. Die Ladeninhaberin war gerade dabei, die Auslage festlich zu dekorieren.

„Das sieht aber schön aus", bemerkte Ellen, nachdem sie das Geschäft betreten hatte.

„Ich muss den Teeladen für morgen unbedingt in einen Weihnachtsteeladen verwandeln. Alles muss perfekt sein, wenn das Fernsehteam kommt. Hoffentlich schaffe ich das noch pünktlich. Ich weiß gar nicht, wo mir der Kopf steht", erklärte Martina verzweifelt und kletterte eine Trittleiter hinauf, um Tannenzweige am Fensterrahmen des Schaufensters anzubringen.

„Ein Fernsehteam kommt?", fragte Ellen überrascht. „Wie spannend! Warte, ich helfe dir." Sie schnappte sich ein paar Zweige, um sie Martina anzureichen. „Hätte ich das gewusst, wäre ich hiergeblieben und hätte dir geholfen, anstatt mich mit meiner Mutter und Rita in Bad zu treffen. Das hätte auch noch Zeit bis morgen gehabt."

„Ich habe ja selbst erst vorhin von der Tourismus-Zentrale erfahren, dass morgen ein Team vom NDR hier eine Reportage für das *Schleswig-Holstein Magazin* dreht und dabei auch einige einheimische Läden vorstellen will." Martina schien gleichzeitig verzweifelt wie auch erfreut zu sein, dass ihr Laden für die Reportage ausgewählt worden war. Insgeheim hoffte Ellen, dass ihr Liebesromanprojekt sich auch bald in eine eher positive Art von Stress für sie verwandeln würde.

„Das hört sich ja interessant an", sagte Ellen freudig. „Wie sind sie denn dabei auf dich gekommen?"

„Die Leute vom NDR haben in der Tourismus-Zentrale angefragt, ob es Geschäfte mit besonderen Artikeln in St. Peter gibt, und die Mitarbeiter vom Marketing dort haben ihnen dann von meinem Laden und meiner selbst kreierten Teesorte *St. Peter Winterbrise* erzählt, die du ja bereits kennst. Das fanden die Fernsehleute dann sofort interessant", berichtete Martina und hängte einen Weihnachtsengel mittig im Schaufenster auf.

„Das ist ja super. Aber natürlich schon sehr kurzfristig", fand Ellen. „Du hast ja kaum Zeit, dich auf den Dreh vorzubereiten."

„Das in jedem Fall. Ich bin von der Anfrage auch immer noch total überrumpelt, aber ablehnen kann man so was nicht. Ein Fernsehbericht ist schließlich die beste Werbung, die ich mir für mein Geschäft und meinen Onlineshop wünschen kann. Werbeaktionen in solch einem Umfang könnte ich mir sonst gar nicht leisten", erklärte Martina. „Gut, dass heute nicht so viel Kundschaft in den Laden gekommen ist. Sonst hätte ich nicht sofort mit dem Dekorieren anfangen können. Macht es dir etwas aus, wenn wir ein bisschen später zu Abend essen, damit ich hier erst fertig werden kann?", fragte sie zerknirscht. „Das war alles etwas anders geplant. Björn kommt auch erst später nach Hause, da er länger machen muss. Ein Kollege von ihm ist plötzlich krank geworden."

„Ach was! Das ist gar kein Problem. Meine Mutter sagt immer, man muss die Feste feiern, wie sie fallen. Mach dir mal wegen des Essens keinen Kopf."

„Danke für dein Verständnis!" Die Erleichterung war Martina deutlich anzusehen. „Meine Töchter konnten bis jetzt auch nicht helfen. Sie müssen noch Hausaufgaben erledigen, die Schule geht nun mal vor." Sie griff nach dem nächsten Tannenzweig, den Ellen ihr reichte, und befestigte ihn im Schaufenster.

„Dann trifft sich das doch gut, dass ich jetzt da bin“, meinte Ellen motiviert. „Zu zweit schaffen wir es bestimmt, innerhalb kürzester Zeit deinen Laden in den hübschesten Teeladen Norddeutschlands zu verwandeln. Winterzauber inklusive.“

Und das taten sie dann auch. Nach knapp zwei Stunden hatten die beiden es geschafft, Martinas Teegeschäft mit allerhand weihnachtlichem Schnickschnack wie Lichterketten, Engeln, goldenen Schleifen, Kerzen und Tannenzapfen so zu dekorieren, dass der Laden aussah wie aus einem Bildband für *Wohnen und Einrichten*.

„Ich glaube, so kann es bleiben“, stellte Ellen zufrieden fest. „Es sieht wirklich toll aus.“

„Ich glaube auch. Das Fernsehteam kann kommen.“ Martina seufzte erleichtert und räumte die übrig gebliebenen Dekoartikel in einen Karton. „Ich werde nachher noch ein paar Tütchen *St. Peter Winterbrise* abfüllen und sie auf einem Tablett auf der Ladentheke arrangieren. Morgen früh rühre ich dann schnell Teig für Neujahrskuchen an. Das geht ziemlich schnell. Die Fernsehleute werden bestimmt Hunger mitbringen.“

„Vielleicht filmen sie dich ja dabei, wie du die Waffeln machst. Leckereien nach friesischer Art sind sicher auch interessant für ihre Reportage“, sagte Ellen.

„Moin! Wie sieht es denn hier aus?“ Ein großer Mann in einem gelben Friesennerz stand in der Tür des Ladens. „Machst du bei irgendeinem komischen Wettbewerb mit? Welcher Laden die schönste Weihnachtsdekoration in St. Peter-Ording hat?“ Er sah sich verblüfft im Laden um.

„Moin!“ Martina ging auf den Mann zu, schlang ihre Arme um seinen Hals und gab ihm einen Kuss auf den Mund.

„Darf ich vorstellen? Björn, mein Mann. Ellen, unser neuer Gast. Sie hat das Gästezimmer gemietet und ist außerdem gleich auch unser Gast beim Abendessen“, erklärte Martina. „Also, koch ruhig eine Portion mehr.“

Björn löste sich aus der Umarmung seiner Frau, ging auf Ellen zu und schüttelte ihr mit einem kräftigen Händedruck die Hand. „Freut mich, dich kennenzulernen. Ich hoffe, du fühlst dich bei uns wohl“, sagte er und lächelte sie freundlich an.

„Absolut“, erwiderte Ellen ebenfalls lächelnd.

„Aber nun klär mich mal auf“, wandte Björn sich wieder seiner Frau zu. „An welchem Wettbewerb nimmst du teil? Und wie hoch ist das Preisgeld, falls du gewinnen solltest?“

„Ach was, von wegen Wettbewerb und Preisgeld!“ Martina schüttelte lachend den Kopf. „Morgen kommt ein Fernsehteam vom NDR nach St. Peter und dreht eine Reportage.“

„Und deswegen machst du so einen Aufstand?", fragte Björn irritiert. „Das passiert hier doch mittlerweile öfter. Da kannst du ja fast jede Woche den Laden schmücken."

Ellen musste ob Björns direkter trockener Art schmunzeln.

Martina rollte mit den Augen. „Das Fernsehteam kommt auch zu uns in den Laden, um hier zu drehen."

„Oh! Na, dann … aber wieso hast du denn nicht vorher davon erzählt?", fragte Björn.

Martina wiederholte die Geschichte über die Tourismus-Zentrale, die sie zuvor auch Ellen erzählt hatte. „Deswegen haben Ellen und ich in Rekordzeit den Laden geschmückt."

„Und da habe ich mich auf meinen wohlverdienten Feierabend gefreut und dachte, ich komme nach Hause, und das Abendessen steht schon auf dem Tisch." Björn seufzte gespielt gequält auf und zog den gelben Friesennerz aus, unter dem er noch eine dicke Winterjacke trug. „Ich gehe dann mal in die Küche. Bis später, Ellen", sagte er und verschwand im Wohnbereich des Hauses.

„Spinner." Martina lachte. „Er tut gerade so, als wäre es eine Strafe für ihn zu kochen. Dabei liebt er es und ist in Wirklichkeit froh, dass ich nicht den Kochlöffel in die Hand genommen habe und er sich um das Abendessen kümmern kann. Kochen ist Björns große Leidenschaft", klärte sie Ellen auf.

„Mit dem, was man gerne tut, sollte jeder sein Geld verdienen“, fand Ellen. Dass sie einmal vom Schreiben würde leben können, hätte sie niemals für möglich gehalten, aber der Erfolg ihrer Krimis war ein wahr gewordener Traum. Hoffentlich hatte sie bald eine Idee für den Liebesroman, der ihr bislang nur Bauchschmerzen bereitete.

„Da gebe ich dir recht. Und deswegen ist es gut, dass Björn sich um das Essen kümmert, dann hat er später nämlich auch nichts daran auszusetzen. Wenn es ums Essen geht, ist mein Mann nämlich ein kleiner Perfektionist.“

„Warum hat er denn dann kein eigenes Restaurant?“, fragte Ellen, während sie hartnäckig versuchte, jedweden Gedanken an Laurits, der ebenfalls Gastronom war, zu verdrängen. „Klingt so, als würde ein eigenes Restaurant zu ihm passen, wenn Kochen seine große Leidenschaft ist. Und genügend Gäste gibt es in St. Peter-Ording doch bestimmt auch.“

Sie musste an Ritas Aussage denken, dass sich die Touristen in der Hauptsaison im Bad gegenseitig auf die Füße traten. Das waren bestimmt genug Leute, um in der Gastronomie in den Sommermonaten so viel zu verdienen, damit man es in den Wintermonaten ruhiger angehen lassen konnte.

„Wir hatten mal ein Lokal. Sogar eins mit Stern, und ich habe dort auch mitgearbeitet. Den *Deichfürsten*. Das Restaurant war in einem Pfahlbau am Strand untergebracht. Es war wunderschön dort. Auf der großen Außenterrasse konnten die Gäste bei warmem Wetter essen und trinken und dabei den traumhaften Ausblick auf die Salzwiesen und das Meer genießen. Herrlich war das“, schwärmte Martina mit einem Hauch Wehmut in der Stimme. „Bei Flut konnte man den *Deichfürsten* nur über einen hölzernen Steg erreichen. Es war zwar sehr viel Arbeit, und wir hatten kaum Zeit für ein geregeltes Privatleben, trotzdem bereue ich keine Sekunde.“

„Und wieso habt ihr das Restaurant jetzt nicht mehr?“, fragte Ellen überrascht. „Das klingt doch traumhaft.“

Martina seufzte tief. „Der Pächter hat den Mietvertrag nicht verlängert. Er hat damals ein besseres Angebot von einem Gastronomen aus Kiel bekommen. Der wollte in St. Peter-Ording unbedingt ein Restaurant eröffnen, nachdem er schon eins in Kiel und eins auf Sylt hatte. Er hat dem Vermieter so viel Geld geboten, das hätten wir niemals aufbringen können. Damit waren dann die Tage vom *Deichfürsten* gezählt.“

„Oje! Das tut mir so leid, Martina!“ Ellen empfand tiefes Mitgefühl für sie und Björn. Wegen eines dahergelaufenen Typen, der nur einmal kurz mit der Brieftasche gewedelt hatte, seinen Lebenstraum aufgeben zu müssen, musste ein ganz schön harter Schicksalsschlag für die beiden gewesen sein. „Wie lange ist das her?“

„Im nächsten Juni werden es zwei Jahre. Seitdem habe ich den Teeladen, und Björn arbeitet als Koch im Hotel. Damals waren Lisa und Kim noch in der Grundschule. Wahnsinn, wie schnell die Zeit doch vergeht.“ Martina wickelte zwei kleine Porzellanengel in Papier ein und legte sie behutsam in eine Schachtel.

„Wolltet ihr danach denn kein neues Restaurant eröffnen?“, fragte Ellen. Sie konnte sich nicht vorstellen, dass es keine Alternative zu dem alten Restaurant gegeben hätte. Ersatz fand man doch immer, oder? Sicher wäre alles besser gewesen, als seinen großen Traum aufzugeben.

„Doch. Schon. Aber wir haben zu dem Zeitpunkt einfach nicht die passende Immobilie gefunden, die dem *Deichfürsten* auch nur annähernd gerecht geworden wäre“, erklärte Martina. „Das ist in St. Peter-Ording nicht so leicht wie vielleicht in Hamburg oder anderen Großstädten. Und mit einem faulen Kompromiss wollte sich Björn nicht zufriedengeben. Auch da ist er Perfektionist. Zumal er ja mit seinem Namen für das Restaurant stehen würde. Da war es ihm lieber, einen Job als Koch in irgendeinem Hotel anzunehmen, wo er nach Anweisung kochen muss, als in seinem eigenen Restaurant unzufrieden zu sein, weil es nicht seinen Vorstellungen entspricht.“

„Das tut mir wirklich leid“, sagte Ellen mitfühlend und musste wieder an Laurits denken. Er hatte ein Restaurant und war sich vermutlich gar nicht bewusst, wie glücklich er eigentlich war. Wahrscheinlich betrachtete er es als ebenso selbstverständlich wie ihre „Beziehung“.

Bei dem Gedanken zog sich ihr Magen schmerzhaft zusammen. Er hatte sich immer noch nicht gemeldet.

Das machte sie mittlerweile nicht nur traurig, sondern

auch richtig wütend. Wütend auf ihn, weil er sich so gleichgültig ihr gegenüber verhielt, und auch wütend auf sich selbst, weil die Enttäuschung darüber so groß war. Und sie trotzdem hoffte, dass er sich meldete, nach allem, was geschehen war.

Eigentlich hatte er es gar nicht verdient, dass sie seinetwegen auch nur eine Träne vergoss. Laurits sollte ihr genauso egal sein wie sie scheinbar ihm und ihr den Buckel runterrutschen. Aber das war einfacher gedacht als getan. Ellen konnte sich nicht so leicht von ihren Zukunftsvorstellungen mit ihm verabschieden, auch wenn er diese offensichtlich nie geteilt hatte. Tonnenschwer wog die Enttäuschung. Sie konnte sich ihrer Frustration noch nicht stellen, war noch nicht bereit, die Möglichkeit zu akzeptieren, dass es nie diese eine, von ihr erträumte Zukunft mit Laurits geben würde. Auch wenn sich die unangenehme Frage aufdrängte, ob sie wirklich die ganze Zeit so blind vor Liebe gewesen war?

„Ach, so ist das eben", wiegelte Martina scheinbar leichthin ab und riss Ellen aus ihren trüben Gedanken. „Ich habe ja nun meinen Teeladen, und den liebe ich mindestens genauso heiß und innig, wie ich damals den *Deichfürsten* geliebt habe. Selbst wenn wir wieder ein Restaurant eröffnen würden, würde ich das Geschäft niemals deswegen aufgeben. Hmm, riechst du das auch?"

Ellen schnupperte. „Riecht nach Tomaten … und Knoblauch. Himmlisch." Prompt meldete sich bei dem köstlichen Duft ihr Magen. Zum Glück war ihr Hunger leichter zu beheben als ihre Probleme mit Laurits und ihrem Liebesroman.

„Björn macht seine Spezialität. Pasta con verdure. Nicht wirklich typisch norddeutsch. Aber im Grunde seines Herzens liebt mein Mann die italienische Küche über alles und ist froh, wenn er sich damit am heimischen Herd austoben kann. Im Hotel steht meistens Fisch nach norddeutscher Art oder Wiener Schnitzel mit Pommes auf der Speisekarte. Wie sieht's aus? Hast du Hunger?"

Nach dem Essen in der gemütlichen Küche hatte Ellen noch lange mit Martina und ihrer Familie an dem großen Holztisch zusammengesessen. Auch Kater Paul war dabei und hatte es sich auf einem Kissen, das auf dem großen Kachelofen lag, gemütlich gemacht.

Sie hatte sich inmitten der Familie Nissen gleich pudelwohl gefühlt und die ausgelassene Stimmung genossen. Es kam ihr fast so vor, als würde sie Martina, Björn und ihre beiden Töchter schon jahrelang kennen – und wäre als alte Freundin der Familie zu Besuch gekommen. Die Kinder hatten sie genauso herzlich aufgenommen wie zuvor ihre Eltern und ihr allerhand Fragen zu ihren Büchern gestellt – und wie man eigentlich Schriftstellerin wurde.

Während des Gesprächs hatte Ellen zwischen Lisa und Kim hin- und hergeschaut und vergeblich versucht, Merkmale zu finden, anhand derer sie die Mädchen auseinanderhalten konnte. Doch keine Chance, Lisa und Kim glichen sich wie ein Ei dem anderen. Es war Ellen ein Rätsel, wie die Eltern der Zwillinge es schafften, sie auseinanderzuhalten. Aber vermutlich konnten Eltern ihre Kinder immer problemlos unterscheiden, egal wie ähnlich sie sich vom Äußeren her auch waren.

Sie war froh, dass sie hierhergekommen war, und hätte nicht gedacht, dass es in St. Peter so schön werden würde, als ihre Mutter ihr den Spontanurlaub vorgeschlagen hatte. Und wenn die nächsten Tage genauso werden würden wie heute, konnte sie sich durchaus vorstellen, den Urlaub noch etwas zu verlängern.

Ellen legte ihre Abendlektüre, den Reiseführer von St. Peter-Ording, auf das kleine Nachtschränkchen neben dem Bett und zog die warme Steppdecke ein Stück höher, bis zu ihren Achseln. Sie griff nach ihrem Handy. Keine neuen Nachrichten. Noch nicht einmal von ihrer Mutter.

Sie musste sich unbedingt bei Tine melden. Sonst dachte ihre Freundin womöglich noch, ihr wäre etwas passiert. Seufzend legte sie das Handy zu dem Reiseführer auf den Nachttisch und starrte an die weiße Zimmerdecke.

Obwohl sie und Björn ihr Restaurant verloren hatten, schien ihr Martinas Leben perfekt. Wie gerne wäre sie an ihrer Stelle gewesen! Sie schien all das zu haben, was sich Ellen immer insgeheim gewünscht hatte (und höchstwahrscheinlich in diesem Leben nicht mehr bekommen würde, solange sie ihre unbewusste Vorliebe für bindungsunfähige Männer wie Laurits aufrechterhielt): einen wunderbaren Mann, der in guten und schlechten Tagen zu ihr hielt, und zwei entzückende Kinder. Nicht zu vergessen: so ein süßes Haustier wie Kater Paul, der unangefochtene Liebling in der Familie Nissen, der gekonnt alle um seine Pfote wickelte, um jede Menge Streicheleinheiten und Leckerchen außer der Reihe abzustauben.

So in etwa hatte Ellen sich ihre Zukunft immer ausgemalt. Idyllisch und ein bisschen kitschig wie im Film. Je länger sie darüber nachdachte, umso mehr machte sich in ihr die Erkenntnis breit, dass sie ihrem Glück vermutlich gerade selbst im Wege stand und es manchmal wohl nötig war, den eigenen Kurs zu korrigieren, um wieder auf den ursprünglichen Weg zurückkehren zu können, der im Grunde genommen alle Möglichkeiten bot.

Warum sollte sie ihren Traum von einer Familie eigentlich aufgeben? Nur weil Laurits ihn nicht teilte? Sie war noch jung genug, um Mutter zu werden.

„Kein Mann für Enkelkinder", fielen ihr die Worte ihrer Mutter wieder ein. Bis jetzt hatte Ellen auf die Aussage nichts gegeben. Doch nun war sie so weit, über die Bemerkung ihrer Mutter nachzudenken und sich einzugestehen, dass sie damit vermutlich gar nicht so verkehrt lag.

Diese Erkenntnis versetzte ihr abermals einen kleinen Stich in der Herzgegend. Wie so oft, wenn es um Laurits ging. Wahrscheinlich hatte sie ihre Beziehung die ganze

Zeit durch eine rosarote Brille betrachtet und war nicht bereit gewesen, die Dinge so zu sehen, wie sie tatsächlich waren, und vor sich selbst zuzugeben, dass sie von Anfang an mehr für die Beziehung getan hatte als Laurits.

Das war keine schöne Erkenntnis, aber vielleicht bedeutete es, dass Ellen auf dem besten Weg war, alte Verbindungen, die ihr nicht guttaten, zu lösen und sich für neue Herzensdinge zu öffnen.

Es musste doch einen Mann geben, für den sie sich nicht dauernd verbiegen musste und der nicht immer nur nahm und nichts zurückgab. Dass es mit Laurits nicht auf ein Happy End hinauszulaufen schien, lag wahrscheinlich überhaupt nicht an ihr, sondern an ihm und seiner Einstellung zum Leben.

Ellen konnte weiterhin alles für ihn tun, die perfekte Frau an seiner Seite sein, und am Ende würde er sie deswegen trotzdem nicht so lieben, wie sie es sich ersehnte. Der Gedanke war auf eine Art beruhigend und zugleich schmerzhaft. Einerseits nahm er eine enorme Last von ihren Schultern und ihrer Seele, andererseits bedeutete es aber auch, dass Ellen sich von einer Illusion verabschieden musste, die sie in den letzten Monaten gehegt und gepflegt hatte und um die sie irrsinnigerweise ihre Zukunft gebaut hatte.

Sie seufzte und holte sich ihren Notizblock und einen Stift und setzte sich damit zurück aufs Bett. „Eine Enttäuschung ist immer das Ende einer Täuschung“, schrieb sie mittig auf das oberste Blatt Papier. Den Spruch hatte sie mal irgendwo gelesen. „Und ein Ende ist gleichzeitig ein neuer Anfang", notierte sie ergänzend, um ihre Erkenntnis zu untermauern.

Vielleicht würden ihr diese beiden Leitsätze helfen, Laurits tatsächlich loszulassen. Vielleicht schaffte sie es so, die Hoffnung auf ein gemeinsames Leben mit ihm aufzugeben, der sie sich so lange hingegeben hatte. Dann konnte sie die Weichen für einen neuen Lebensabschnitt stellen. Und vielleicht würde dann auch ihre Kreativität zurückkommen, damit sie endlich mit der Arbeit an ihrem Liebesroman beginnen konnte.

Andere Mütter hatten schließlich auch schöne Söhne. Und einer davon war zweifelsohne der charmante Buchhändler Ayk Truels. So weit jedenfalls die Theorie. In der Praxis jedoch hing ihr Herz nach wie vor an Laurits, und der Gedanke daran, mit ihm abzuschließen, erfüllte sie mit Unsicherheit.

Kopfschüttelnd legte sie Block und Stift zur Seite und griff nach der Wasserflasche neben dem Bett, um das mulmige Bauchgefühl zu ertränken. Sie wollte gerne nach vorn blicken, es zumindest versuchen, und sich nicht mehr auf Dinge konzentrieren und Personen einlassen, die ihr nicht guttaten. Aber wie sollte ihr das gelingen, wo sie solche Menschen geradezu magisch anzuziehen schien?

Sie stellte die Flasche wieder zurück auf den Boden. Dann löschte sie die Nachttischlampe und kuschelte sich unter die Bettdecke. Ab morgen wollte sie ihre neuen Vorsätze umsetzen. Und vielleicht würde ihr der attraktive Buchhändler dabei helfen. Ein weiterer Besuch bei *Bookbantje Truels* konnte auf jeden Fall nicht schaden. Sie brauchte ohnehin noch Postkarten, und vielleicht würde sich ein weiteres Gespräch mit Ayk ergeben.

Der Plan gefiel ihr. Ein hoffnungsvolles Lächeln umspielte ihre Lippen, als Ellen die Augen schloss.

Sie nahm zwar noch das kurze Vibrieren ihres Handys wahr, doch ihre Gedanken an den Buchhändler zogen sie bereits im nächsten Augenblick in einen süßen Schlaf.

4. Kapitel

Als Ellen aufwachte, blinzelte sie gegen das ungewöhnlich helle Licht an, das durch einen Spalt des Vorhangs fiel, den sie am Abend zuvor nicht ganz geschlossen hatte. Sie konnte sich nicht daran erinnern, wann sie das letzte Mal einen so tiefen und festen Schlaf gehabt hatte.

Verschlafen schaute sie auf die Anzeige des kleinen Weckers auf dem Nachtschränkchen. 10:23 Uhr. Ellen schüttelte ungläubig den Kopf. So spät war es schon? Das konnte doch gar nicht sein! Als sie vor dem Einschlafen auf die Uhr geschaut hatte, war es kurz vor Mitternacht gewesen. Sie konnte doch unmöglich über zehn Stunden geschlafen haben?

Ihre Mutter und Rita hatten garantiert schon gefrühstückt, mindestens eine Anwendung hinter sich gebracht und vermutlich bereits einen ausgiebigen Strandspaziergang absolviert – und Ellen lag noch immer in den Federn. Und das zu einer Uhrzeit, zu der andere Leute schon bald wieder ihre Kartoffeln schälen würden, wie ihre Mutter in dieser Situation sagen würde.

Ellen schwang sich aus dem Bett und tapste auf nackten Füßen zum Fenster, um den zweiteiligen Vorhang zur Seite zu schieben. Kein Wunder, dass ihr das Licht so hell vorgekommen war. Die frische Schneedecke leuchtete so strahlend weiß, dass es in den Augen wehtat.

Ob das Fernsehteam schon da war? Die Dreharbeiten wollte sie auf keinen Fall verpassen. Deswegen hüllte sie sich rasch in ihren Bademantel, schnappte sich ihren Kulturbeutel, frische Klamotten und ein Handtuch und flitzte damit ins Bad. Sie beeilte sich beim Waschen und Anziehen und lief eine knappe Viertelstunde später die Treppe hinunter ins Erdgeschoss, in dem sich neben der Küche und dem Wohnzimmer auch der Teeladen befand.

Im Flur angekommen, fiel ihr Blick sogleich auf jede Menge Kabel, die ins Geschäft führten. Ein sicheres Indiz dafür, dass die Leute vom Fernsehen bereits eingetroffen waren und die Dreharbeiten vermutlich schon auf Hochtouren liefen.

Ellen folgte den Kabeln bis in den Laden. Ein Mann mit einer bunten Wollmütze kümmerte sich um das perfekte Licht, und eine zierliche Frau mit roten Locken und einem Mikrofon in der Hand stand hinter der Ladentheke neben Martina und beobachtete interessiert, wie die Inhaberin des Teeladens eine Kelle Teig in den Waffelautomaten gab und den oberen Teil runterdrückte.

Der leckere Duft von Vanille und Anis erinnerte Ellens Magen daran, dass er noch auf die erste Mahlzeit des Tages wartete, und er protestierte lautstark.

„Entschuldigung, dürfte ich mal vorbei?" Ein junger

Typ mit Dreitagebart und einer Hornbrille versuchte, sich mit einer Kamera an ihr vorbeizuschieben.

„Na klar. Sicher“, sagte sie und wich in den Flur zurück.

„Ach, Ellen. Da bist du ja. Komm doch mal zu uns.“ Martina winkte sie zu sich.

Sie zögerte einen Moment, bevor sie zur Ladentheke ging. „Ich wollte nicht stören, nur mal einen Blick reinwerfen.“

„Du störst nicht. Wir haben noch gar nicht angefangen zu drehen“, erklärte Martina. „Darf ich dir vorstellen, das ist Heikedine Kamp vom NDR.“

„Sie sind also die berühmte Krimi-Autorin Greta Bennert.“ Die Moderatorin schüttelte ihr die Hand. „Freut mich sehr, Ihre Bekanntschaft zu machen.“

„Na ja, wirklich berühmt bin ich nicht“, entgegnete Ellen. „Freut mich aber auch, Sie kennenzulernen.“

„Och, dem einen oder anderen Leser sind Sie wohl schon bekannt“, meinte Heikedine Kamp schmunzelnd. „Ich habe zum Beispiel Ihren letzten Krimi sehr gern gelesen. Und fand ihn wirklich grandios und spannend bis zur letzten Seite. Hätte ich gewusst, dass ich Sie hier treffe, hätte ich mein Buch zum Signieren mitgenommen. Aber das konnte ja niemand ahnen, dass Krimi-Autorinnen in St. Peter-Ording unterwegs sind.“

„Danke schön. Freut mich, dass Ihnen die Geschichte gefallen hat“, sagte Ellen etwas verlegen. Sie freute sich tatsächlich über die Worte der Moderatorin, tat sich mit Komplimenten aber immer etwas schwer, weil sie ihrer Arbeit sehr viel kritischer gegenüberstand, als es Außenstehende taten.

„Was halten Sie davon, wenn ich Ihnen auch ein paar Fragen stellen würde? Ich meine, wenn Sie schon mal hier sind, dann können wir das ja auch nutzen. Und die Zuschauer würden es bestimmt interessant finden zu erfahren, was eine Krimi-Autorin ausgerechnet nach St. Peter-Ording verschlägt", sagte die Moderatorin.

„Tja, also, ich weiß nicht ... wenn Martina, also, Frau Nissen, nichts dagegen hat." Ellen sah Martina fragend an, da sie ihr unter keinen Umständen die Show stehlen wollte. Immerhin ging es hier um Martinas Teeladen und nicht um sie.

„Nein, nein. Bleib nur." Martina lächelte, öffnete den Waffelautomaten und entnahm die gebräunte Teigmasse mit einer Gabel, um sie daneben auf einen Küchenrost zu legen und dann aufzurollen.

„Also, gut." Ellen ärgerte sich im Stillen, dass sie vorhin nur eine Katzenwäsche durchgeführt hatte, und sich weder geschminkt, noch ihre Haare besonders frisiert hatte. Nun stellte sie ungewollt ihre Augenringe zur Schau, die vermutlich im grellen Scheinwerferlicht besonders gut zur Geltung kamen und jedem Panda Konkurrenz machten. Aber es war bestimmt keine Zeit, um auf so etwas wie Ellens Erscheinungsbild Rücksicht zu nehmen.

„Können wir?", fragte der Typ mit der Hornbrille wie als Antwort auf ihre Gedanken und schaute demonstrativ auf seine Digitalarmbanduhr.

„Licht passt", bestätigte der andere mit erhobenen Daumen in Richtung des Hornbrillenträgers, der hier vermutlich das Sagen hatte.

„Sind Sie bereit?", fragte die Moderatorin Ellen und Martina.

Die beiden nickten.

„Wie funktioniert das jetzt? Ich meine, was sollen wir tun?", fragte Ellen.

„Ich werde zuerst Frau Nissen interviewen und hole Sie dann später dazu. Am besten stellen Sie sich zu dem Bücherregal, und ich komme dann dorthin."

Ellen nickte und stellte sich neben das Bücherregal in Position.

Bereits wenige Sekunden später war der Dreh in vollem Gange. Heikedine Kamp erzählte, wo sie sich gerade in St. Peter-Ording befand, während Martina einen weiteren Neujahrskuchen auf dem Rost zusammenrollte und anschließend einen bereits erkalteten mit Sahne füllte. Dann stellte die Moderatorin die Teeladenbesitzerin vor und befragte sie zu der selbst gemachten Gebäckspezialität, die Martina ihren Kunden zum direkten Verzehr oder zum Mitnehmen anbot. Danach wollte Heikedine Kamp wissen, seit wann es den Teeladen gab und welche Teesorten die Kunden in ihrem Geschäft kaufen konnten. Martina beantwortete ihre Fragen so ausführlich wie möglich und backte nebenbei noch einen Neujahrskuchen.

„Es gibt auch eine spezielle Teesorte, die es nur hier in diesem Laden zu kaufen gibt. Welche ist das?“, fragte die Moderatorin, und die Kamera schwenkte auf die Teepackungen mit der *St. Peter Winterbrise*, die Martina am Vorabend auf einem Tablett arrangiert hatte.

„Das stimmt. Es handelt sich dabei um unsere Spezialmischung *St. Peter Winterbrise*. Ein kräftiger Schwarztee, der nach Vanille und Anis schmeckt und eine Eigenkreation von mir ist.“

„Wie kam es denn zu der Idee für die *St. Peter Winterbrise*? Da gibt es doch bestimmt eine Geschichte?“, wollte Heikedine Kamp wissen.

„Die gibt es in der Tat“, bestätigte Martina und nickte. „Meine Kunden freuen sich jedes Jahr aufs Neue auf die Weihnachtszeit, wenn ich meine Neujahrskuchen im Geschäft backe. Und jedes Jahr wurde mir immer wieder die gleiche Frage gestellt, nämlich, welchen Tee ich zu den Neujahrskuchen empfehlen würde. Irgendwann habe ich mir gedacht, es müsste doch wirklich eine Teesorte geben, die perfekt zu den Waffeln passt. Ich habe dann mit verschiedenen Zutaten herumexperimentiert, und so ist die *St. Peter Winterbrise* entstanden.“

„Sicherlich sind jetzt einige Zuschauer neugierig auf die Teemischung geworden. Können denn ausschließlich Leute, die vor Ort sind, in den Genuss des Tees kommen?

Oder gibt es da noch eine andere Möglichkeit, ihn käuflich zu erwerben?“, fragte die Moderatorin nach.

„Unsere *St. Peter Winterbrise* kann man auch in unserem Onlineshop bestellen. Natürlich nicht nur diesen Tee, sondern alle Sorten unseres Sortiments. Wir verschicken unsere Tees national, aber auch international. Wenn es sein muss, auch bis nach Australien. Von dort erhalte ich tatsächlich regelmäßig Bestellungen, die von einer Familie aufgegeben werden, die von St. Peter-Ording nach Melbourne ausgewandert ist und sich durch unsere Tees ein Stück Heimat nach Australien holt.“

„Und passend zum Tee findet man in Martinas Teeladen übrigens auch Teeschmöker“, sagte Heikedine Kamp und ging zu dem Bücherregal rüber, an dem Ellen wie abgesprochen auf sie wartete. „Bücher und Tee, eine perfekte Kombination. Daher trifft es sich sehr gut, dass zufällig eine waschechte Autorin in Martinas Teeladen zu Gast ist. Sicherlich kennen sie einige von Ihnen bereits, die Autorin, deren letzter Lübeck-Krimi fulminant auf die Bestsellerliste gestürmt ist. Neben mir steht die Schriftstellerin Greta Bennert.“

„Hallo“, sagte Ellen zu Heikedine Kamp und überlegte fieberhaft, wohin sie am besten gucken sollte. Direkt in die Kamera oder der Moderatorin ins Gesicht, so wie sie es bei einem normalen Gespräch auch getan hätte? In der Aufregung hatte sie vergessen, das vorher zu fragen.

Da die Moderatorin sie jedoch anschaute, als gäbe es gar keine Kamera, beschloss Ellen, diese einfach auch zu ignorieren und mit Heikedine Kamp ein normales Gespräch zu führen.

„Was hat Sie denn ausgerechnet im Dezember nach St. Peter-Ording verschlagen?“, fragte die Moderatorin. „Sind Sie beruflich hier, um sich Inspiration für ein neues Buch zu holen? Oder rein privat?“

Sicherlich interessierte sich keiner der Zuschauer für die Gebrechen ihrer Mutter – oder ihren eigenen Liebeskummer. „Beruflich könnte man so sagen, ja. Ich lasse mich von St. Peter-Ording zu einem neuen Buchprojekt inspirieren“, improvisierte sie, ohne zu viel zu sagen.

„Das klingt so, als wenn es bald einige Leichen in den Kellern von St. Peter-Ording geben wird. Natürlich nur auf Papier. Dürfen wir uns auf einen neuen Regionalkrimi aus Ihrer Feder freuen? Von Lübeck auf die Halbinsel Eiderstedt?“

„Da muss ich Sie leider enttäuschen. Keine Leichen im Keller und auch keine am Strand von St. Peter-Ording, aber dafür ein Buch mit jeder Menge Liebe und Herzklopfen, das hier spielen wird“, erwiderte Ellen.

Gut, dass niemand wusste, dass sie nach wie vor keine Idee für den Liebesroman hatte. Aber die Vermutung der Moderatorin, die Geschichte würde in St. Peter-Ording spielen, war geradezu perfekt, und deswegen hatte Ellen sie einfach aufgegriffen.

Außerdem lag der Gedanke eigentlich so nah, dass sie auch von selbst darauf hätte kommen können. Romantisch musste der Ort sein. Natürlich. Und das, was sie bisher von St. Peter-Ording gesehen hatte, gab einen nahezu idealen Schauplatz für eine Liebesgeschichte ab. St. Peter-Ording war quasi Romantik pur.

„Also wechseln Sie nicht nur die Küste, sondern auch das Genre? Von Mord und Totschlag in Lübeck zu einem Himmel voller Geigen über der Seebrücke von St. Peter-Ording?“, hakte Heikedine Kamp nach.

„So könnte man es sagen“, antwortete Ellen, die zwar keinen blassen Schimmer hatte, von welcher Seebrücke die Moderatorin sprach, sich aber vornahm, diese Brücke heute noch aufzusuchen. „Aber mehr darf ich zum jetzigen Zeitpunkt leider nicht verraten“, zog sie sich vorsichtshalber aus der Affäre. Wer wusste schon, mit welchen Fragen Heikedine Kamp sonst noch um die Ecke kommen würde.

Vierzig Minuten später war das TV-Team bereits wieder abgerauscht und unterwegs zu seiner nächsten Dreh-Location, einem Campingplatz im Norden des Ortes, der sogar in den Wintermonaten mit Dauercampern fast immer voll belegt war. Vielleicht handelte es sich hierbei um die *Strandperle*, die Rita am Tag ihrer Ankunft erwähnt hatte.

Ellen und Martina hatten es sich mit einer Kanne *St. Peter Winterbrise* und frischen Neujahrskuchen auf den Sofas im Laden gemütlich gemacht.

„Das hat ja alles wunderbar geklappt, wenn man bedenkt, dass wir keine Fernsehprofis sind und nicht jede

Woche vor der Kamera stehen", meinte Martina erleichtert und nippte an ihrem Tee. „Jetzt kann der Ansturm auf den Teeladen meinetwegen kommen."

„Der wird ganz bestimmt kommen", sagte Ellen überzeugt. Dann fügte sie hinzu: „Ich war gar nicht darauf vorbereitet, dass man mich interviewen würde."

„Das hat man dir aber keine Sekunde angemerkt. Du bist sehr professionell rübergekommen", fand Martina, die noch immer vor Aufregung rote Wangen hatte.

„Na ja, hätte ich das gewusst, hätte ich mich zumindest geschminkt und mir die Haare etwas sorgfältiger gemacht." Ellen rollte mit den Augen. „Ich möchte nicht wissen, wie zerzaust und ungepflegt ich im Fernsehen aussehe. Wahrscheinlich verkaufe ich nach der Ausstrahlung keine Bücher mehr."

„Ach was!" Martina wischte ihre Bedenken mit einer Handbewegung weg. „Du übertreibst wirklich. Ich bin mir sicher, dass du auf dem Bildschirm ganz wunderbar aussehen wirst. "

„Wann wird der Bericht eigentlich ausgestrahlt?" Ein bisschen neugierig darauf, wie sie sich geschlagen hatte, war Ellen ja doch.

„Morgen Abend. Ich bin schon gespannt wie ein Flitzebogen", sagte Martina und biss ein Stück von einem Neujahrskuchen ab. „Besonders darauf, ob es danach positive Resonanzen geben wird."

Jemand klopfte ans Fenster. Als die beiden sich umwandten, entdeckten sie Ellens Mutter und Rita, die ihnen fröhlich winkten und die Ladentür ansteuerten.

„Da du meine Anrufe ignorierst, dachte ich, wir kommen einfach mal vorbei und sehen nach, ob alles okay ist", erklärte ihre Mutter und sparte sich die Begrüßung.

„Oh, Mist! Mein Handy." Ellen tastete ihre Hosentaschen ab. „Das habe ich gar nicht bei mir. Es liegt noch oben im Zimmer. Neben meinem Bett."

„Da liegt es gut", kommentierte Rita trocken.

„Und ich hätte anrufen können, bis mir die Finger abfallen. Kein Wunder, dass ich dich nicht erreicht habe und nur deine Mailbox drangegangen ist", sagte ihre Mutter vorwurfsvoll.

„Tut mir leid. Ich gelobe Besserung", versprach Ellen und gab ihr einen Kuss auf die Wange. „Gibt es denn was Wichtiges, weswegen du mich unbedingt sprechen wolltest? Oder wolltest du nur meine Stimme hören?"

„Nicht nur. Rita und ich sind auf dem Weg nach Böhl. Da ist dieses Wochenende das weihnachtliche Winterdorf, so was wie ein Weihnachtsmarkt. Uns wurde empfohlen, dort vorbeizuschauen, und wir wollten dich fragen, ob du mitkommen willst."

„Da solltest du auf jeden Fall hingehen, Ellen", schaltete sich Martina ein. „Es ist ganz toll dort. Eventuell gehe ich später auch mit Lisa und Kim hin. Das Winterdorf ist nur an einem Wochenende und immer die Attraktion an Weihnachten in St. Peter-Ording."

„Wenn Frau Nissen so schwärmt, wird es bestimmt nett dort“, versuchte ihre Mutter sie zu überreden und sah sie erwartungsvoll an.

„Ach was, Frau Nissen … wenn Sie möchten, können Sie mich duzen. Ich bin Martina“, sagte ihre Gastgeberin und schüttelte ihrer Mutter und Rita die Hand.

„Einverstanden, Martina. Ich bin Elke“, stellte sich ihre Mutter vor.

„Und ich Rita.“

„Dann wäre das ja auch geklärt. Ich komme sehr gerne mit euch mit zu dem Winterdorf. Ich wollte mir eh noch mehr von St. Peter-Ording anschauen. Muss nur noch eben schnell meine Jacke holen“, sagte Ellen und sprang auf.

„Soll ich euch den kürzesten Weg zum Winterdorf erklären?“, bot Martina an.

Das Winterdorf fand im Evangelischen Jugenderholungsdorf im Ortsteil Böhl statt. Auf dem Außengelände waren an die zwanzig Buden um einen großen Weihnachtsbaum aufgebaut worden. In der Mitte brannte ein kleines Lagerfeuer, über dem Kinder Stockbrot rösteten.

Oberstufenschüler des ortsansässigen Internats verkauften in der Aula, in der auch ein Kunsthandwerkermarkt untergebracht war, Speisen und Getränke, um Geld für die bevorstehende Abi-Ball-Feier im Sommer zu verdienen. Auf einer Bühne sang zuerst ein Kinderchor fröhliche Weihnachtslieder und untermalte die heimelige Atmosphäre, die Ellen endlich in Weihnachtsstimmung versetzte, danach übernahm die Kapelle der örtlichen Feuerwehr.

Auf dem Weg zum Winterdorf hatte sie ihrer Mutter und Rita von den Dreharbeiten in Martinas Teeladen erzählt und von ihrem spontanen Interview.

„Na, da muss Papa aber morgen den Videorekorder anschmeißen. Deinen Auftritt müssen wir schließlich für die Ewigkeit festhalten", hatte ihre Mutter mit stolzgeschwellter Brust erklärt.

Ellen war aufgefallen, dass sie schon wieder ihr Handy vergessen hatte, was sie aber komischerweise nicht weiter beunruhigte. Auf das Mobiltelefon zu verzichten war zu Hause in Hamburg fast ein Ding der Unmöglichkeit, doch hier in St. Peter-Ording wollte sie schließlich abschalten. Selbst der Gedanke daran, einen möglichen Anruf von Laurits zu verpassen, hatte nach gestern Abend etwas von seinem Schrecken verloren.

Sie genoss es richtiggehend, nicht erreichbar zu sein und nicht zu wissen, wer gerade was auf Facebook gepostet hatte. Ein herrlich befreiendes Gefühl von Leichtigkeit hatte sich in ihr breitgemacht und ihre trübsinnigen Gedanken zurückgedrängt.

Als sie mit ihrer Mutter und Rita an einer Bude einen Glühwein trank, ließ sie ihren Blick über den Platz schweifen und beobachtete Kinder, die sich lustige Gesichter hatten schminken lassen, und einen Posaunenchor, der gerade angekommen war und vermutlich nach der Feuerwehrkapelle seinen Auftritt auf der Bühne haben würde.

An einer Bude blieb ihr Blick an einem Gesicht hängen, das ihr bekannt vorkam. Als sie genauer hinsah, erkannte sie den Buchhändler Ayk Truels, der ebenfalls einen Stand im Winterdorf bezogen hatte und dort Bücher verkaufte.

Ellens Herz schlug vor Freude sogleich etwas schneller. „Macht es euch was aus, wenn ich mal eben verschwinde? Ich habe da vorn einen Stand von *Bookbantje Truels* entdeckt. Ich möchte dem Inhaber einmal kurz Hallo sagen und schauen, was es dort für Bücher gibt."

„Geh nur", sagte ihre Mutter.

Ellen überquerte den Platz und näherte sich der roten Bude des Buchladens, vor der Eltern zusammen mit ihren Kindern dicht gedrängt standen und gebannt Ayk Truels dabei zuhörten, wie er Charles Dickens' Weihnachtsgeschichte vorlas. Ellen reihte sich am Rande in die Zuhörerschaft ein und hielt sich zunächst im Hintergrund.

Ayk Truels hatte eine schöne Vorlesestimme, mit der er durchaus auch Hörbücher hätte einlesen können. Er betonte gekonnt bestimmte Textpassagen und machte Pausen an den Stellen, die sich dafür anboten. Ellen mochte Menschen, die vorlesen konnten. Ein Talent, das den meisten Vorlesern, die sich dazu berufen fühlten, nicht vergönnt war. Sie selbst nahm sich davon nicht aus und ärgerte sich jedes Mal kolossal darüber, wenn sie sich bei ihren Lesungen verlas. Obwohl sie von ihren Zuhörern schon häufiger die Rückmeldung bekommen hatte, dass gerade die Tatsache, dass sie sich manchmal verhaspelte, einen gewissen Charme hatte.

Als Ayk Truels am Ende der Geschichte angekommen war, brandete spontaner Beifall im Publikum auf, in den auch Ellen mit einfiel. Nun forderten die Kinder ihre Eltern dazu auf, ihnen das Buch zu kaufen, aus dem der Buchhändler vorgelesen hatte. Da traf es sich gut, dass Ayk Truels gleich einen ganzen Karton mit Exemplaren von Charles Dickens' Weihnachtsgeschichte dabeihatte. Die Strategie des Buchhändlers ging auf.

Ellen wartete ab, bis der Trubel sich gelegt hatte und jedes Kind mit einem Weihnachtsbuch versorgt war. Dann trat sie näher an die Holzbude heran und blätterte in den verschiedenen Weihnachtsbüchern für Kinder. Der Buchhändler stand leicht abgewandt von ihr und war noch in ein Verkaufsgespräch mit einer Frau und einem Kind verwickelt, sodass er Ellen bisher nicht bemerkt hatte. Als er die beiden verkauften Bücher eingepackt, der Mutter übergeben und beide verabschiedet hatte, drehte er sich um und erspähte sie.

„Ach, Moin, Moin! So schnell sieht man sich wieder“, sagte er freudig überrascht und fuhr sich mit einer Hand durch sein braunes Haar. Dabei lächelte er verschmitzt, was ihn noch attraktiver machte – falls das überhaupt möglich war.

„In St. Peter-Ording scheint man sich öfter über den Weg zu laufen als in Hamburg“, erwiderte Ellen und lächelte ebenfalls.

„Das stimmt.“ Er nickte. „Man könnte auch sagen, hier führt kein Weg an einer Begegnung vorbei. Ob man will oder nicht.“

Ellen lachte auf. „Na, dann hoffe ich mal, dass ich zu der Kategorie der Begegnungen gehöre, die man will.“

„Ganz bestimmt.“ Ayk Truels grinste, und Ellen hatte kurz das Gefühl, als würde er mit ihr flirten. Aber dann wechselte er plötzlich das Thema. „Leider habe ich heute bloß Weihnachtsbücher dabei. Keine Krimis und keine Liebesromane“, sagte er mit einem entschuldigenden Lächeln. „Und die Weihnachtsbücher sind auch nicht unbedingt was für Erwachsene.“

Ellen schüttelte den Kopf. „Das macht nichts. Ich mag Kinderbücher und hätte auch gerne das Buch von Charles Dickens, aus dem Sie vorgelesen haben.“

„Tut mir leid, ich fürchte der Bestand, den ich mitgebracht habe, ist ausverkauft“, sagte er bedauernd und zeigte ihr wie zum Beweis den leeren Karton. „Aber ich glaube, ich habe von dem Buch noch mindestens ein Exemplar im Laden. Wenn Sie möchten, schaue ich später nach und lege es Ihnen dann zurück“, bot er ihr mit diesem hinreißenden Lächeln an.

„Das möchte ich sehr gerne“, erwiderte Ellen mit wild klopfendem Herzen. Ayk Truels übte eine Anziehungskraft auf sie aus, die sie beinahe ihren Liebeskummer wegen Laurits vergessen ließ.

„Einen Moment, bitte." Der Buchhändler kramte in einer Kiste und beförderte einen Bleistift und einen Notizblock hervor. „Schreiben Sie mir doch bitte eine Telefonnummer auf, unter der ich Sie erreichen kann", sagte er und reichte ihr den Stift und den Block.

Mit dem größten Vergnügen, hätte Ellen am liebsten geantwortet, die überhaupt nichts dagegen hatte, dem charmanten Buchhändler ihre Telefonnummer zu geben. Im Gegenteil. Einen besseren Grund, ihm ihre Handynummer mitzuteilen, konnte es doch eigentlich gar nicht geben.

Ellen schrieb die Nummer auf den Block und war in dem Moment froh, dass sie sie auswendig konnte, denn in ihrem Smartphone hätte sie nicht nachsehen können – das lag ja nach wie vor in ihrem Zimmer bei Martina. „Bitte schön", sagte sie und gab ihm den Stift und den Block zurück.

„Ich melde mich dann bei Ihnen, sobald ich im Laden nachgesehen habe", versprach er und zwinkerte ihr zu.

Sie plauderten noch eine Weile über den Weihnachtmarkt in St. Peter-Ording und den in Hamburg, bevor Ayk Truels sich wieder um neue Kundschaft kümmern musste, was Ellen insgeheim bedauerte. Sie hatte das Gespräch mit ihm genossen und dabei ein aufregendes Prickeln verspürt, was ihr schon lange nicht mehr passiert war.

Nach dem Gespräch mit dem Buchhändler kehrte Ellen beschwingt zu ihrer Mutter und Rita zurück.

„Wer auf dich wartet, wird mit der Zeit zwangsläufig zum Alkoholiker“, bemerkte ihre Mutter und sah sie mit hochgezogenen Augenbrauen an.

„Wieso das denn?“, fragte Ellen.

„Weil wir hier mittlerweile bei der dritten Tasse Glühwein angelangt sind“, meinte Rita und trank einen großen Schluck aus ihrer Keramiktasse mit Nikolausmotiv.

Gespielt entrüstet stemmte Ellen die Hände in die Hüften. „Ach, und daran soll ich jetzt schuld sein?“

„Na ja, irgendeinen Grund muss man ja zum Trinken haben“, sagte ihre Mutter trocken. „Und da Glühwein nicht gerade als Medizin für meine Schuppenflechte durchgeht, musste deine Trödelei eben als Rechtfertigung herhalten.“

„Dann nehme ich die Schuld halt auf mich. Vorhin habe ich übrigens von einer Seebrücke in St. Peter-Ording gehört. Die möchte ich mir unbedingt mal ansehen. Wisst ihr zufällig, wo die ist?“, fragte Ellen.

„Na klar. Die ist in Bad. Ganz in der Nähe von dem Buchladen und dem Geschäft, wo du deine Mütze gekauft hast“, erklärte Rita.

„Wir zeigen dir die Brücke. Auf dem Rückweg zu unserer Unterkunft kommen wir da eh vorbei“, fügte ihre Mutter hinzu.

„Super“, sagte Ellen erfreut. „Ich müsste davor nur kurz

mein Handy holen, weil ich mir ein Buch habe zurücklegen lassen und ich eventuell noch heute einen Anruf von der Buchhandlung bekomme, wann ich es abholen kann." Natürlich ging es ihr in Wahrheit gar nicht unbedingt um das Buch, sondern vielmehr darum, Ayk Truels wiederzusehen und ihr Gespräch fortzusetzen. Aber das musste sie den beiden ja nicht unter die Nase reiben.

Ellen flitzte die Treppe zu ihrem Zimmer hoch. Der Teeladen war bereits geschlossen, als sie vor dem roten Backsteinhaus angekommen waren. Martina und der Rest der Familie schienen ausgeflogen zu sein. Vielleicht waren sie wie angekündigt auch zum Winterdorf gegangen und hatten sich unterwegs verpasst.

Sie schloss die Tür zu ihrem Zimmer auf und fand ihr Handy auf dem Nachtschränkchen – an der Stelle, an der sie es am Abend zuvor hingelegt hatte. Es blinkte. Ob Ayk Truels sich schon gemeldet hatte? Oder Laurits, obwohl ihr das eher unrealistisch erschien.

Ellen überflog die Mitteilungen auf ihrem Handy. Vier verpasste Anrufe. Zwei von Festnetznummern, die sie nicht kannte (vermutlich Werbeanrufe, die sie eh sofort weggedrückt hätte) und die auch nicht die Ortsvorwahl von St. Peter-Ording hatten, einer vom Handy ihres Vaters (vermutlich wollte er wissen, ob sie tatsächlich den richtigen Pullover für ihre Mutter mitgenommen hatte) und ein Anruf von … Laurits!

Das gab es doch gar nicht! Ellens Herz setzte einen

Schlag aus und klopfte dann umso heftiger. Ausgerechnet jetzt meldete er sich, wo sie kaum mehr damit gerechnet hatte und es ihr gerade ein bisschen besser ging.

Sie seufzte, ließ sich auf das Bett sinken, starrte den Namen auf dem Display unschlüssig an und entdeckte dann noch eine ungelesene Nachricht, die ebenfalls von Laurits stammte und die er ihr schon in der letzten Nacht geschickt hatte. Ellen hatte keine Ahnung, ob sie sich darüber freuen sollte oder nicht. Was sollte sie tun, wenn es eine schlechte Nachricht war? Wenn er ihre Beziehung für beendet erklärte und sie aufforderte, ihre Sachen bei ihm abzuholen?

Mit angehaltenem Atem öffnete sie die Nachricht. Schließlich konnte sie nicht den ganzen Tag das Handydisplay anstarren. Doch Laurits teilte ihr nicht mit, dass ihre Beziehung vorbei war. Er wollte wissen, wie es ihr ging. Ob es in St. Peter-Ording auch schneite wie in Hamburg. Und ob sie auch gerade aus dem Fenster schauen, das Schneegestöber beobachten und dabei an ihn denken würde. Denn das tat er. An sie denken.

Na, der hatte vielleicht Nerven! Ellen ließ das Handy sinken und schüttelte den Kopf. In genau diese Art von Laurits hatte sie sich damals Hals über Kopf verliebt. Damals, als er sie noch mit Nachrichten und Anrufen förmlich überschüttete, nur um ihr zu sagen, dass er an sie dachte oder es kaum bis zu ihrem nächsten Treffen aushielt. Oder ihr einfach so Blumen schickte.

Doch mit der Zeit waren Blumen und Nachrichten in diesem Stil zu einer absoluten Seltenheit geworden, und er ließ seinen Charme nur noch dann spielen, wenn er etwas von ihr wollte. Wenn sie auf Empfängen die perfekte Gastgeberin an seiner Seite mimen oder ihn zu anderen öffentlichen Veranstaltungen begleiten sollte, was ihr jedoch nicht so lag wie vermutlich anderen Frauen.

In solchen Situationen trat Laurits mit einer überwältigenden Liebenswürdigkeit auf den Plan, die sie noch jedes Mal hatte weich werden lassen. Und auch jetzt verfehlten seine Worte ihre Wirkung nicht. Sie war wohl noch längst nicht immun gegen ihn … Leider.

Schnell gefasste Entliebungsvorsätze ließen Gefühle eben nicht von jetzt auf gleich verschwinden. Selbst wenn es vernünftiger wäre, Laurits nicht zu lieben. Doch Liebe und Vernunft schlossen sich seit jeher aus.

Deswegen konnte Ellen seine SMS auch nicht ignorieren und antwortete ihm. Ihr ginge es gut – und ja, in St. Peter-Ording hatte es auch in der Nacht geschneit. Allerdings hatte sie keine Schneeflocken beobachtet, sondern tief und fest geschlafen, was vermutlich an der guten Seeluft lag, schob sie halb erklärend, halb entschuldigend hinterher.

Wobei es schon etwas vermessen von Laurits war zu glauben, dass sie nach der Nummer, die er im Restaurant abgezogen hatte, tatsächlich an ihn dachte. Die kleine Spitze, mit der sie ihm indirekt klarmachte, dass sich ihre Welt nicht ausschließlich um ihn drehte, hatte er also mehr als verdient. Außerdem war es gut für ihr Ego, auch mal am längeren Hebel zu sitzen.

Sie drückte auf Senden und steckte das Handy in eine Tasche ihres Parkas. Später musste sie sich unbedingt bei Tine melden, schoss es ihr durch den Kopf. Erfahrungsgemäß führten sie immer längere Gespräche, deswegen wollte sie sie nicht mit einer läppischen SMS abspeisen und sie lieber anrufen, wenn sie mehr Zeit hatte.

Bevor sie zurück nach draußen ging, wo ihre Mutter und Rita warteten, nahm sie noch den Pullover ihrer Mutter aus dem Schrank, um ihn ihr gleich zu geben. Jetzt würde sie sich noch einen schönen Tag machen und nicht mehr an Laurits denken. Es war nicht davon auszugehen, dass er ihr umgehend antwortete.

Wie gut, dass es in St. Peter-Ording genug Möglichkeiten gab, um sich abzulenken, sodass sie nicht dauernd aufs Handy starren konnte. Obwohl der Anruf eines gewissen Buchhändlers ihr ebenfalls eine willkommene Ablenkung gewesen wäre.

Ellen hatte ihrer Mutter den Pullover gegeben und ihr mitgeteilt, dass ihr Vater versucht hatte, sie zu erreichen. Daraufhin hatte ihre Mutter ihn angerufen, um sich zu erkundigen, ob es was Wichtiges gab, da sie erst am Morgen mit ihm telefoniert hatte. Ihr Vater hatte aber bloß Langeweile gehabt und wollte mit seiner Tochter sprechen. Außerdem wollte er wissen, was „seine beiden Frauen“ so trieben in Nordfriesland.

Laufen, hätte Ellen ihm im Nachhinein antworten können – kilometerweit.

„Das da drüben ist übrigens die Dünen-Therme", erklärte Rita und zeigte auf ein Gebäude mit einer großen Frontverglasung. „Da waren wir gestern bei der Massage."

Ellen spürte ihre Füße wie tonnenschwere Gewichte an ihren Beinen.

Wenigstens war ihr bei dem zügigen Tempo, das ihre Mutter und Rita an den Tag legten, ziemlich warm geworden. Und bei dem Marsch war ihr ein eisiger Wind um die Ohren gesaust, der dafür gesorgt hatte, dass sich die dunklen Wolken wegen Laurits aus ihrem Kopf verzogen hatten – sogar noch, bevor sie im Ortsteil Bad angekommen waren. Ein netter Nebeneffekt, wie sie fand.

Bei ihrem Spaziergang zur Seebrücke waren sie auch an der Buchhandlung *Truels* vorbeigekommen. Ellen konnte es sich nicht verkneifen, durch ein Schaufenster zu sehen, ob sie eventuell Ayk Truels im Innern des Geschäfts ausmachen konnte. Ihr Gefühl sagte ihr, dass der Buchhändler ein wesentlich flotteres Tempo an den Tag legen würde, wenn es um Nachrichten ging, als es Laurits tat.

Doch bis auf eine Verkäuferin und eine Handvoll Kunden konnte sie niemand anderen im Laden entdecken, und so kam sie zu dem Schluss, dass sie sich wohl oder übel noch etwas gedulden musste.

„Da musst du auch unbedingt mal hingehen. Ellen?

Hörst du mir überhaupt zu?“ Ihre Mutter legte ihr eine Hand auf den Arm.

„Was? Tut mir leid, ich war gerade mit meinen Gedanken ganz woanders. Was meintest du gerade?“

Ihre Mutter runzelte die Stirn. „Ich sagte, dass du auch mal zu einer Massage in die Dünen-Therme gehen solltest. Das würde dir ganz guttun. Massagen sind ja nicht nur was für ältere Leute.“

Sie überquerten einen Platz und liefen auf einige dunkelrote Holzhäuser zu, die rechter Hand lagen und mit dem Schnee auf ihren Dächern wie kleine Skihütten aussahen.

Boy Jöns Nordseebernstein prangte in weißen Buchstaben auf dem ersten Haus. Die nachfolgenden Holzhütten gehörten zu einer Restaurantkette, die auf Fischgerichte spezialisiert war. Drei Treppen führten auf eine Terrasse, die mit einem hohen durchsichtigen Windschutz umgeben war. Davor befanden sich Fahnenmasten, an denen geräuschvoll rechteckige rot-weiße Tücher im böigen Luftstrom knatterten und für das Lokal warben, sowie einige Bänke, die Spaziergänger zum Verweilen einluden, doch bei den eisigen Temperaturen nicht genutzt wurden.

„Und das da vorn ist die Seebrücke“, sagte Rita und deutete an dem unbesetzten hellen Wärterhäuschen vorbei auf eine Brücke, die über schneebedeckte, mit Prielen durchzogene Salzwiesen führte und nach gut einem Kilometer mitten auf dem Strand endete.

„Die Aussicht ist ja ein Traum“, rief Ellen begeistert und

knipste mit ihrem Handy ein Foto nach dem anderen. St. Peter-Ording war zweifelsfrei der perfekte Handlungsort für ihren Liebesroman.

In ihrer Fantasie entspannen sich auch endlich erste Ideen für die Geschichte: Ein Mann und eine Frau standen sich in den frühen Morgenstunden auf der einsamen Seebrücke gegenüber und gingen langsam aufeinander zu, fielen sich schließlich in die Arme und küssten sich leidenschaftlich.

Was für eine schöne Schlussszene für ihren Roman! Zwar fehlte ihr die komplette Vorgeschichte, die das Liebespaar bis zum Happy End erleben würde, doch ein romantisches Ende war doch auch irgendwie ein Anfang, um das sie die Handlung stricken konnte.

„Daran kann man sich ja gar nicht sattsehen!“ Strahlend sog sie den traumhaften Anblick in sich auf und knipste dann ihre Mutter und Rita, die sich gegen das Geländer der Brücke gelehnt hatten.

„Also, wirklich, Ellen! Meine Haare liegen doch gar nicht“, beschwerte sich Rita und zupfte an ein paar Haarsträhnen herum.

„Keine Sorge, du siehst wie immer perfekt aus“, entgegnete Ellen lachend.

„Du hättest wenigstens vorher sagen können, dass du Fotos machst“, stimmte ihre Mutter zu.

„Ach was! Das Foto ist sehr schön geworden. Schaut mal.“ Ellen drehte das Display zu den beiden Frauen, um ihnen die Aufnahme zu zeigen, aber da begann auf einmal ihr Handy zu vibrieren.

„Oh, einen Moment. Ich bekomme gerade einen Anruf."

Es war der ersehnte Anruf von Ayk Truels, der sich dafür entschuldigte, dass er sein Versprechen, sofort nach dem Buch zu schauen, nun doch nicht sofort einhalten konnte, da er immer noch im Winterdorf war. Aber er versprach nochmals, sich so bald wie möglich wegen des Buches bei ihr zu melden.

Wie erwartet hatte er sich eher gemeldet als Laurits, was eindeutig für ihn sprach. Eine Rückantwort aus Hamburg war natürlich nicht eingegangen, was sie ernüchtert zur Kenntnis nahm. Gleichzeitig ärgerte Ellen sich aber darüber, dass sie im Stillen doch gehofft hatte, von Laurits positiv überrascht zu werden.

5. Kapitel

Am nächsten Morgen schlief Ellen aus. Sie war erst mittags bei Martinas Familie zum Brunch eingeladen. Davor hatte sie bewusst nichts geplant, um innerlich zur Ruhe kommen zu können und so genügend Raum für kreative Einfälle in ihrem Kopf zu schaffen.

Wie sollte ihr auch eine berührende Liebesgeschichte einfallen, wenn sie sich ständig Gedanken um Laurits oder auch den Buchhändler machte?

Tine hatte sie noch immer nicht angerufen und deswegen schon ein schlechtes Gewissen. Doch das wollte sie an diesem Tag auf jeden Fall noch tun.

Der Brunch zog sich in einer gemütlichen Runde bis zum frühen Nachmittag hin. Als Ellen danach wieder in ihrem Zimmer war, packte sie ihren Reiseführer über St. Peter-Ording, ein Notizbuch und einen Stift in ihre Umhängetasche und brach auf, um den Küstenort auf eigene Faust weiter zu erkunden und nach schönen Schauplätzen für ihr Buch zu suchen, natürlich nicht, ohne Martina vorher zu versprechen, rechtzeitig zur Ausstrahlung des TV-Berichts über den Teeladen wieder zurück zu sein.

Ellen erhoffte sich von ihrer Ortserkundung endlich die ersehnte Inspiration für den Roman – erste Gedankenblitze, die sich am Ende dann wie Mosaiksteine zu einer romantischen Liebesgeschichte zusammensetzen ließen.

Ihre Mutter und Rita hatten an diesem Tag keine Zeit, um sie in St. Peter-Ording herumzuführen. Die beiden nahmen an einem Ausflug in den nahe gelegenen Ort Friedrichstadt teil, der besonders für seine Grachten bekannt war und deswegen oftmals auch als Holländerstadt bezeichnet wurde.

„Rechne morgen nicht mit uns. Wir werden erst am späten Abend wieder in St. Peter-Ording sein. Dein Vater nimmt die Sendung mit dir aber auf, damit wir sie später anschauen können", hatte ihre Mutter sie am Tag davor informiert, und deshalb war Ellen allein losgezogen.

Mit dem Reiseführer in der einen und ihrem Handy in der anderen Hand machte sie eine Vielzahl von Fotos. Ihr liefen einige wenige, dick eingepackte Touristen über den Weg, die sich trotz des scharfen Windes, der vom Meer her wehte, nicht von einem Strandspaziergang hatten abhalten lassen.

Ellen beobachtete eine Zeit lang Kitesurfer, die mit einem atemberaubenden Tempo über Eisschollen am Strand entlangglitten, statt wie im Sommer auf mannshohen Wellen zu reiten. Und immer wieder bestaunte sie aufs Neue die unbeschreibliche Weite des Strandes, die ihr im hellen Sonnenlicht fast unwirklich vorkam. Sie hatte fast das Gefühl, auf einem fremden Planeten gelandet zu sein. Oder zumindest in einer schneebedeckten Winterwüste, die ihr nicht weniger außerirdisch schön erschien.

Sie blieb vor einem Pfahlbau stehen, einem typischen Wahrzeichen von St. Peter-Ording, und schaute an den Stelzen hinauf. In ihrem Reiseführer wurde sie ebenfalls zu den Stelzenhäusern fündig: Das erste dieser Holzhäuser wurde bereits 1911 am Strand errichtet und wurde damals „Giftbude“ genannt, weil es dort „etwas gab“ („wat gift“, wie man auf Plattdeutsch sagte), wie zum Beispiel alkoholische Getränke.

An der ursprünglichen Bauweise der Stelzenhäuser, in denen man gastronomische Angebote fand, hatte sich bis heute nichts geändert, und sie stellte fest, dass auch dieses zu gastronomischen Zwecken genutzt wurde, als sie die Treppe zu dem Pfahlbau hinaufstieg. Nur hatte das Café in dem Haus gerade Winterpause, wie sie einem Schild entnehmen konnte, das an dem Aufgang zur Terrasse befestigt war.

Ihr fiel wieder Martinas Geschichte ein. Vielleicht war dies ja der Pfahlbau, in dem die Familie Nissen ihren *Deichfürsten* betrieben hatte. Theoretisch möglich war es zumindest.

Ellen machte ein paar Fotos von dem Pfahlbau. Später wollte sie sich ihre Schnappschüsse in Ruhe in ihrem Zimmer ansehen und erste Stichpunkte für ihren Liebesroman notieren. Doch zuerst gab es noch einiges zu erkunden.

Als Ellen völlig verfroren am Abend zu dem roten Backsteinhaus der Familie Nissen zurückkehrte, brannte in der Küche Licht. Martina, ihre Kinder und noch ein weiteres Mädchen saßen an dem großen Küchentisch und schauten wie gebannt auf einen kleinen Fernseher, der dem Tisch gegenüber auf einer Anrichte stand.

Ellen wusste, dass Björn Spätschicht im Hotel hatte und deswegen nicht anwesend war. Darüber hatte er beim Brunch gesprochen.

„Hallo", grüßte sie in die Runde.

„Hallo, Ellen. Du siehst aber tüchtig verfroren aus. Setz dich doch zu uns, ich koche dir gleich einen Tee", bot Martina an.

„Das ist lieb, danke. Habe ich den Bericht etwa schon verpasst?", fragte sie und wickelte sich ihren Schal vom Hals.

„Nein, nein. Bis jetzt kam er noch nicht", antwortete Martina, der eine leichte Nervosität anzumerken war, und setzte Teewasser auf. „Das ist übrigens Merle, meine Nichte, die Tochter meines Bruders Tim", stellte sie Ellen das Mädchen vor.

Mit den rotblonden Haaren und den unzähligen Sommersprossen sah Merle aus wie eine kleine Pippi Langstrumpf, nur eben aus St. Peter-Ording und nicht aus Schweden.

„Hallo Merle. Ich bin Ellen und wohne in dem Gästezimmer deiner Tante." Sie setzte sich neben das Mädchen, das ein paar Jahre jünger als Martinas Töchter sein musste, und reichte ihr die Hand.

„In dem Zimmer habe ich auch schon mal geschlafen. Sogar richtig oft“, erwiderte Merle und wandte sich dann wieder dem Fernseher zu.

Ellen entging Martinas besorgter Blick nicht, mit dem sie ihre Nichte bei dieser Bemerkung ansah. Was es wohl damit auf sich hatte?

Im nächsten Moment hatte die Nervosität Martina wieder fest im Griff, sie konnte nicht still sitzen, stand immer wieder auf, holte den Kindern was zu trinken, bot Ellen Kluntjes zum Tee an, schmierte einen Stapel Brote, als erwartete sie die komplette Schulklasse ihrer Töchter zum Abendbrot, oder schnappte sich Kater Paul, der nichts gegen Streicheleinheiten einzuwenden hatte.

Dann holte Martina ihr Notebook und tippte auf die Tasten. „Ich schaue mal auf die Website des Senders. Vielleicht steht da ja eine Reihenfolge der Beiträge, damit wir wissen, wann wir drankommen.“ Sie überflog die Homepage des Fernsehsenders.

„Und?“, wollte Ellen wissen und beugte sich neugierig zu ihr rüber. „Steht da was?“ Martina hatte sie mit ihrer Nervosität angesteckt.

„Wir müssten der fünfte Beitrag sein, falls sie den Ablauf nicht geändert haben“, antwortete Martina und fuhr sich mit einer Hand durch die Haare. „Die Warterei ist wirklich schrecklich.“

„Dann geht es bestimmt gleich los“, versuchte Ellen sie zu beruhigen.

„Endlich!“, riefen Lisa und Kim wie aus einem Mund, als Martinas Gesicht auf der Mattscheibe erschien.

Gebannt schauten sie auf den Fernseher.

„Du siehst so anders aus, Mama“, meinte eines der Mädchen, von dem sich Ellen nicht sicher war, ob es sich dabei um Lisa oder Kim handelte.

„Ich sehe aus, als müsste ich mal dringend eine Diät einlegen“, erwiderte Martina trocken und runzelte die Stirn.

„Das ist normal. Im Fernsehen sieht man immer zwei bis drei Kilo schwerer aus, als man in Wirklichkeit ist“, sagte Ellen.

„Echt? Woher weißt du das denn?“, fragte Merle neugierig.

„Warst du schon oft im Fernsehen?“, wollte entweder Lisa oder Kim wissen.

„Nein. Ich war noch nie im Fernsehen. Ich weiß das aber trotzdem, weil die beste Freundin meiner Mutter viele Jahre beim Fernsehen gearbeitet hat. Sie musste dort die Leute vor den Auftritten schminken und frisieren, und alle wollten immer, dass sie sie schlanker aussehen lässt“, erzählte Ellen.

„Hätte sie bei mir auch ruhig machen können“, meinte Martina und stützte ihren Kopf auf ihren Händen ab. „Aber der Teeladen sieht wirklich toll aus.“

„Du siehst aber auch hübsch aus, Tante Martina“, sagte Merle voller Überzeugung. „Und du auch, Ellen“, fügte sie mit einem Lächeln hinzu, da in dem Moment die Moderatorin zu dem Bücherregal ging, an dem Ellen auf sie gewartet hatte.

„Oh, danke, Merle.“ Ellen konnte es sich nicht erklären, doch irgendwas an Merles offener, freundlicher Art berührte sie. Sie hatte das Gefühl, dass dieses Mädchen irgendwie anders war als andere Mädchen in ihrem Alter, wenngleich sie sich auch nicht erklären konnte, woher diese Vermutung rührte. Sie hatte etwas Melancholisches an sich und wirkte weniger kindlich, als es ihrem Alter entsprach. Vielleicht lag Martinas Nichte irgendetwas auf der Seele, aber Ellen konnte es nicht greifen. Noch nicht.

„Ach super! Jetzt blenden sie die Adresse unseres Onlineshops ein“, riss Martina sie aus ihren Grübeleien. „Halleluja!“

„Das ist doch fantastisch!“

„Da kommen bestimmt ein paar Bestellungen extra rein. Neue Kunden können wir immer gut gebrauchen. Ich dachte schon, sie hätten das vergessen. Aber zum Ende des Berichts passt das ja auch ganz gut. Und schau mal da, sogar den Titel deines Krimis haben sie eingeblendet.“

„Da wird sich mein Verlag aber freuen. Und ich mich natürlich auch. Ich werde nachher mal meiner Lektorin den Link für den Beitrag aus der Mediathek schicken und mich in der nächsten Woche erkundigen, ob es eine höhere

Nachfrage nach meinem Buch gegeben hat", sagte Ellen freudig.

„Garantiert", antwortete Martina. „Du bist ja in dem Bericht richtig gut rübergekommen. Von dir würde ich sofort jedes Buch lesen wollen."

Es klingelte an der Haustür. Die Mädchen sprangen auf, um zu öffnen. Im Flur erklangen Schritte und eine Männerstimme.

„Moin!" Ein großer Mann mit breiten Schultern und Dreitagebart betrat die Küche und nickte den Frauen zu.

Ellen fielen neben der offensichtlichen Ähnlichkeit zwischen ihm und Martina sofort seine eisblauen Augen auf, die wie kristallklares Wasser leuchteten. Martinas Bruder machte sofort Eindruck auf Ellen und zog ihre ganze Aufmerksamkeit auf sich. Sie beäugte ihn interessiert und versuchte dabei möglichst unauffällig zu sein. Er war groß und äußerst attraktiv, trug eine dunkelblaue Mütze, Jeans und eine schwarze Daunenjacke. Dazu derbe Lederschuhe mit einer groben Sohle, die wie Arbeitsschuhe aussahen. In einer Hand hielt er einen Autoschlüssel, und die andere hatte er auf Merles Schulter gelegt. Seine Hände waren groß und sehnig wie bei Männern, die damit viel arbeiteten. Merle freute sich sichtlich, dass ihr Vater gekommen war, und wirkte mit einem Mal ganz anders auf Ellen. Gelöster und weniger ernst. Eben wie es sich für ein unbeschwertes Mädchen in ihrem Alter gehörte.

Merkwürdig. Wahrscheinlich hatte sie sich einfach vorhin zu Annahmen über Martinas Nichte hinreißen lassen, die völliger Blödsinn waren und sich Martinas besorgten Blick bloß eingebildet? Vermutlich war es so, und Merle war ein ganz normales, fröhliches Mädchen. Wahrscheinlich war einfach Ellens „Autoren-Gen" mal wieder mit ihr durchgegangen, das hinter allem automatisch eine spektakuläre Geschichte witterte. Eine Art Berufskrankheit, bei der Ellen sich die tollsten Dinge zusammenspann.

„Darf ich vorstellen, Ellen? Mein Bruder Tim. Merles Vater", sagte Martina und bestätigte damit Ellens Annahme, was die offensichtliche verwandtschaftliche Verbindung anbelangte.

„Guten Abend", grüßte Ellen zurück und spürte, dass sie unsicher war, wie viel Herzlichkeit von ihrer Seite in dieser Situation angebracht war. Tim wirkte im Gegensatz zu seiner Schwester verschlossener und schien wenig Wert auf viele Worte zu legen. Jedenfalls war dies ihr erster Eindruck von Martinas Bruder. Manch einer hätte ihn vermutlich als typisch norddeutsch betitelt. Aufs Wesentliche bedacht, ohne um den heißen Brei herumzureden.

„Musst du gleich wieder los, oder trinkst du noch eine Tasse Tee mit uns?", fragte Martina ihren Bruder.

„Jo. Muss gleich wieder los. Muss noch Aufzeichnungen auswerten", entgegnete er knapp, und sein Blick glitt zur Wanduhr, die neben dem Kühlschrank hing. „Dann sag mal Tschüs, Merle."

„Tschüs, Tante Martina." Merle warf sich ihrer Tante in die Arme und ließ sich von ihr drücken.

Das Mädchen hatte nicht nur äußerlich eher wenig mit ihrem Vater gemeinsam, auch ihre offene Art schien sie nicht von Tim zu haben, der eher durch seine friesische Sachlichkeit bestach.

„Tschüs, meine Kleine. Bis morgen oder übermorgen, dann."

„Tschüs denn." Martinas Bruder wandte sich zum Gehen. Das war ein kurzer Besuch.

Merle lief zu ihrem Vater, drehte sich dann noch mal um und winkte. „Tschüs, Ellen."

„Tschüs, Merle. War schön, dass wir uns kennengelernt haben", sagte sie und lächelte das Mädchen an.

„Find ich auch. Tschüs." Sie winkte noch mal und ließ sich von ihren Cousinen bis zur Tür begleiten.

Martina hatte darauf bestanden, dass Ellen einen Berg belegter Brote und eine Kanne Tee mit auf ihr Zimmer nahm. Ellen saß an dem kleinen Schreibtisch und nippte an einer Tasse Tee. Sie hatte die Handyfotos auf ihr Notebook übertragen und betrachtete sie nun in einem größeren Format. Die Aufnahmen waren wunderschön geworden, doch der ersehnte Kuss der Muse blieb aus. Sie schaute abermals die Fotos durch, aber ihr wollte einfach keine zündende Idee für den Liebesroman kommen. Es war zum Mäusemelken. Normalerweise sprudelten die Einfälle nur so aus ihr heraus, ohne langes Nachdenken. Jedenfalls war dies bisher so gewesen, wenn es sich um Kriminalromane handelte. Da musste es bei Liebesromanen doch ähnlich sein. Oder? Sie versuchte es schließlich mit einem Mindmapping, wobei sie in die Mitte eines Blattes St. Peter-Ording als Schauplatz schrieb. Sie umrandete den Ortsnamen und zeichnete Linien, an deren Enden sie weitere Gedanken notierte, die sich um das Thema „Nordsee und Liebe" drehten, und auch alles Weitere, was ihr spontan einfiel. Diese Technik kannte sie noch aus der Schule, aber hatte sie nie wirklich angewandt. Angeblich steigerte diese Vorgehensweise die Kreativität. Doch außer einem Wirrwarr an Worten kam nichts dabei heraus. Schließlich legte Ellen genervt den Stift zur Seite, griff nach einer Käsestulle und biss hinein. Es nützte alles nichts. Kreativität konnte man eben nicht erzwingen – auch nicht mit einem Mindmap. Die Einfälle kamen dann, wann sie wollten – und nicht auf Kommando. Aber wie sollte sie das dem Verlag erklären? Was machte sie, wenn sie bis zum vereinbarten Datum kein sinnvolles Konzept vorlegen konnte? Panik keimte in Ellen auf, die sich wie eine Schlinge um ihren Hals legte. Sie begann daran zu zweifeln, ob sie überhaupt in der Lage war, das zugesagte Buch jemals zu schreiben. Dazu kam noch die ungeklärte Situation mit Laurits, die sicherlich auch dazu beitrug, dass sie nicht vorwärtskam, obwohl sie sich fest vorgenommen hatte, jeden Gedanken an ihn zu verdrängen. Liebeskummer ließ sich jedoch leider nicht so leicht ausblenden. Wie um alles in der Welt sollte sie unter diesen Umständen einen Liebesroman schreiben? Ihr eigenes Leben war gerade so unromantisch wie ein erstes Date im Bestattungsinstitut.

Sie riskierte einen Blick auf ihr Handy, das sie zuvor auf das Bett geworfen hatte. Doch es warteten keine neuen Nachrichten auf sie. Sie schrieb ihrer Mutter eine kurze SMS, in der sie fragte, ob sie und Rita von ihrem Ausflug wieder zurück waren und wie ihr Tag gewesen war. Dann schnappte sie sich die leere Teekanne und ihre Tasse, um sie zurück nach unten in die Küche zu bringen.

Martina saß trotz der späten Stunde noch immer am Esstisch und starrte fasziniert auf ihr Notebook. Neben ihr standen eine geöffnete Flasche Rotwein und ein halb volles Glas.

„Du bist ja noch wach. Wartest du auf Björn?“, fragte Ellen, als sie die Küche betrat.

„Ja, das auch. Aber vor allem beobachte ich mit freudigem Entsetzen die eingehenden Bestellungen in unserem Onlineshop“, sagte sie und trank noch einen Schluck Wein.

Ellen stellte das Geschirr auf der Arbeitsplatte neben der Spüle ab. „Freudiges Entsetzen? Hast du mir vorhin nicht gesagt, dass du neue Kunden gut gebrauchen kannst?“

„Unbedingt! Möchtest du auch Rotwein? Gläser sind in dem Schrank über dem Herd.“ Sie zeigte auf einen Hängeschrank.

Ellen nahm sich ein Glas und setzte sich dann zu Martina an den Tisch.

„Schau mal, das sind die Bestellungen, die seit der Sendung eingegangen sind." Martina drehte den Bildschirm zu Ellen, damit sie sich die Liste ansehen konnte."

„Wow! Man kann wohl sagen, dass dein Onlineshop boomt." Ellen hob anerkennend die Augenbrauen. „Ich bin zwar schlecht im Schätzen, aber das sind doch bestimmt über hundert Bestellungen."

„Einhundertzweiundfünfzig, um genau zu sein. Und die allermeisten Kunden wollen natürlich die *St. Peter Winterbrise* geschickt bekommen."

„Das ist doch toll! Herzlichen Glückwunsch, Martina!", sagte Ellen erfreut.

Die Teeladenbesitzerin schüttelte aber den Kopf und seufzte. „Ich weiß gerade nicht, ob ich lachen oder weinen soll."

„Wieso denn weinen? Freu dich doch darüber."

„Es ist ja auch alles supertoll, und natürlich habe ich mir neue Kunden gewünscht, aber einhundertzweiundfünfzig Bestellungen? Bis jetzt, wohlgemerkt. Da können über Nacht noch einige hinzukommen. Wie soll ich das denn neben dem Verkauf im Teeladen alles allein schaffen? Jede Bestellung muss gepackt, die Rechnung geschrieben, das Paket adressiert und verschickt werden. Und dann haben fast alle die *St. Peter Winterbrise* bestellt. So viel habe ich von der Mischung garantiert nicht auf Lager. Ich muss noch heute Nacht eine Bestellung an den Großhändler rausschicken, damit er möglichst via overnight oder zumindest in den nächsten Tagen irgendwann liefert. Ich konnte mich ja auch gar nicht darauf einstellen … dafür kam die Anfrage von dem Fernsehsender viel zu kurzfristig", erklärte Martina.

„Warum fragst du mich denn nicht, ob ich dir bei den Bestellungen helfe?", wollte Ellen wissen.

„Das würdest du tun?", fragte Martina.

„Natürlich!", antwortete Ellen, die froh war, wenn sie sich von ihren eignen Problemen ablenken konnte und so auf andere Gedanken kam.

„Aber du bist doch mein Gast. Da kann ich dich doch nicht zum Arbeiten einspannen", warf Martina ein.

„Ich melde mich freiwillig."

„Und was ist mit deinem Buch? Musst du nicht schreiben?", gab Martina zu bedenken.

„Ach, das schon", bestätigte Ellen. „Aber es fehlt mir im Moment einfach an Ideen. Und wer weiß, vielleicht habe ich die zündende Eingebung, während ich gerade eine Packung *St. Peter Winterbrise* versandfertig mache!"

Martina zuckte die Achseln. „Tja … wenn das so ist. Dann nehme ich deine Hilfe natürlich gerne an."

„Prima!", freute sich Ellen.

„Wäre es okay, wenn du gleich morgen um zehn Uhr runterkommen würdest?", fragte sie. „Dann könnte ich im Laden die Kunden bedienen und du könntest im Nebenraum die Päckchen packen."

„Klar, kein Problem. Mach ich gern", antwortete Ellen.

Martina hob einen Finger. „Aber nur unter einer Bedingung."

„Und die wäre?"

„Du zahlst keinen Pfennig für das Gästezimmer. Essen und Trinken inklusive."

„Aber …", wollte Ellen protestieren.

„Kein Aber. Ich bestehe darauf", sagte Martina und hielt ihr die Hand hin. „Deal?"

„Deal", stimmte Ellen zu und schlug ein.

Pünktlich um zehn Uhr begann Ellen am nächsten Tag mit dem Verpacken des Tees. Über Nacht waren die Bestellungen auf einhundertdreiundachtzig angestiegen, und es kamen auch ohne Unterlass neue rein. Ellen hätte nie für möglich gehalten, wie zeitaufwendig es war, all diese Bestellungen zu bearbeiten. Bis sie die Päckchen gepackt, sie mit zusätzlichen Teeproben bestückt, die Rechnung ausgedruckt und beigefügt sowie die Adressaufkleber aufgeklebt hatte, verging oft eine gute Viertelstunde. Mittlerweile verstand sie auch, warum Martina gestern nicht wusste, wie sie einhundertdreiundachtzig Bestellungen neben dem regulären Verkauf im Teeladen stemmen sollte. Den Fernsehbericht hatten scheinbar ziemlich viele Leute gesehen, sodass der enorme Andrang nicht nur an der Vorweihnachtszeit liegen konnte. Schon vor der Ladenöffnung an diesem Tag, hatten sich Kunden vor der Teestube eingefunden, die darauf warteten, um Punkt zehn Uhr das

Geschäft zu stürmen, sich mit der *St. Peter Winterbrise* einzudecken und frisch gebackene Neujahrskuchen zu genießen. Den Teig hatte Martina vorausschauend am Vorabend noch angerührt, um für den Fall der Fälle gewappnet zu sein. Die richtige Entscheidung, wie sich herausstellte.

Bis zur Mittagspause um dreizehn Uhr hatte Ellen zweiundvierzig Päckchen gepackt. Sie war zwar mit der Zeit schneller geworden, doch waren immer noch weit über hundert Bestellungen nicht bearbeitet. Immerhin hatte sie so viel zu tun gehabt, dass sie gar nicht gemerkt hatte, wie schnell die drei Stunden vergangen waren, und vor allem war sie nicht dazu gekommen, sich über ihre Probleme Gedanken zu machen.

„Puh, das war ganz schön anstrengend“, sagte Ellen und ließ sich fix und fertig auf eines der Sofas im Laden fallen.

„Es hatte schon etwas von einem Nahkampftag“, stimmte Martina ihr zu und rieb sich das rechte Handgelenk. Sie hatte mit einer Gabel unzählige Neujahrskuchen für ihre Kunden gerollt, bis der Teig in der Schüssel schließlich leer gewesen war. „Und ab fünfzehn Uhr geht es hier weiter. Noch mal bis achtzehn Uhr … und danach ist Päckchen-Packen angesagt.“

„Da bin ich dann wieder dabei“, versprach ihr Ellen.

„Mit deiner Hilfe, der von Björn und den Zwillingen, müssten wir es eigentlich heute Abend schaffen, alle Bestellungen zu bearbeiten“, sagte Martina zuversichtlich.

„Reichen denn die Zutaten dafür aus?“, erkundigte sich Ellen vorsichtshalber.

„Nein, die reichen nicht aus. Aber Herr Farmsen, vom Teegroßhandel in Hamburg, kommt heute Nachmittag extra persönlich vorbei, um mir die Zutaten zu bringen. Er hat gestern zufällig auch den Bericht im Fernsehen gesehen und wollte sich deswegen meinen Laden mal ansehen. Ein Glück! Ansonsten hätte ich bestimmt noch zwei Tage auf die Lieferung warten müssen. Doch so können wir heute Abend den Tee mischen und dann sämtliche Bestellungen bearbeiten. Und Merle hilft bestimmt auch mit, dann sind wir noch schneller fertig. Ihr macht es immer einen riesigen Spaß, im Laden auszuhelfen“, sagte Martina.

Ellen nickte. „Deine Nichte ist wirklich ein zauberhaftes Mädchen.“

„Ja, das ist sie.“ Ellen bemerkte erneut Martinas besorgten Gesichtsausdruck. „Und wenn man sie so sieht, dann würde man nie glauben, was sie schon alles in ihrem jungen Leben mitmachen musste“, fügte sie leise und mehr zu sich selbst hinzu.

Ellen horchte auf. Dann war ihr erster Eindruck von Merle also doch richtig gewesen. Das Mädchen trug eine Last mit sich herum, und Ellen konnte sich nach wie vor auf ihre Menschenkenntnis verlassen – obwohl diese sie in Liebesdingen offensichtlich im Stich gelassen hatte. Doch bevor sie bei Martina nachfragen konnte, was Merle denn Schlimmes widerfahren war, klingelte das Glöckchen an der Ladentür, und ein älteres Ehepaar betrat das Geschäft. Martina hatte vergessen die Tür abzuschließen. „Mach du nur Pause. Es reicht völlig aus, wenn du uns heute Abend wieder mit den Online-Bestellungen helfen könntest", sagte Martina zu ihr und wandte sich dann den Kunden zu.

Vielleicht ergab sich am Abend eine Gelegenheit, bei der sie Martina noch mal auf Merle ansprechen konnte.

Ellen aß einen Happen und brach kurz darauf zu einem Deichspaziergang auf. Dick eingemummelt und mit einer Thermoskanne heißen Tees in ihrer Umhängetasche, ohne den Martina sie nicht hatte gehen lassen wollen, spazierte sie auf dem Damm entlang, Richtung Ortsteil Böhl. Später war sie mit ihrer Mutter und Rita in einem Restaurant in Bad verabredetet, an dem sie schon mal bei einem gemeinsamen Streifzug vorbeigekommen war. Die beiden Damen gönnten sich zuvor einen erneuten Besuch in der Dünen-Therme, wo sie die Biosauna ausprobieren und bei Infrarotlicht in verschiedenen Farben und ruhiger Musik entspannen wollten.

Ellen setzte sich eine Sonnenbrille auf und zog die Nase kraus. Sie hatte richtig Glück mit dem Wetter, der Himmel war blau und so klar, dass sie sich einbildete, beim Blick auf das Meer bis nach Helgoland schauen zu können. Bisher machten sämtliche Schietwetterwolken um St. Peter-Ording einen großen Bogen und das herrliche Fleckchen Erde präsentierte sich von seiner schönsten Seite. In der Ferne erblickte sie ein Bauwerk, das ihre Aufmerksamkeit auf sich zog und ihre Neugier weckte. Als sie näher kam, sah sie, dass es sich dabei um einen alten Leuchtturm handelte.

Der rotbraune runde Ziegelturm stand mitten auf dem Deich. Ellen blickte zu der schwarzen Laterne empor und schätzte die Höhe des Turms auf ungefähr zwanzig Meter. Um den Leuchtturm herum waren Sitzbänke aufgebaut. Sicherlich war dies ein beliebter Ausflugsort bei wärmeren Temperaturen, wo Fahrradfahrer oder Spaziergänger auf den Bänken ein Päuschen einlegten und dabei die herrliche Aussicht über die Salzwiesen bis zum Meer genossen. Richtig romantisch und ein geradezu perfekter Schauplatz für ihren Liebesroman. Deswegen musste sie diesen Ort auch unbedingt mit ihrem Handy fotografieren – auch wenn sie immer noch keine Idee für die eigentliche Geschichte hatte. Ellen sah sich die Fotos an und fand, dass sie ruhig mal wieder die Videofunktion ihres Handys bemühen konnte und die Location es wert war, zusätzlich in bewegten Bildern festgehalten zu werden. Sie filmte an dem Turm hoch, nahm den Ausblick auf, der sich von den Bänken aus bot, und wanderte einmal, mit dem Handy in der Hand, um den Turm herum.

Neben dem Eingang zum Leuchtturm blitzte plötzlich etwas im Sonnenlicht in den Büschen auf. Neugierig ging Ellen näher heran und bog dichtes Gestrüpp auseinander. Hinter den Ästen verbarg sich ein verwitterter Briefkasten. Damit hatte sie überhaupt nicht gerechnet. Der Postkasten lag durch den Strauch absolut im Verborgenen, und ohne das plötzliche Aufblitzen hätte sie ihn vermutlich nie entdeckt. Ein Sonnenstrahl war auf ein Stück von einem zerbrochenen Spiegel gefallen, das neben dem toten Briefkasten lag. Dass der Postkasten nicht mehr genutzt wurde, erkannte sie auf den ersten Blick: Die Farbe war über die Jahre abgeblättert, und die Witterung hatte den Briefkasten rostbraun gefärbt. Außerdem stand kein Name auf dem Kasten. Die Klappe ließ sich jedoch ohne große Anstrengung öffnen. Ellen spähte hinein. Der Briefkasten war wie erwartet leer. Sie trat einen Schritt zurück und fragte sich, wie lange der Leuchtturm wohl nicht mehr bewohnt war. Wahrscheinlich schon sehr lange Zeit, denn er wirkte bereits etwas baufällig. Wer hatte hier früher wohl gewohnt? Gab es den Beruf des Leuchtturmwärters überhaupt noch? Sie malte sich aus, wie einsam das Leben des Leuchtturmwärters gewesen sein musste und wie wenig Kontakt er zu anderen Menschen gehabt hatte. Ein Einsiedler zwischen Land und Meer, der an dunklen Winterabenden wahrscheinlich stundenlang Briefe geschrieben hatte. An wen hatte er sie geschickt? Hatte er eine Familie gehabt? Eine große Liebe? Oder hatte es weibliche Kurgäste gegeben, die sich während ihres Aufenthaltes in St. Peter-Ording unsterblich in den einsamen Leuchtturmwärter verliebt hatten?

Und wenn der Leuchtturmwärter tatsächlich Liebesbriefe erhalten hatte, ob er dann auch immer wusste, wer ihm schrieb? Oder hatte es manchmal sogar heimliche Verehrerinnen gegeben, die sich ihm erst nach ihrer Abreise durch Briefe zu erkennen gaben – oder ihm gar anonym schrieben?

Ellen ließ sich auf einer der Bänke nieder. Die Idee von dem Leuchtturmwärter und einer unbekannten Brieffreundin gefiel ihr. Vor ihrem inneren Auge blitzten plötzlich Szenen des alten Liebesfilms *E-Mail für dich* mit Meg Ryan und Tom Hanks in den Hauptrollen auf, in dem es um eine E-Mail-Freundschaft zwischen zwei Unbekannten ging, die sich ineinander verlieben – und als sie sich am Ende in der Realität treffen, feststellen, dass sie sich bereits kannten. Und das könnte doch auch einem Mann und einer Frau in St. Peter-Ording passieren. In der Jetztzeit, per Brief und ganz ohne Internet, was zweifellos absolut romantisch war. Das war es doch! Endlich hatte sie die zündende Idee, auf die sie gewartet hatte, dachte sie überwältigt von einer plötzlichen Welle der Erleichterung.

Ellen atmete tief ein und aus und überlegte, wann sie das letzte Mal einen handgeschriebenen Brief erhalten hatte. Sie konnte sich nicht erinnern. Das musste Jahre her sein. Sie dachte darüber nach, wie sehr es ihr in ihrer Situation helfen würde, wenn sie auch jemandem einen Brief schreiben könnte, in dem sie über ihren Kummer mit Laurits berichtete (der sich natürlich noch nicht wieder bei ihr gemeldet hatte, was ihr in diesem Moment kummervoll bewusst wurde). Sich einfach ihre Sorgen und Enttäuschungen von der Seele zu schreiben und sie mit jemandem zu teilen, der sie nicht dafür verurteilte, mit jemandem, der ihr einfach nur zuhörte. Am besten mit jemand Unbekanntem. Natürlich wusste sie, dass es diesen Leuchtturmwärter in der Realität nicht gab und er lediglich ihrer Fantasie entsprungen war. Trotzdem griff sie in ihre Umhängetasche, zog einen Stift und ihren Notizblock hervor. Selbst wenn der Brief für immer und ewig ungelesen in diesem verwitterten Briefkasten liegen bleiben und sie niemals eine Antwort erhalten würde – was höchstwahrscheinlich der Fall sein würde – begann sie zu schreiben.

Lieber Leuchtturmwärter,
ich weiß nicht mehr weiter. Ich habe das Gefühl, in einem Meer aus Hoffnungen und Illusionen zu ertrinken. Lange Zeit war ich in dem Glauben, den richtigen Menschen an meiner Seite zu haben. Ich war davon überzeugt, endlich in meinem Hafen angekommen und mit jemandem zusammen zu sein, mit dem ich den Rest meines Lebens verbringen wollte. Doch es stellte sich heraus, dass dieser Mann es ganz anders sah und keine konkreten Pläne für eine gemeinsame Zukunft mit mir hatte. Seitdem habe ich das Vertrauen in mich und meine Sichtweise auf die Dinge verloren, was mich sehr belastet. Mein innerer Kompass scheint nicht mehr zu funktionieren, und so treibe ich ziellos

auf hoher See, und es ist weit und breit kein Land in Sicht.

Wie kann es sein, dass man über solch einen langen Zeitraum annehmen kann, dass der Mensch an deiner Seite das Gleiche empfindet wie du und es sich am Ende als eine große Täuschung herausstellt?

Vielleicht kannst du mir eine Antwort darauf geben? Mein Schiff braucht in der Dunkelheit ganz dringend ein Leuchtfeuer, damit es wieder zurück in seinen Heimathafen finden kann.

Ellen überlegte kurz, wie sie den Brief beenden sollte. Sie wollte nicht mit ihrem richtigen Namen unterschreiben. Selbst dann nicht, wenn ihn nie jemand lesen würde. Sie ließ ihren Blick über die verschneiten Eiswiesen gleiten und hörte dann einen Schrei über ihrem Kopf. Sie sah hoch und entdeckte eine Möwe, die Flugkurs Richtung Meer nahm. Ellen schaute ihr hinterher, bis sie sie nicht mehr sehen konnte, und beneidete den Vogel um seine scheinbare Freiheit und Sorglosigkeit. Das wünschte sie sich auch für sich selbst. Deswegen unterschrieb sie den Brief mit:

Die kleine Silbermöwe

Das schien ihr ein passender Name.

Sie überflog den Brief noch einmal und wünschte sich fast, dass Laurits ihn lesen würde und ihre Worte eine wundersame Wandlung herbeiführen würden. Denn mit dem, was sie geschrieben hatte, hatte sie ihre persönlichsten Gefühle und Gedanken offenbart. Doch sie wusste, dass selbst wenn er den Brief lesen würde, sich nichts verändern würde. Deswegen war es müßig, auch nur einen Gedanken daran zu verschwenden, ihn mit der Post nach Hamburg zu schicken. Dann konnte sie ihre Sorgen besser einem toten Briefkasten anvertrauen. Ellen faltete das Blatt Papier zusammen und packte den Stift und den Notizblock zurück in ihre Tasche. Sie erhob sich und lief kurzerhand zu dem Busch, bog die Äste auseinander und öffnete die Klappe des Briefkastens, zögerte dann aber für einen Moment.

Es war vermutlich das Merkwürdigste, was sie in den letzten Jahren getan hatte, doch es fühlte sich trotzdem richtig an. Sie legte wider jegliche Vernunft das zusammengefaltete Blatt in den Kasten und schloss den Deckel.

Nachmittags war sie mit ihrer Mutter und Rita in einem hübschen Café an der Strandpromenade verabredet. Ihre Gedanken wanderten immer wieder zu dem Brief, der nun in dem alten Postkasten lag. Seitdem sie ihre Sorgen niedergeschrieben hatte, fühlte sie sich tatsächlich besser. Fast schon erleichtert. Andere Leute riefen wegen ihrer Probleme die beste Freundin an – was sie unbedingt am heutigen Tag noch erledigen musste, wenn sie nicht wollte, dass Tine ihr den Kopf abriss – oder ließen sich, wenn alle Stricke rissen, einen Termin beim Psychologen geben, der ihnen dann bunte Glückspillen verordnete. Und sie? Sie vertraute ihre Sorgen einem imaginären Leuchtturmwärter in einem Brief an.

Wüsste ihre Mutter darüber Bescheid, dann wäre ihr unter Garantie auf der Stelle das Stück Kuchen im Hals stecken geblieben, und Rita hätte Ellen durch die Blume vermittelt, dass ihr Verhalten hochgradig seltsam war. Doch Ellen war klug genug, um ihr kleines Geheimnis für sich zu behalten. Stattdessen erzählte sie ihrer Mutter und Rita von den vielen Bestellungen, die seit der Ausstrahlung des TV-Berichts bei Martina eingetrudelt waren, und dass sich ihre Lektorin gemeldet hatte, um ihr mitzuteilen, dass auch die Verkaufszahlen ihres Krimis weiter im Aufwind waren.

„Schon verrückt, was das Fernsehen alles kann. Kaum bist du in der Flimmerkiste, rollt der Rubel“, meinte ihre Mutter.

„Na klar. Was glaubst du wohl, warum die Leute damals alle in unsere Sendungen wollten?“, fügte Rita hinzu und beförderte mit einem Löffel den Teebeutel aus ihrer Tasse auf einen Unterteller, kippte den Inhalt von drei Zuckerbeutelchen in den Tee und rührte schließlich geräuschvoll mit dem Löffel um. „Unsere TV-Sendungen waren für die Gäste richtige Gelddruckmaschinen.“

„Für Martina freut mich das wirklich total. Ich habe ihr versprochen, dass ich heute Abend wieder mithelfe beim

Packen der Bestellungen. Ihre ganze Familie packt mit an", erzählte Ellen.

„Ein Glück, dass du deine Bücher nicht auch selbst verschicken musst, sondern dafür den Verlag hast", merkte ihre Mutter an.

Ellen musste lachen. „Du meinst wohl eher die zahlreichen Buchhändler und den Großhandel."

Ellens Mutter zuckte mit den Schultern „Von mir aus auch die."

„Da bin ich auch froh drüber. Sehr sogar! Ich wüsste gar nicht …" Ellens Handy klingelte. „Moment." Sie fischte das Smartphone aus ihrer Tasche. Hoffentlich war Laurits nicht ausgerechnet jetzt auf die glorreiche Idee gekommen, sie anzurufen, wo sie ihrer Mutter und Rita direkt gegenübersaß und sie mitbekommen würden, worum es ging. Aber ihre Sorge war unbegründet. Das Display zeigte eine Festnetznummer an, die sie nicht kannte, mit der Vorwahl von St. Peter-Ording.

Am anderen Ende der Leitung meldete sich eine Frau, die sich ihr als Karen Toelke vorstellte und eine Mitarbeiterin von *Bookbantje Truels* war. Sie teilte Ellen mit, dass sie ihr zurückgelegtes Buch im Laden abholen konnte.

„Das ist ja schön", sagte Ellen. Sie war schon etwas enttäuscht darüber, dass Ayk Truels sie wegen der Bestellung nicht selbst anrief, sondern die Aufgabe eine Angestellte von ihm übernommen hatte. Irgendwie hatte sie damit gerechnet, dass er sich die Gelegenheit nicht nehmen lassen würde, sie deswegen persönlich zu benachrichtigen, wo sie sich doch so gut unterhalten hatten.

„Sie können gerne vorbeikommen. Das Buch liegt ab sofort an der Kasse für Sie zur Abholung bereit. Wir sind heute noch bis achtzehn Uhr im Laden. Oder wieder morgen früh ab zehn Uhr“, informierte Frau Toelke Ellen.

„Danke für Ihren Anruf. Ich komme gleich vorbei, ich bin eh gerade in der Nähe“, antwortete Ellen. Ayk Truels hatte sie zwar nicht angerufen, aber eventuell lief sie ihm ja im Buchladen über den Weg, dachte sie und spürte, wie sich eine freudige Aufregung bei dem Gedanken in ihr breitmachte. Immerhin hatte sie nun einen guten Grund, seine Nähe zu suchen, und bestenfalls bot sich ihr dabei die Gelegenheit, ihn in ein Gespräch zu verwickeln und ihm so wieder einen Schritt näherzukommen.

Nach Kaffee und Kuchen trennten sich die Wege der Frauen wieder. Rita und Ellens Mutter hatten keine Lust, zum Buchladen mitzukommen. Sie wollten stattdessen nach einem Bernsteinanhänger für Rita schauen und danach mit dem Bus in den Nachbarort Tönning fahren.

Als Ellen im Buchladen eintraf, herrschte dort reger Betrieb. Das Vorweihnachtsgeschäft lief auch in der St. Peter-Ordinger Buchhandlung auf Hochtouren. Eine Gruppe von acht Schülern, die alle um die zwölf Jahre sein mussten, war zusammen mit zwei Lehrern in dem Geschäft, um ebenfalls Buchbestellungen abzuholen, mit denen die Schulbibliothek bestückt werden sollte, wie Ellen aus den Gesprächen der Schüler erfuhr. Die Schüler und Lehrer standen an der Kasse, wo eine Angestellte die bestellten Bücher in Jutetaschen mit dem Logo des Buchladens packte. Deswegen musste Ellen warten und hatte so genügend Zeit, um ihren Blick durch den Laden schweifen zu lassen und nach dem Buchhändler Ausschau zu halten. In einer Ecke entdeckte sie ihn. Ayk Truels beriet gerade ein älteres Ehepaar und hatte Ellens Anwesenheit scheinbar noch nicht bemerkt. Er zeigte dem Mann und der Frau verschiedene Bücher, über die er ihnen einiges zu berichten wusste. Dafür liebte Ellen Buchhandlungen. Dort bekamen die Leser die bestmögliche Beratung von kompetenten Fachleuten, die die Bücher meistens zuvor selbst gelesen hatten und wussten, wovon sie sprachen. Ein Service, den kein Onlineshop bieten konnte und ohne den sich ihre Bücher garantiert nicht so gut verkauft hätten. Die stationären Buchhändler waren die ersten Fans gewesen, die Ellen für ihre Krimis gewinnen konnte und die an ihrem Erfolg maßgeblich beteiligt gewesen waren.

Nachdem Ellen ihr Buch bezahlt hatte, schaute sie sich erneut nach Ayk Truels um. Das ältere Ehepaar hatte sich in der Zwischenzeit mit drei Büchern ebenfalls an der Kasse angestellt. Sie entdeckte Ayk in der Kinderabteilung, wo er Bilderbücher für die kleinen Leser sortierte, um sie dann in Regale zu räumen. Ellen zögerte kurz, ob sie zu ihm gehen und Guten Tag sagen sollte. Dann kamen ihr ihre Überlegungen allerdings etwas übertrieben vor. Nur weil er sie nicht persönlich wegen des Buches angerufen hatte, hieß das doch noch lange nicht, dass er nicht mit ihr reden wollte. Zumal sie ihn auch nicht darum gebeten hatte, dass er sie persönlich anrief. Wahrscheinlich hatte es einfach gute Gründe gegeben, weswegen er sich nicht selbst bei ihr gemeldet hatte. Und vermutlich informierte Frau Toelke immer die Kunden, wenn Bücher zur Abholung bereitlagen.

Ellen ging hinüber in die Kinderabteilung. „Guten Tag", sagte sie zu dem Buchhändler, der fleißig Bücher sortierte und deswegen nicht bemerkt hatte, dass jemand in die Kinderabteilung gekommen war.

Er drehte sich zu ihr um. „Oh, hallo. Ich habe Sie gar nicht kommen hören", entschuldigte er sich und reichte ihr zur Begrüßung die freie Hand. Er legte den Stapel Bücher auf einem Spieltisch ab, auf dem Malblöcke und Stifte für die kleinen Kunden ausgelegt waren.

„Ich hoffe, ich halte Sie nicht von der Arbeit ab", sagte Ellen.

Er winkte ab. „Auf gar keinen Fall. Ich freue mich, Sie zu sehen. Wenngleich ich mich schon etwas darüber geärgert habe, dass ich Sie nicht gleich erkannt habe, Frau Carstens. Oder sollte ich besser Greta Bennert sagen?"

„Ach? Sie wissen, wer ich bin?", fragte Ellen erstaunt.

„Natürlich. Immerhin habe ich auch einen Fernseher

und die Reportage über St. Peter-Ording gesehen, in der Sie als Autorin vorgestellt wurden. Und außerdem ist ein Foto von Ihnen in Ihren Krimis abgedruckt. Sogar eins in Farbe. Nur habe ich im ersten Moment nicht Ihren Klarnamen mit der Autorin Greta Bennert verknüpft. Aber das ist wohl auch Sinn und Zweck eines Pseudonyms."

Ellen zuckte die Schultern. „Ach, wissen Sie, ich wollte einfach nicht gleich mit der Tür ins Haus fallen und mich als Autorin zu erkennen geben", erklärte sie ihm.

Ayk Truels nickte. „Das kann ich gut verstehen. Wie ich sehe, haben Sie Ihr Buch bereits abgeholt." Er deutete auf die Jutetasche, die Ellen in einer Hand hielt.

Ellen nickte. „Ja. Vielen Dank noch mal", sagte sie.

„Da nicht für", entgegnete er und griff in einen Karton, aus dem er einen Flyer zog, den er ihr überreichte. „Die sind gerade druckfrisch reingekommen. Ich weiß zwar nicht, wie lange Sie noch in St. Peter-Ording sein werden, aber vielleicht haben Sie nächste Woche Zeit und Lust, noch mal bei uns vorbeizukommen? Ein ortsansässiger Maler stellt hier zweimal jährlich seine Werke aus. Der Eintritt bei der Ausstellungseröffnung am Abend ist frei, und für das leibliche Wohl ist gesorgt. Danach können Sie die Bilder auch zu unseren normalen Öffnungszeiten ansehen. Die Werke des Künstlers sind natürlich auch käuflich zu erwerben."

Ellen überflog den Flyer und erinnerte sich wieder an ihre Begegnung mit dem Pfeifenmann im Zug, der sich ihr als Maler aus St. Peter-Ording zu erkennen gegeben hatte. Der Name des Künstlers sagte ihr nichts. Da der Mann sich ihr damals nicht namentlich vorgestellt hatte, wusste sie nicht, ob er es eventuell war, der im *Bookbantje Truels* seine Werke ausstellte. Aber die Wahrscheinlichkeit war groß. So viele Maler gab es in dem Küstenort bestimmt nicht. „Danke für die Einladung", sagte Ellen erfreut. „Ich interessiere mich sehr für Bilder. Nächste Woche werde ich noch hier sein, und da komme ich natürlich sehr gerne zu der Ausstellung."

„Das freut mich!" Ayk Truels lächelte sie an, und Ellens Herz schlug augenblicklich wieder etwas schneller. Ayks charmante Art und ein Blick in seine hübschen Augen sorgten dafür, dass sie an nichts anderes mehr denken konnte und gar nicht wusste, was sie als Nächstes sagen sollte.

Leicht verlegen strich sie sich eine Strähne aus dem Gesicht, als ihr auffiel, dass sie ihn unverhohlen anstarrte. Sie wandte ihren Blick ab.

„Haben Sie eigentlich auch DVDs?", fragte sie ihn, damit das Gespräch nicht ins Stocken geriet. Außerdem waren Filme eine tolle Inspiration für ihre Bücher. Und hier in St. Peter-Ording hatte sie abends genügend Zeit, um sich einige Filme anzusehen.

„Selbstverständlich. Kommen Sie mit, dann zeige ich sie Ihnen", antwortete er und deutete auf ein Regal, das sich auf der gegenüberliegenden Ladenseite befand. Ihm schien nicht aufgefallen zu sein, dass Ellen ihm länger als normal in die Augen geblickt hatte. Falls doch, ließ er es sich jedenfalls nicht anmerken. „Es ist zwar ein recht übersichtliches Angebot, aber wir können für Sie selbstverständlich jede DVD bestellen, die Ihnen hier fehlt."

„Ich suche den Film *E-Mail für Dich* mit Meg Ryan und Tom Hanks", sagte Ellen. „Den möchte ich mir noch mal ansehen."

„Ich fürchte, den haben wir leider nicht da. Der Film ist ja schon älter und fast ein moderner Klassiker. Wir führen eher aktuelle DVD-Erscheinungen. Aber, wie gesagt, ich kann ihn Ihnen natürlich bestellen, wenn Sie möchten", bot er ihr an.

„Ja, gerne. Wie lange würde es denn dauern, bis ich den Film abholen könnte?"

„Einen Moment, bitte." Ayk Truels ging zu einem hohen Tisch und schaute in einem Computer nach. „Die DVD kann innerhalb von ein bis drei Tagen geliefert werden."

„Prima! Dann machen wir das so", stimmte Ellen zu und freute sich darüber, dass sich für sie noch vor der Ausstellung in der kommenden Woche eine Gelegenheit ergeben würde, in der Buchhandlung vorbeizuschauen und den netten Buchhändler in ein weiteres Gespräch verwickeln zu können.

Ayk Truels bestellte den Film für sie und versprach, sich bei ihr zu melden, sobald er eingetroffen war.

Als Ellen das rote Backsteinhaus betrat, in dem sich der Teeladen und ihre Unterkunft befanden, umfing sie sogleich der wunderbare Duft von frisch gebackenen Neujahrskuchen und leckerem Wintertee.

Martina hatte für ihre fleißigen Helfer extra einen Berg der Anisspezialität mit Vanillesahnefüllung gebacken. „Damit mir hier keiner einen Schwächeanfall bekommt, während wir hart arbeiten", sagte sie mit einem Augenzwinkern.

Obwohl Ellen in der kurzen Zeit, in der sie erst in St. Peter-Ording war, schon diverse Neujahrskuchen gegessen hatte, war ihr Appetit auf die süßen Waffeln ungebrochen. „Ich weiß gar nicht, wie ich ohne deine Neujahrskuchen überleben soll, wenn ich wieder in Hamburg bin. Ich bin richtig süchtig danach", sagte Ellen und legte sich zwei gefüllte Waffeln auf einen Teller. Normalerweise aß sie Süßes eher selten, Martinas Spezialität allerdings konnte sie kaum widerstehen.

„Das musst du nicht. Entweder du kommst oft zu Besuch, oder ich schicke dir regelmäßig welche. Dann allerdings ohne Füllung, die müsstest du selbst machen. Das Rezept dafür kann ich dir gerne geben."

„Das ist eine gute Idee. Nur müsste ich dann anfangen, für einen Marathon zu trainieren, damit ich in einem halben Jahr noch durch die Tür passe", meinte Ellen schmunzelnd.

Als es am Abend ans Verpacken der Bestellungen aus

dem Onlineshop ging, teilte Martina ihre Helfer in Gruppen ein. Die Kinder packten die Tees in die offenen Päckchen, während Martina sich um das Ausdrucken von Rechnungen und Ellen und Björn sich um das Adressieren der Sendungen kümmerten.

Später half Merle Ellen beim Päckchen-Packen und nach kurzer Zeit waren die beiden bereits ein eingespieltes Team, als hätten sie noch nie etwas anderes getan, als Bestellungen des Onlineshops gemeinsam zu bearbeiten. „Und jetzt kannst du noch zweihundertfünfzig Gramm *St. Peter Winterbrise* in das Paket legen", sagte Ellen zu Merle, während sie den Adressaufkleber beschriftete und die Rechnung einmal in der Mitte faltete. „Super. Das machst du sehr gut", lobte Ellen das Mädchen, das sichtlich mit Spaß bei der Sache war.

„Bist du eigentlich auch Weihnachten noch hier?", wollte Merle wissen.

„Puh. Das weiß ich noch gar nicht so genau. Warum fragst du?"

„Na, wenn du nicht mehr da bist, dann packe ich dir ein Paket mit Tee und schicke es dir", erklärte Merle und legte ein paar Teebonbons der Bestellung bei.

Ellen glich den Inhalt des Pakets mit den auf dem Lieferschein aufgeführten Artikeln ab. „Das ist aber lieb von dir."

Das Mädchen legte den Kopf schräg und schaute sie an. „Oder wünschst du dir was anderes?"

„Nein, nein. Das wäre genau das, was ich mir zu Weihnachten wünschen würde. Dann sitze ich in Hamburg und trinke eine Tasse *St. Peter Winterbrise* und denke dabei an euch", entgegnete Ellen, die gerührt war, dass Merle sich Gedanken darüber machte, was sie sich zu Weihnachten wünschte. Sie hockte sich neben Merle, die die Klappen des Kartons zusammendrückte. „Aber dann möchte ich dir auch ein Weihnachtsgeschenk machen. Es kann ja nicht sein, dass du mir was schenkst und nichts von mir bekommst", fügte Ellen hinzu.

Merles Augen strahlten.

„Was wünschst du dir denn zu Weihnachten?", erkundigte sich Ellen und klebte das Päckchen zu. „Vielleicht ein neues Handy oder Reitstunden? Ich glaube, das würde ich mir wünschen, wenn ich in deinem Alter wäre."

„Ich habe Papas altes Handy", sagte Merle und zog ein älteres Modell aus ihrer Hosentasche. „Und reiten gehe ich schon einmal in der Woche."

„Oh, das ist in der Tat schon älter", sagte Ellen und wunderte sich darüber, dass das Mädchen mit dem fast schon antik anmutenden Gerät zufrieden war. Normalerweise wollten Kinder in dem Alter doch immer die neuesten Modelle haben, um mit anderen Gleichaltrigen mithalten zu können. Doch Merle schien das nicht die Bohne zu interessieren.

„Zum Telefonieren reicht es. Fotos kann ich mit einer Kamera machen", antwortete das Mädchen pragmatisch.

„Was richtig gut an dem Handy ist, der Akku hält eine ganze Woche, bevor er neu aufgeladen werden muss. Neue Handys muss man jeden Tag aufladen."

„Das ist in der Tat wirklich praktisch", stimmte Ellen zu. „Aber was wünschst du dir denn dann zu Weihnachten? Du hast doch bestimmt einen Wunsch. Oder?"

Merle blickte sich um, und als sie sich sicher war, dass die anderen beschäftigt waren und keiner zuhörte, beugte sie sich zu Ellen rüber und sagte mit leiser Stimme: „Ich wünsche mir seit vier Jahren immer dasselbe zu Weihnachten, aber bis jetzt ist der Wunsch noch nicht in Erfüllung gegangen."

„Und was ist das?", fragte Ellen ebenfalls mit gesenkter Stimme.

„Eine neue Frau für meinen Papa."

„Ach so …" Mit solch einem Wunsch hatte Ellen nicht gerechnet. Das meinte also Martina damit, als sie gesagt hatte, dass Merle schon viel mitgemacht hätte. Eine Scheidung der Eltern war wohl immer ein traumatisches Erlebnis für Kinder. Sie wusste nicht, wie sie am besten reagieren sollte. Sollte sie Merle danach fragen, wie lange ihre Eltern schon geschieden waren, oder ihr einfach sagen, dass ihr Wunsch sich noch erfüllen würde, wenn sie nur fest daran glaubte? Wobei sie nicht wirklich davon überzeugt war, wenn sie an ihren ersten Eindruck nach der Begegnung mit dem wortkargen Tim dachte, der zwar sehr attraktiv war, dem jedoch mit seiner Art bestimmt nicht unbedingt die

Herzen der Frauen zuflogen. Jedenfalls nicht, wenn er diese dauerhaft an den Tag legte. Irgendwas musste sie sagen und deswegen fragte sie einfach: „Ist dein Papa denn traurig, seitdem er allein ist?"

„Sehr traurig sogar." Merle nickte. „Und ich auch."

„Hm … und es ist jetzt vier Jahre her, seitdem deine Mama weggegangen ist?", fragte Ellen, obwohl Merle ihr das bereits erzählt hatte.

„Ja. Ich war damals in der ersten Klasse", berichtete das Mädchen.

Ellen überlegte, was sie darauf erwidern konnte. „Und wo wohnt deine Mama nun? Lebt sie auch hier in St. Peter-Ording?"

„Nein. Mama wohnt nicht mehr in St. Peter-Ording", sagte Merle traurig.

„Dann wohnt sie weiter weg?", fragte Ellen und stellte sich vor, dass es für Merle bestimmt nicht einfach war, ihre Mutter nur selten oder vielleicht gar nicht zu sehen. Es sollte ja auch Mütter geben, die nach einer Trennung nicht nur den Ex verließen, sondern auch die Kinder.

„Ja, sie ist ganz weit weg", sagte das Mädchen und senkte den Kopf.

Nun hatte Ellen eine leise Ahnung, was mit Merles Mutter geschehen war. Ihre schreckliche Vermutung wurde auch gleich von der Antwort des Mädchens bestätigt. „Mama ist tot."

6. Kapitel

Ellen war nach Merles Aussage förmlich wie vom Donner gerührt. Vor allem fühlte sie sich aber überfordert und wusste nicht, wie sie auf diese Neuigkeit über Merles Mutter reagieren sollte. Es war schon schwierig genug, Erwachsenen sein Beileid auszusprechen. Wie machte man das dann erst bei einem Kind?

Glücklicherweise kam ihr Merle zu Hilfe, die sagte: „Und deswegen wünsche ich mir auch jedes Jahr das Gleiche. Das mache ich solange, bis es endlich klappt. Und irgendwann muss sich ja mein Wunsch erfüllen. Tante Martina hat gesagt, dass es sein kann, dass andere Kinder den gleichen Wunsch für ihren Papa haben und in der Schlange vor mir stehen und ich eben noch nicht dran bin. Aber irgendwann bin ich die Erste in der Reihe, und dann wird mein Wunsch erfüllt“, erklärte sie und rettete damit für Ellen die Situation, die immer noch nach den passenden Worten suchte.

„Ganz bestimmt sogar wird dein Wunsch erfüllt werden, sobald du an der Reihe bist“, stimmte sie dem Mädchen zu.

Merle lächelte sie an. „Ich lege das Paket zu den anderen." Damit war das Thema für das Mädchen erledigt. Sie nahm die Sendung und brachte sie zu dem Stapel der fertigen Kartons vor der Theke. Ellen beobachtete sie dabei nachdenklich. Sie wusste nicht, ob sie Merle wegen ihres Schicksals bemitleiden oder sie eher für ihre Art, damit umzugehen, bewundern sollte.

Drei Stunden später saßen Ellen und Martina zusammen in der gemütlichen Sitzecke des Teeladens. Auf dem Tisch stand eine geöffnete Flasche Rotwein, und Martina hatte einige Teeduftlichter angezündet, die in dem Laden ein angenehmes Vanillearoma verströmten.

Die Zwillinge lagen bereits im Bett, und Björn hatte Merle nach Hause zu ihrem Vater gefahren, bevor auch er schlafen gegangen war, weil er am nächsten Tag für die Frühschicht im Hotel eingeteilt worden war.

„Die anderen Bestellungen schaffen wir morgen", sagte Martina und schaute auf die gestapelten Kartons. Sie hatten heute alle Bestellungen vom Wochenende abgearbeitet. „Die Mitarbeiter der Post werden sich morgen freuen, wenn ich damit vorbeikomme. Bin mal gespannt, wie oft ich mit dem Wagen hin- und herfahren muss, bis ich die ganzen Päckchen zur Post transportiert habe. Und vor allem, ob ich das bis zur Ladeneröffnung schaffe. Die Post im Zentralmarkt macht um acht Uhr auf und der Teeladen um zehn Uhr."

„Falls du das in den zwei Stunden nicht schaffen solltest, kann ich auch gerne noch fahren", bot Ellen an.

„Danke dir. Du bist wirklich meine beste Mitarbeiterin. Wie soll das nur werden, wenn du wieder nach Hamburg zurückfährst?“, fragte Martina.

„Ach, noch bin ich ja hier“, meinte Ellen und musste unwillkürlich wieder daran denken, was Merle über ihre Mutter erzählt hatte. Sie wollte unbedingt die ganze Geschichte erfahren, warum Merles Mutter so früh verstorben war. „Martina?“

„Ja?“

Ellen stellte ihr Glas auf dem Tisch ab und sah Martina an. „Darf ich dich mal etwas Persönlicheres fragen? Du kannst auch Nein sagen … aber da gibt es eine Sache, über die ich schon den ganzen Abend nachdenken muss.“

„Das hört sich jetzt aber wirklich dramatisch an. Was möchtest du denn wissen?“, forderte Martina sie auf und trank einen Schluck Rotwein.

„Es geht um Merle“, fing Ellen an.

Martina zog überrascht die Augenbrauen hoch. „Um Merle?“

„Ja. Du hattest mir gegenüber mal angedeutet, dass Merle schon einiges in ihrem Leben mitgemacht hätte. Heute Abend hat sie mir vom Tod ihrer Mutter erzählt und dass sie sich seitdem jedes Jahr eine neue Frau für ihren Vater wünscht“, berichtete Ellen.

Martina seufzte auf und drehte ihr Weinglas in den Händen. „Oje. Ja, das ist eine ganz schlimme Geschichte. Ein schwieriges Thema. Für Merle war der Verlust eine Katastrophe, und Tim ist seitdem ein anderer Mensch, den ich gar nicht mehr wiedererkenne. Er war früher so offen, lustig und dem Leben zugewandt. Seit Annas Tod lebt er quasi nur noch für seine Arbeit – und für Merle natürlich. Er macht kaum noch etwas anderes, als sich mit Tieren und Pflanzen zu beschäftigen, und hat seine Lebensfreude komplett verloren."

„Das ist schlimm. Auch für Merle", sagte Ellen betroffen.

„Das ist wirklich eine Tragödie. Sie erkennt ihren Vater ja auch gar nicht mehr wieder. Ich habe schon alles versucht, um an Tim heranzukommen, doch sobald ich mich dem Thema nähere, mauert er und zieht sich gänzlich zurück. Kurz nach Annas Beerdigung hat er Merle vorbeigebracht und sich dann zwei Monate nicht blicken lassen." Martina presste ihre Lippen zusammen, und auf ihrer Stirn hatte sich eine Sorgenfalte gebildet.

„War das die Zeit, in der Merle im Gästezimmer gewohnt hat?", hakte Ellen nach.

„Richtig. Sie hat uns immer wieder gefragt, wann ihr Vater sie abholen kommt. Aber wir konnten es ihr nicht sagen. Das war eine schwierige Situation für sie. Und auch für uns. Sie hatte Angst, dass sie nach dem Tod ihrer Mutter nun auch noch ihren Vater verliert."

„Wie furchtbar!", fand Ellen. „Hat sich dein Bruder denn keine Gedanken darüber gemacht, was es für Merle bedeutet, wenn er sich einfach nicht mehr um sie kümmert?"

Martina zuckte mit den Schultern. „Er stand noch zu sehr unter dem Schock von Annas Tod. Außerdem gibt er sich die Schuld daran."

„Woran ist sie eigentlich gestorben? War sie schwer krank, oder hatte sie einen Unfall?", wollte Ellen wissen.

„Das ist es ja. Anna war kerngesund." Martina schüttelte den Kopf und schenkte sich Rotwein nach.

„Was ist denn dann passiert?"

„Sie ist einfach von einem Spaziergang nicht mehr wiedergekommen", sagte Martina.

„Wie schrecklich! Ich kann mir gar nicht vorstellen, wie das damals für euch gewesen sein muss." Ellen schüttelte den Kopf. „Aber sagtest du nicht, dass sie beerdigt wurde? Wie kann das sein, wenn sie nicht von einem Spaziergang wiedergekommen ist?"

Martina rieb sich mit einer Hand die Schläfe. „Ach, ich bin immer so konfus, wenn ich darüber rede. Mich nimmt das alles nach wie vor mit."

„Wenn du nicht darüber reden willst, dann verstehe ich das absolut. Es geht mich im Grunde ja auch gar nichts an", ruderte Ellen zurück.

„Nein, nein. Ist schon gut. Ich erzähle es dir gern, muss das aber der Reihe nach tun, damit du alles verstehst. Anna kam ursprünglich nicht aus St. Peter-Ording. Sie kam noch nicht einmal von der Küste, sondern aus Hamminkeln. Das ist ein kleiner Ort am Niederrhein. Sie war als Saisonkraft hier und hat in St. Peter-Ording das Team der Rettungsassistenten unterstützt. Eines Tages ging es einem Jungen aus Tims Team auf einmal sehr schlecht. Er bekam von jetzt auf gleich keine Luft mehr und lief blau an. Dazu musst du wissen, dass mein Bruder mit Merle in einem der Häuser neben dem Westerhever Leuchtturm wohnt, weil er dort als Biologe arbeitet und auch gleichzeitig das Team der jungen FÖJler betreut, die dort in der Station ihr freiwilliges ökologisches Jahr absolvieren. Das macht er schon seit Jahren."

„Ah, verstehe. Ist das der rot-weiße Leuchtturm nördlich von St. Peter-Ording?", erkundigte sich Ellen.

„Genau. Das ist er", bestätigte ihr Martina.

„Dann habe ich ihn in meinem Reiseführer gesehen. Er steht auch auf meiner Liste mit den Sehenswürdigkeiten, die ich noch sehen möchte", meinte Ellen.

„Wir können gerne mal zusammen hinfahren, wenn du willst", bot ihr Martina an. „Der Leuchtturm ist eines der bekanntesten Wahrzeichen auf Eiderstedt."

„Ja, gerne", stimmte Ellen zu. „Aber erzähl weiter. Ich habe dich mit meiner Frage unterbrochen. Was ist mit diesem jungen FÖJler passiert?"

„Dem ging es ganz schlecht. Jedenfalls hat Tim den Rettungsdienst angerufen, und da kam eben Anna mit einem Kollegen angefahren. Sie hatten sofort den Verdacht, dass der Junge einen allergischen Schock haben könnte, und brachten ihn deswegen gleich ins Krankenhaus. Tim ist mitgefahren und später mit der guten Nachricht, dass es dem Jungen schon besser ginge, und Annas Telefonnummer wiedergekommen. Die beiden haben sich verabredet und sich dann ineinander verliebt. Nach der Saison haben sie zunächst eine Fernbeziehung geführt, bis Anna eine Stelle in Garding als Rettungsassistentin bekommen hat. Ein Jahr später ist dann Merle auf die Welt gekommen. Kurz vorher haben Tim und sie noch standesamtlich und danach in der Kirche St. Peter geheiratet. Anna und Tim waren sehr glücklich. Sie waren eine richtige Bilderbuchfamilie, und keiner von uns hat jemals damit gerechnet, dass Anna etwas Schreckliches passieren würde."

„Du sagtest, dass sie von einem Spaziergang nicht wiedergekommen ist. Wohin ist sie denn gegangen?", fragte Ellen.

„Sie war am Strand unterwegs. Sie liebte Strandspaziergänge und lief jeden Tag die gleiche Strecke. Man könnte also sagen, dass sie sich wirklich gut ausgekannt hat. An dem Tag, an dem sie verschwunden ist, war es sehr nebelig. Aber das war es oft im Herbst, wenn sie unterwegs war. Eigentlich nichts, weswegen man sich hätte Gedanken machen müssen. Erst als der Anruf von der Schule kam, dass sie Merle nicht abgeholt hat und die Kleine auf sie wartete, fingen wir an, uns Sorgen zu machen. Normalerweise holte sie Merle immer ab. Wir sind den Strand mehrmals abgelaufen, so gut es bei der Flut eben ging, haben Leute gefragt, die uns entgegenkamen, ob sie Anna eventuell gesehen haben. Aber nichts. Sie war einfach wie vom Erdboden verschluckt. Als hätte es sie nie gegeben. Tim hat dann die Küstenwache verständigt und die sind sofort mit Schiffen und Booten rausgefahren und haben auf dem offenen Meer nach Anna gesucht. Aber auch da weit und breit keine Spur von ihr."

„Das ist ja furchtbar! Die arme Merle! Das muss für sie ganz schlimm gewesen sein", meinte Ellen mitfühlend.

„Wir haben zuerst versucht, das Verschwinden ihrer Mutter vor ihr geheim zu halten", fuhr Martina fort. „Ich habe sie an dem Tag dann von der Schule abgeholt, weil die Grundschule nicht weit von unserem Haus entfernt ist, und ihr gesagt, dass es so mit ihrer Mutter abgesprochen war, weil Anna noch etwas Wichtiges in Hamminkeln bei ihren Großeltern erledigen musste. Das hat sie uns Gott sei Dank auch geglaubt. Dann haben Björn und ich sie auch gleich hierbehalten – für den Fall der Fälle, dass etwas mit Anna passiert sein könnte. Zuerst hat sich Merle keine Sorgen gemacht, weil sie ja glaubte, dass ihre Mutter am Niederrhein war. Sie wusste, dass es ein paar Tage dauern würde, bis Anna wieder in St. Peter-Ording auftauchen würde. Und dann wurde sie gefunden." Martina trank einen großen Schluck Wein. „Ich darf gar nicht daran denken, mir wird immer noch schlecht bei dem Gedanken." Sie fuhr sich mit einer Hand über das Gesicht und sah so bekümmert aus, dass Ellen ihr tröstend einen Arm um die Schultern legte. „Anna wurde am vierten Tag angespült. Ausgerechnet am Westerhever Strand."

„Nein!“, rief Ellen aus. „Bitte sag nicht, dass …“

„Doch.“ Martina nickte und sprach das Unvorstellbare aus. „Tim hat sie gefunden. Zusammen mit jemandem aus seinem Team. Es war ein furchtbarer Anblick.“

Ellen schlug sich eine Hand vor den Mund. „Oh mein Gott!“

„Seitdem ist mein Bruder ein anderer Mensch. Er gibt sich auch noch die Schuld an dem Unglück“, sagte Martina.

„Aber wieso, er hat doch gar nichts damit zu tun?“, fragte Ellen.

„Tja. Natürlich nicht.“ Martina zuckte mit den Schultern. „Aber in seinen Augen schon. Anna ist nicht an der Nordsee groß geworden – und so wie es aussieht, hat sie die Gezeiten unterschätzt“, erklärte Martina.

„Glaubt ihr, dass sie absichtlich in die Flut gelaufen ist?“, hinterfragte Ellen verwirrt.

„Nein, sie war glücklich. Aber es könnte sein, dass sie etwas gesehen hatte, was sie dazu veranlasst hat, ins Watt zu laufen, obwohl die Flut bereits eingesetzt hatte. Vielleicht hat sie im Nebel geglaubt, jemanden zu sehen, der in Not geraten war, und ist dann losgelaufen, um dem Menschen zu helfen. Bei diesiger Sicht kann man sich nämlich so manches einbilden. Dabei hat sie sich dann wohl verirrt, und die Flut hat sie mitgerissen. Das ist jedenfalls unsere Theorie. Und Tim denkt eben, er hätte sie an dem Tag nie allein losziehen lassen dürfen. Hätte er sie begleitet, dann würde Anna noch leben. Er gibt sich die Schuld an ihrem Tod, an dem Umstand, dass seine Tochter ohne Mutter aufwachsen muss. Außerdem hat er das Gefühl, als Mann versagt zu haben. Er hat sich geschworen, dass es nie wieder eine andere Frau in seinem Leben geben und er Anna bis über den Tod hinaus ewig treu sein wird. Das ist seine Art, Buße zu tun. Ich glaube, das Einzige, was ihn weitermachen lässt, ist Merle", schloss Martina und schaute nachdenklich ins Leere.

Später lag Ellen im Bett und starrte die Decke an. An Schlaf war für sie nach der Geschichte von Anna und Tim nicht zu denken. Mittlerweile wunderte es sie nicht mehr, dass Tim so war, wie er war. Vielmehr bewunderte sie ihn, dass er trotz allem weitergemacht hatte, sich um Merle kümmerte und auch weiterhin seinem Job auf der Schutzstation nachging, der bestimmt anspruchsvoll war und seine ganze Konzentration erforderte. Das war viel mehr, als andere Menschen unter diesen Umständen hätten leisten können. Zumal er Annas Leiche an dem Strand gefunden hatte, an den ihn wahrscheinlich täglich seine Arbeit führte. Sie fragte sich, wie sie an seiner Stelle reagiert hätte, wenn sie eine geliebte Person auf diese Weise verloren hätte. Hätte sie die Kraft, sich täglich dem Ort und damit der Erinnerung auszusetzen? Daneben erschien ihr plötzlich ihr eigenes Dilemma mit Laurits lächerlich und unbedeutend. Fast schon kindisch. Tim hatte wirklich allen Grund, Kummer zu haben: Er hatte seine Frau, die große Liebe seines Lebens und die Mutter seiner Tochter durch ein Unglück verloren, wofür er sich die Schuld gab. Das war wirklich ein Schicksalsschlag und an Tragik kaum zu überbieten. Im Gegensatz zu ihrem eigenen kleinen Drama, wo es nur darum ging, dass Laurits andere Pläne hatte als sie und ihre romantischen Vorstellungen mit ihr durchgegangen waren. Und dann hatte sie sich darüber auch in einem Brief an einen imaginären Leuchtturmwärter ausgeheult. Alberner ging es wohl kaum! Ellen verspürte mit einem Mal den dringenden Wunsch, alles über die romantische Liebesgeschichte zwischen Anna und Tim zu erfahren. Das war genau der Stoff, der ihr und garantiert auch ihren Lesern unter die Haut und ans Herz ging. Natürlich müsste es am Ende des Buches zu einem versöhnlichen Happy End kommen, das nichts mit der Realität gemeinsam hätte. Sie wollte unbedingt mehr über Tim und Anna herausbekommen und die Geschichte in abgeänderter Form aufschreiben. Sie war neugierig auf den echten Tim geworden, den Mann hinter dem gebrochenen Herzen, der eigentlich fröhlich und lebensfroh und nicht wortkarg und abweisend war. Vor allem wollte sie den Mann kennenlernen, der seine Frau bis über den Tod hinaus bedingungslos liebte und keine andere mehr in sein Herz lassen wollte. In Ellens Fantasie entstand eine überaus romantische Vorstellung von Martinas Bruder, und sie war glücklich, dass sie nun endlich eine Ahnung von der Geschichte hatte, nach der sie die ganze Zeit gesucht hatte. Oder besser: Die Geschichte hatte sie gefunden. Wenngleich sie trotz ihrer Euphorie auch Gewissensbisse hatte, Martinas Bruder, der ihr wirklich von Herzen leidtat, auch wegen der Story kennenlernen zu wollen. Aber wer wusste schon, für was es am Ende gut sein würde? Vielleicht würde sich eine ähnliche Freundschaft zwischen ihnen entwickeln wie die, die sie mit Martina verband?

7. Kapitel

Am nächsten Tag half Ellen Martina dabei, die Päckchen wegzubringen, und fuhr nach zehn Uhr noch zweimal allein zur Post, bis die letzte Sendung verschickt war. Danach machte sie sich auf den Weg zum Böhler Leuchtturm. Je länger sie über den Brief nachdachte, den sie geschrieben hatte, umso merkwürdiger kam es ihr vor, was sie getan hatte. Sie musste unbedingt die Nachricht an den nicht existierenden Leuchtturmwärter aus dem Postkasten holen, bevor sie noch zufällig von jemandem gefunden wurde. Sie hatte den Brief zwar nicht mit ihrem Namen unterschrieben, dennoch empfand sie eine gewisse Scham bei der Vorstellung, ein Fremder könnte ihre privatesten Gedanken lesen und darüber mit anderen Leuten reden. Höchstwahrscheinlich würde nie jemand dahinterkommen, dass sie die Verfasserin des Briefes war, doch wollte sie unbedingt verhindern, dass es überhaupt zu dieser Situation kam.

Als sie sich dem Leuchtturm näherte, sah sie, dass ein älteres Ehepaar auf einer der Bänke saß und die Aussicht genoss. Eigentlich wollte sie nur kurz den Brief aus dem Kasten holen und dann sofort wieder verschwinden, doch damit würde sie warten müssen, bis die beiden älteren Leute ihren Weg fortsetzten. Ellen ließ sich ebenfalls auf einer der Bänke nieder und kramte ihr Notizbuch und einen Kugelschreiber aus ihrer Umhängetasche. Sie nutzte die Wartezeit, um die wichtigsten Details zu der Geschichte von Anna und Tim zu notieren, die ihr Martina gestern erzählt hatte. Sie wollte schließlich die Teeladenbesitzerin nicht öfter als unbedingt nötig danach fragen, um keine alten Wunden aufzureißen. Außerdem hatte sie sich vorgenommen, die Liebesgeschichte nicht originalgetreu aufzuschreiben, sondern nur als Inspirationsquelle zu nutzen. Somit würde sie ihrer künstlerischen Freiheit keine Grenzen setzen müssen und konnte ihrer Fantasie freien Lauf lassen, um hier und da Dinge dazuzudichten oder gänzlich wegfallen zu lassen. Außerdem ließ sich dies auch besser mit ihrem Gewissen vereinbaren, da sie Tims Schicksal nicht ausschlachten wollte. So wollte sie zum Beispiel das Kennenlernen von Tim und Anna übernehmen und auch die Geburt der Tochter sowie Annas Tod im Watt. Aber für Ellen war klar, dass danach ein Happy End in Form einer neuen Liebe für Tim kommen sollte, damit er doch noch sein Glück fand. Das ältere Ehepaar hatte Sitzfleisch, das musste Ellen den beiden lassen. Erst eine Dreiviertelstunde später brachen sie auf, und das in einem überaus gemächlichen Tempo, sodass Ellen noch eine Weile warten musste, bis der Mann und die Frau aus ihrem Sichtfeld verschwunden waren und sie sich unauffällig in die Büsche schlagen konnte, um den Brief endlich aus dem Postkasten zu holen. Sie bog die Äste auseinander und öffnete die Klappe des Briefkastens, die ohne jegliche Gegenwehr nachgab. Sie tastete nach dem Stück Papier, doch ihre Finger griffen ins Leere. Das konnte doch wohl nicht wahr sein! Außer ihr würde doch bestimmt niemand auf die abstruse Idee kommen, in verwitterten Briefkästen nach Post zu schauen – oder? Sie spürte, wie sich bei der Vorstellung leichtes Unbehagen in ihr breitmachte. Ellen spähte in das Innere des Briefkastens. Sie atmete erleichtert auf. Der Brief lag in der äußersten linken Ecke, dort, wo sie nicht getastet hatte. Glück gehabt! Sie nahm ihn heraus und schloss den Postkasten wieder. Als sie das Schriftstück in ihren Händen drehte, stutzte sie. Merkwürdig! Hatte sie den Brief nicht auf dem linierten Papier ihres Collegeblocks geschrieben? Dieses Papier war kariert. Sie runzelte die Stirn, faltete das Blatt auseinander und starrte fassungslos auf eine Handschrift, die nicht ihre eigene war. Ihre Gedanken wirbelten durcheinander. Ellen sank wieder auf eine der Bänke und starrte auf das Stück Papier, das sie in ihren Händen hielt. Dann ordneten sich ihre Gedanken allmählich, und sie begriff: Sie hatte tatsächlich einen Antwortbrief erhalten.

Liebe kleine Silbermöwe,
manchmal treibt man im Leben ziellos auf offener See und glaubt, dass nie wieder Land in Sicht kommt.

Dieser Zustand kann mitunter sehr lange anhalten. Leider folgt das Leben keinem Gezeitenkalender, und wir wissen nicht, wann die Ebbe von der Flut abgelöst wird. Das Einzige, was uns bleibt, ist, Vertrauen in die Gezeiten des Lebens zu haben und zu akzeptieren, dass es gute und schlechte Tage für uns bereithält.

Und leider gibt es keine Garantie für gute Beziehungen – und auch keine dafür, dass beide Partner immer das Gleiche wollen. Die Liebe ist wie eine Nordseeinsel, ein Eiland, umgeben vom rauen Meer, an dessen Horizont bisweilen schwere Stürme aufziehen. Doch oft herrscht auch klare Sicht. Dein innerer Kompass wird dann wieder funktionieren, wenn du diese Unbeständigkeiten annimmst, sie als Teil deines Lebens akzeptierst und auch den Mut findest, deinen Kurs zu korrigieren, wenn es erforderlich ist.

Zweifel zu haben ist menschlich. Doch ist es wichtig, dass wir unseren Weg fortsetzen.

In diesem Sinne wünsche ich dir viel Kraft und Mut, auch diesen Sturm sicher zu überstehen.
Der Leuchtturmwärter

Ellen las den Antwortbrief ohne Absender wieder und wieder. Sie war zutiefst von den Worten des Leuchtturmwärters berührt. Er schien ihr direkt in die Seele schauen zu können. Doch wer verbarg sich hinter diesen anonymen Worten? Wer wusste von dem alten Briefkasten, und wer schaute in ihm nach Post? Es musste zweifelsfrei ein tiefgründiger Mensch sein. Jemand mit Lebenserfahrung, der in der Lage war, sich in sein Gegenüber einzufühlen. Jemand, der viel mit unterschiedlichen Menschen zu tun hatte. Ellen musste unwillkürlich an Ayk Truels denken, auf den diese Beschreibung zutreffen könnte. Ihm traute sie ohne Weiteres zu, dass er über die Existenz des alten Postkastens Bescheid wusste und ihn vielleicht ebenfalls wie zufällig entdeckt hatte. Das passte zu ihm, fand sie. Außerdem hatte er sicherlich einen gewissen Hang zur Romantik, sonst hätte er nicht geantwortet. Vermutlich hatte er dort schon zuvor Briefe von anderen Sinnsuchenden vorgefunden und schaute öfter mal nach, sodass er ihren Brief gleich entdeckt hatte. Ellens Neugier war geweckt. Sie musste unbedingt herausfinden, ob sie mit ihrer Vermutung richtiglag und er tatsächlich der Leuchtturmwärter war. Doch zunächst wollte sie ihm unbedingt antworten. Der Kontakt durfte jetzt auf keinen Fall abreißen. Dafür verstand der Briefeschreiber ihre Gefühlslage viel zu gut, konnte sich genau in sie einfühlen – und obwohl sie ihn nicht kannte, vertraute sie ihm auf unerklärliche Weise.

Lieber Leuchtturmwärter,
deine klugen Worte haben mich sehr berührt und mir Trost gespendet. Es ist, als könntest du tief in meine Seele blicken. Dein Rat hat mich genau zum richtigen Zeitpunkt gefunden. Ich werde versuchen, das Leben

und seine Gezeiten anzunehmen und der momentanen Ebbe mit der erforderlichen Gelassenheit zu begegnen. Ich hoffe, mein Schiff wird wieder auf Kurs kommen und dem aufziehenden Sturm trotzen. Doch was mache ich, wenn ein neuer Sturm aufzieht?

Ich danke dir von Herzen für deine Worte – wer immer du auch bist.

Die kleine Silbermöwe

Sie faltete das Blatt Papier zusammen, blickte sich auf dem Deich um, ob sie auch wirklich unbeobachtet war, und legte dann ihre Antwort in den Postkasten. Hoffentlich bekam sie wieder eine Nachricht zurück, und die Antwort war nicht bloß eine einmalige Sache gewesen. Es konnte natürlich auch sein, dass hinter dem Briefeschreiber gar nicht Ayk Truels oder ein Einheimischer steckte, sondern ein Kurgast oder ein Tourist, der ihre Antwort nicht mehr finden würde, weil er eventuell schon abgereist war. Ellen war sich nur in einem sicher: Der Briefeschreiber war männlich. Das erkannte sie zum einen an der krakeligen Schrift, die nach einer typischen Männerhandschrift aussah, und zum anderen daran, dass der Absender mit „Der Leuchtturmwärter“ unterschrieben hatte. Eine Frau hätte unter Garantie mit „Die Leuchtturmwärterin“ unterschrieben. Da war sich Ellen ziemlich sicher, da Frauen auf solche Details achteten. Sie hätte es jedenfalls getan, ohne dabei das Risiko einzugehen, allzu viel von sich preiszugeben.

Ellen war wenig später zurück zum Teeladen marschiert, hatte mit Martina ein kurzes Pläuschchen gehalten und war dann hoch in das Gästezimmer gegangen, um endlich mit der Arbeit an dem Exposé für ihren Liebesroman zu beginnen. Den Brief des Leuchtturmwärters hatte sie neben das Notebook auf den Schreibtisch gelegt. Sie konnte es immer noch nicht fassen, dass sie tatsächlich eine Antwort erhalten hatte. Böse Zungen hätten ihr vermutlich unterstellt, diese Geschichte in Wirklichkeit aus einem Roman geklaut oder gar in einem Hollywood-Film gesehen zu haben, aber bestimmt nicht in der Realität erlebt zu haben. Ellen musste zugeben, wenn es ihr nicht selbst passiert wäre, dann hätte sie genau das gedacht.

Obwohl ihre Gedanken ständig zu dem unbekannten Briefeschreiber abschweiften, hatte sie am Nachmittag eine erste Version des Exposés fertiggestellt, an der sie am kommenden Tag weiterarbeiten wollte.

Als sie die Treppe ins Erdgeschoss hinunterging, hörte sie die fröhlichen Stimmen von Lisa, Kim und Merle.

„Hallo, ihr drei." Ellen schaute in die Küche, wo die Mädchen am Esstisch saßen, Christstollen naschten und nebenbei ihre Hausaufgaben erledigten.

„Möchtest du auch Christstollen?", fragte Merle und zeigte auf das Weihnachtsgebäck, das auf dem Tisch stand.

„Danke, später vielleicht", antwortete Ellen, die sich auf dem Rückweg vom Leuchtturm belegte Brötchen aus einer

Bäckerei mitgenommen hatte und noch immer satt war. „Ist eure Mutter noch im Laden?“

„Ja“, antworteten die Schwestern gleichzeitig.

„Tante Martina hat Besuch“, merkte Merle an.

„Wen denn?“, fragte Ellen.

Merle zuckte mit den Schultern. „Ich kenne den nicht. Es geht um den Teeladen oder so. Aber wir sollen dir sagen, dass du kurz zu ihr gehen sollst, wenn du da bist. Sie wollte dich was fragen.“

„Aha. Dann gehe ich mal kurz rüber.“

Martina stand zusammen mit einem Mann hinter der Theke. Beide hatten sich über einen Katalog gebeugt, und der Mann machte eifrig Notizen auf einem Block.

„Sie müssen mir unbedingt Bescheid sagen, wenn Sie die Zutaten für den American-Cheesecake-Tee wieder reinbekommen“, sagte Martina zu ihm. „Der lief in der letzten Saison ziemlich gut, und es haben mich bereits mehrere Kunden darauf angesprochen, warum wir den nicht mehr führen.“

„Alles klar, ich schreibe Ihnen umgehend eine Mail, sobald die Zutaten für die Mischung wieder lieferbar sind“, versprach der Mann, schaute von seinen Notizen auf und entdeckte Ellen, die im Türrahmen stand. „Ich glaube, Sie haben Kundschaft.“

„Nein, nein. Das ist Ellen Carstens, sie bewohnt momentan das Gästezimmer in der ersten Etage“, erklärte

Martina. „Das ist übrigens Herr Bünting. Er stellt mir gerade neue Teesorten vor“, sagte sie zu Ellen.

„Guten Tag“, grüßte Ellen den Handelsvertreter. „Ich wollte nicht stören.“

„Na, hör mal, du störst doch nicht. Gut, dass du gekommen bist. Es wird noch etwas dauern, bis Herr Bünting und ich hier fertig sind, aber ich wollte dich fragen, ob du Merle nach Hause fahren könntest, denn Björn ist für einen kranken Kollegen eingesprungen.“

Ellen lächelte sie an. „Kein Problem. Ich kann Merle gerne nach Hause fahren“, bot sie Martina an. Das kam ihr sogar gelegen, denn so würde sie vielleicht Tim treffen und konnte ihn etwas näher kennenlernen – und sich so für die männliche Hauptfigur in ihrem Roman inspirieren lassen. „Wann soll sie denn zu Hause sein, und wo ist dein Autoschlüssel?“

„Die Kurve da vorn ist immer besonders glatt. Da musst du ganz langsam fahren, sonst schlittern wir von der Straße.“ Merle war begeistert davon, dass Ellen sie zum Westerhever Leuchtturm fuhr und sie ihr Fahrtipps geben konnte, denn das Mädchen kannte alle tückischen Stellen auf der Strecke zum Leuchtturm. Trotz Winterreifen waren die Straßen außerhalb der geschlossenen Ortschaften ziemlich glatt. An etlichen Stellen gab es Abschnitte, die völlig vereist waren und Ellen all ihre Fahrkunst abverlangten. Der Leuchtturm, das Wahrzeichen der Halbinsel

Eiderstedt, lag auf einer Warft einige Kilometer außerhalb von St. Peter-Ording in nördlicher Richtung und war nicht direkt mit dem Auto zu erreichen. Eingebettet in einer vereisten Salzwiesenlandschaft erhob sich in der Ferne das weitläufig sichtbare Leuchtfeuer mit seinen zwei baugleichen Wohnhäusern, die rechts und links an der Seite des Leuchtturms errichtet worden waren. Eins von ihnen wurde von Merle und ihrem Vater bewohnt. In dem anderen lebten die restlichen Teammitglieder der Schutzstation Wattenmeer, die zum größten Teil aus FÖJlern bestand.

„Du musst hier parken. Den Rest vom Weg müssen wir zu Fuß gehen“, sagte Merle, als sie am Ende der Straße angekommen waren.

„Bist du dir sicher?“, fragte Ellen und runzelte die Stirn. Sie schätzte, dass sie zu Fuß über eine halbe Stunde brauchen würden, um den Leuchtturm zu erreichen.

„Ja, bin ich“, bestätigte Merle. „Im Sommer fahren wir von hier aus immer mit dem Fahrrad bis zum Leuchtturm.“

„Schade, dass wir keinen Sommer haben“, antwortete Ellen und war heilfroh, dass sie wasserfeste Stiefel trug und sich warm eingepackt hatte – inklusive der kürzlich gekauften Mütze, die sie sich aufsetzte, nachdem sie den Wagen am Ende der Straße geparkt hatte. „Hoffentlich schaffen wir die Strecke noch im Hellen.“

„Na klar, schaffen wir das“, erklärte Merle unbekümmert und hüpfte aus dem Auto.

Sie erreichten den Westerhever Leuchtturm, als die Abenddämmerung bereits eingesetzt hatte und die Umgebung durch das regelmäßige Aufleuchten der Lichtbogenlampe erhellt wurde. Vor einem der beiden Häuser standen ein junger Mann und eine ebenso junge Frau. Sie rauchten und winkten Merle zu.

„Hallo Maike und Piet“, begrüßte Merle die beiden und winkte zurück.

„Wir haben schon auf dich gewartet. Deine Tante hat angerufen und dich angekündigt“, sagte Maike und sah Ellen an.

„Ellen hat mich heute hergebracht“, erklärte Merle und deutete auf ihre Begleitung. „Sie wohnt gerade im Gästezimmer bei Tante Martina und Onkel Björn.“

„Hallo“, sagte Ellen zu Maike und Piet. „Ist denn Merles Vater auch da? Bei ihm soll ich sie abliefern.“

„Ja, der ist da. Drüben im Haus“, sagte Piet und wies auf das Gebäude auf der anderen Seite des Leuchtturms.

„Na komm. Dann gehen wir mal zu deinem Vater. Vielleicht kann er mir ja eine Taschenlampe borgen, damit ich den Weg zurück zum Auto finde“, sagte Ellen zu Merle und folgte ihr zu dem Haus. Die Taschenlampe erschien ihr ein guter Vorwand, um mit Martinas Bruder in Kontakt zu treten. Streng genommen hätte auch die Taschenlampenfunktion ihres Handys völlig ausgereicht, um ihr den Weg zurück zum Auto zu leuchten. Doch eine geborgte Taschenlampe musste man ja auch wieder zurückbringen, dachte Ellen.

Die Fenster des zweiten Hauses waren hell erleuchtet und die Tür nicht verschlossen. Merle ging hinein und zog Martina an der Jacke hinter sich her.

„Ich weiß nicht, Merle, ich kann doch nicht einfach so unangekündigt in euer Haus gehen“, gab Ellen zu bedenken und zögerte, dem Mädchen einfach zu folgen. Es fühlte sich für sie an, als würde sie als ungebetener Gast in die Privatsphäre von Martinas Bruder eindringen. Es wäre für sie was anderes gewesen, wenn Tim sie hereingebeten hätte oder wenigstens zur Tür gekommen wäre.

„Ist schon gut“, erwiderte Merle. „Papa! Ich bin wieder zu Hause“, rief sie fröhlich.

„Ich bin im Wohnzimmer“, ertönte Tims Stimme aus dem Raum, der am Ende des Flurs lag, und Merle zog Ellen weiter mit sich.

„Guten Abend“, grüßte Ellen, als sie in das Wohnzimmer trat. Sie blickte sich unsicher um.

Tim sah kurz zu ihr herüber. Er arbeitete am Computer. Auf dem Tisch lagen unzählige Papiere mit Aufzeichnungen, und aus dem Drucker kamen unablässig weitere, auf denen farbige Diagramme abgebildet waren.

„Ich habe Merle nach Hause gebracht“, erklärte sie das Offensichtliche. Ihr war spontan nichts Besseres eingefallen.

„Danke, das ist nett“, antwortete der Biologe knapp, aber nicht unfreundlich.

Ellen hob die Hände. „Keine Ursache. Das habe ich

gerne gemacht." Ihr Handy klingelte. Es war Frau Allekotte aus dem Verlag.

„Entschuldigung, da muss ich eben rangehen."

„Hallo, Frau Carstens", erklang die Stimme ihrer allzeit gut gelaunten Lektorin. „Ich hoffe, ich rufe nicht ungelegen an?"

„Hallo, Frau Allekotte. Nein, nein. Überhaupt nicht." Ellen wandte Tim und Merle den Rücken zu.

„Ich wollte auch nur kurz nachfragen, wie Sie denn mit dem Exposé für den Liebesroman vorankommen? Brauchen Sie Hilfe, oder sprudeln die Einfälle nur so aus Ihnen heraus?", erkundigte sich die Lektorin.

„Es läuft wunderbar. Ich habe gute Ideen für den Plot und recherchiere gerade die Details. Das Exposé erhalten Sie auf jeden Fall zum abgesprochenen Termin." Ellen linste zu Tim hinüber, doch der schien voll und ganz in die Arbeit vertieft zu sein und gar nicht mitzubekommen, was sie mit der Lektorin besprach. Merle war zum Drucker gegangen, der auf einer Kommode stand, um die Blätter mit den Grafiken für ihren Vater zu holen. Gut, dass niemand wusste, dass sie quasi direkt vor Ort für ihren neuen Roman recherchierte.

„Das hört sich ja wunderbar an. Dann möchte ich Sie gar nicht länger vom Recherchieren abhalten und wünsche noch frohes Schaffen", sagte Isabel Allekotte.

Ellen bedankte sich bei Ihrer Lektorin für den Anruf, verabschiedete sich und steckte das Handy zurück in ihre

Jackentasche. Unschlüssig blickte sie sich um. Für Tim schien sie überhaupt nicht zu existieren. Er tippte weiterhin ohne Unterlass auf die Tasten seines Notebooks. Schicksalsschlag hin oder her, ein bisschen Höflichkeit konnte er ihr schon entgegenbringen, fand Ellen. Das gehörte sich einfach so, egal, was für schlimme Dinge man erlebt hatte. Sie ärgerte sich über seine Ignoranz und fühlte sich dadurch noch unerwünschter, als sie es ohnehin schon getan hatte. Vermutlich war es schon das höchste der Gefühle für ihn gewesen, sich dafür zu bedanken, dass sie ihm seine Tochter vorbeigebracht hatte. Ihre romantische Vorstellung des Mannes, der bis über den Tod hinaus seine Frau liebte und ihr auf ewig die Treue geschworen hatte, deckte sich nicht mit der Realität, was sie enttäuschte. Sie sah bloß einen wortkargen und verschlossenen Eigenbrötler vor sich. Offensichtlich legte er keinen Wert auf Gesellschaft und wollte allein sein. Damit bestätigte er den Eindruck, den sie bei ihrer ersten Begegnung gewonnen hatte.

„Brauchst du jetzt noch eine Taschenlampe?“, riss Merle sie aus ihren Gedanken.

„Ja. Das wäre nicht schlecht“, antwortete Ellen.

„Komm mit, Piet gibt dir eine“, forderte Merle sie auf und lief sogleich den Flur entlang.

„Dann noch einen schönen Abend“, verabschiedete Ellen sich von Tim, der sie bloß flüchtig anschaute und dann kaum merklich mit dem Kopf nickte.

Ellen verließ hastig das Haus. Sie wollte bloß weg und das Gefühl abstreifen, unwillkommen zu sein.

Nachdem Ellen Piet nach einer Taschenlampe gefragt hatte, ging er ins Haus und besorgte die benötigte Lampe. „Wir bringen Sie auch gern zum Auto."

„Ach, das ist doch nicht nötig. Ich werde den Weg sicher auch allein finden", entgegnete Ellen, die dem FÖJler keine weiteren Umstände machen wollte.

„Das ist wirklich kein Problem, Maike und ich begleiten Sie. Wir kennen den Weg in- und auswendig, aber für Leute, die sich nicht auskennen, ist es keine gute Idee, in der Dunkelheit allein durch die vereisten Salzwiesen zu laufen. Nachher stürzen Sie über eine Unebenheit und verletzten sich", gab er zu bedenken. „Und bei dem schlechten Handyempfang können Sie dann noch nicht einmal Hilfe rufen."

„Na, dann nehme ich Ihr Angebot gern an", ließ sich Ellen von ihm überzeugen.

„Wir bestehen sogar darauf", sagte Maike und band sich einen dicken Wollschal um.

Ellen befand kurz darauf, dass es eine sehr gute Entscheidung gewesen war, sich von den beiden FÖJlern zum Auto bringen zu lassen. Der Weg hatte bei Dunkelheit in der Tat seine Tücken, und zu allem Überfluss hatte es auch noch angefangen, heftig zu schneien. Die Sicht war so schlecht, dass Ellen den Weg vermutlich allein nie gefunden hätte.

Umso erleichterter war sie, als sie endlich den Schlüssel im Zündschloss von Martinas Kombi herumdrehte und der Motor ansprang. Sie betätigte die Scheibenwischer, die eine dicke Schneeschicht beiseite beförderten und die Sicht durch das Fenster auf das dichte Schneegestöber freigaben. Ellen musste all ihre Konzentration aufbringen, um überhaupt erkennen zu können, wo die Straße war. Durch den starken Schneefall war kaum mehr die Begrenzung zwischen Straße und Salzwiesen auszumachen. Entsprechend langsam kam sie voran, dennoch wollte sie nur eins: möglichst bald und vor allem heil wieder bei Martina ankommen.

Als sie in eine Kurve hineinfuhr, griffen plötzlich die Reifen nicht mehr, und das Auto kam ins Schlittern. Sie versuchte noch gegenzulenken, doch sie hatte die Kontrolle über Martinas Wagen verloren. Das Auto rauschte ungebremst in eine Schneewehe, die sich seitlich von der Straße gebildet hatte.

„Mist!“, fluchte Ellen nach dem ersten Schrecken. Ihr Herz pochte bis zum Hals. Das hatte ihr gerade noch gefehlt! Gott sei Dank war sie nicht allzu schnell gefahren und hatte sich deswegen auch nicht verletzt. Wenigstens etwas Glück im Unglück. Sie öffnete die Tür und stieg mit zitternden Knien aus. Mit dem Auto schien nichts weiter passiert zu sein, was sie erst einmal beruhigte. Es steckte bloß mit den Reifen tief im Schnee fest. Ellen stieg wieder in den Wagen und legte den Rückwärtsgang ein. „Na, komm schon!“, sagte sie leise und gab Gas. Doch der Wagen rührte sich nicht vom Fleck. Sie probierte es noch mal und noch mal. Aber keine Chance. Martinas Auto steckte in der Schneewehe fest und bewegte sich keinen Zentimeter von der Stelle.

8. Kapitel

Das war ja ein schöner Schlamassel! Mitten im Schneesturm mit einem fremden Auto in einer Schneewehe stecken zu bleiben. Na, bravo! Ellen zog ihr Handy aus dem Parka und wollte Martina anrufen. Doch daraus wurde nichts, denn sie steckte nicht nur in einer Schneewehe, sondern auch mitten in einem Funkloch und hatte keinerlei Empfang. „Das wird ja immer besser“, fluchte sie vor sich hin und fing langsam an zu verzweifeln. Was sollte sie nun tun? Zurück zum Leuchtturm zu laufen schied bei dem Wetter und im Dunkeln definitiv aus. Es sei denn, sie wollte sich sämtliche Gräten brechen oder sich im Nirgendwo verirren. Aber irgendetwas musste sie tun. Deswegen beschloss sie, einfach durch das Schneegestöber die Straße entlang in Richtung St. Peter-Ording zu laufen. Solange sie sich an die Straße hielt, konnte nicht viel schiefgehen, dachte sie und stieg aus.

Ellen war ein paar Meter gelaufen, ihr Gesicht brannte vor Kälte und Nässe, als endlich ein Balken auf dem Display ihres Handys erschien und ihr einen schwachen Netzempfang anzeigte. Sie blieb abrupt stehen und wählte Martinas Telefonnummer. Hoffentlich ist der Empfang stabil, betete sie im Geiste und horchte angestrengt auf das Freizeichen. Als es am anderen Ende der Leitung tutete, machte Ellen vor Erleichterung eine Siegerfaust.

„Nissen?“, meldete sich Martina.

„Martina?“, rief Ellen ins Telefon.

„Ja? Hallo?“, fragte die Teeladenbesitzerin.

„Hier ist Ellen!“, rief sie abermals in den Hörer. Sie hatte Angst, Martina könnte sie womöglich nicht verstehen.

„Hallo, Ellen. Ich habe mir schon Sorgen gemacht, weil du noch nicht wieder zurück bist, und Tim meinte, dass du schon länger wieder weg wärst. Wo steckst du denn?“, wollte Martina wissen.

„Ich sitze auf dem Weg zwischen dem Leuchtturm und St. Peter-Ording fest. Ich bin in dem Schneesturm von der Straße abgekommen und in eine Schneewehe gerutscht. Aber keine Sorge, deinem Auto ist nichts passiert. Es steckt nur im Schnee fest“, erklärte Ellen ihr.

„Oje!“, entfuhr es Martina. „Um das Auto mache ich mir gar keine Sorgen. Hauptsache, dir ist nichts passiert! Wo bist du denn ungefähr in die Schneewehe geraten?“, erkundigte sich Martina. „Im Hintergrund pfeift ja der Wind wie Hechtsuppe, als würdest du mitten auf der Seebrücke stehen.“

„Ich wünschte, ich wäre dort.“ Ellen blickte sich um, ob sie einen Anhaltspunkt fand, an dem sie ihren genauen Standort festmachen konnte. „Ich habe ehrlich gesagt keine Ahnung, wo ich bin. Es sieht hier alles gleich aus.

Aber ich bin nicht lange gefahren. Keine zwei Kilometer", schätzte Ellen. „Ich stehe hier gerade irgendwo mitten auf der Straße, weil ich im Auto keinen Handyempfang gehabt habe."

„Okay. Wir machen das jetzt so. Du gehst zurück zum Auto und wartest dort. Ich rufe Tim an. Er soll dich mit dem Jeep der Schutzstation da rausziehen", sagte Martina. „Er wird dich schon finden."

Ellen konnte sich zwar etwas Schöneres vorstellen, als sich von Martinas mürrischem Bruder aus der Patsche helfen zu lassen, doch sie hatte in dieser Situation wohl keine andere Wahl. „Ist gut", stimmte sie ihr deswegen notgedrungen zu.

„Es wird allerdings eine Weile dauern, bis er bei dir sein wird. Der Jeep steht nicht direkt am Haus, sondern am Ende der Straße."

„Ja, ich weiß. Okay, ich warte", gab Ellen zurück.

„Keine Sorge, Tim wird dich und den Wagen da ganz schnell rausholen", sicherte Martina ihr zu. „Das macht er mit links."

„Alles klar, danke, Martina."

„Da nicht für. Hauptsache, du kommst heute noch gesund und wohlbehalten hier an", antwortete die Besitzerin des Teeladens.

Ellen bedankte sich noch mal wortreich und mit einigen Entschuldigungen bei Martina, beendete dann das Gespräch und lief zum Wagen zurück. Auf dem Rückweg ärgerte sie sich noch immer darüber, dass sie überhaupt in diese Situation geraten war. „Kleine Sünden bestraft der liebe Gott sofort", sagte ihre Mutter immer. Und vermutlich hatte sie recht, denn Ellen hatte versucht, diskret an Informationen für ihre Geschichte zu kommen, und sie hatte von Anfang an ein schlechtes Gewissen gehabt, weil sie es heimlich tat – da war es vermutlich die gerechte Strafe für sie gewesen, in einer Schneewehe stecken zu bleiben.

Nach einer gefühlten Ewigkeit konnte Ellen endlich helle Scheinwerfer im Rückspiegel ausmachen, die sich Martinas Auto näherten. Kurz darauf hielt ein schwarzer Jeep neben dem Kombi an. Tim klopfte gegen die Fensterscheibe der Fahrerseite. Ellen öffnete die Tür. „Hallo. Vielen Dank, dass Sie sofort gekommen sind."

„Ich befestige jetzt ein Abschleppseil an dem Wagen und ziehe Sie dann raus", sagte Tim, ohne sich mit einer Begrüßung aufzuhalten. Es brauchte keine große Menschenkenntnis, um zu bemerken, dass er genervt war und ihr vermutlich nur half, weil sie mit dem Auto seiner Schwester unterwegs war und diese ihn um Hilfe gebeten hatte.

Ellen stieg trotzdem aus dem Wagen aus und ging zu ihm. „Kann ich Ihnen irgendwie helfen?", fragte sie, weil sie sich nützlich machen wollte.

„Bloß nicht", entgegnete Tim karg, und seinen Mund umspielte ein abschätziges Lächeln, als hätte sie ihm eine

Absurdität der Sonderklasse vorgeschlagen. Ohne ein weiteres Wort ging er zum Kofferraum des Jeeps und holte ein langes Abschleppseil heraus.

Ellen stieg wieder in den Kombi ein und beobachtete im Rückspiegel, wie er das Seil an Martinas Wagen befestigte. Danach kam er noch einmal zu der Fahrertür.

„Sie müssen die Handbremse lösen und den Gang rausnehmen", sagte er, bevor er wieder zurück zum Jeep ging, ohne eine Antwort von Ellen abzuwarten.

Am liebsten hätte sie ihm nachgerufen, dass sie ihren Führerschein nicht im Lotto gewonnen hatte und sich schon etwas mit Autos auskannte. Für wie blöd hielt er sie eigentlich? Die Handbremse lösen … ja, meinte er denn im Ernst, dass sie denken würde, er könnte sie besser mit angezogener Handbremse und im ersten Gang aus der Schneewehe ziehen? Unverschämtheit! Ellen empfand sein Verhalten nicht nur als äußerst machohaft, sondern fasste es zugleich auch als eine persönliche Beleidigung ihres Intellekts auf. Sie konnte sich immer weniger vorstellen, dass dieser Mann überhaupt zu tieferen Gefühlen fähig war. Geschweige denn zu so etwas wie Liebe.

Es ruckelte zweimal kräftig, und dann stand Martinas Kombi wieder auf der Straße. Tim stieg aus dem Jeep aus, um das Seil von dem Wagen zu lösen. Ellen überlegte kurz, ob sie einfach losfahren oder sich trotz seines stinkstiefeligen Verhaltens für seine Hilfsbereitschaft bedanken sollte.

„Nur weil sich jemand nicht zu benehmen weiß, heißt das noch lange nicht, dass du dich dann auch schlecht benehmen kannst“, hatte ihre Mutter ihr von klein auf eingebläut, und irgendwie stimmte das ja auch.

Nein, sie wollte sich mit Merles Vater nicht auf die gleiche Stufe stellen und ihren Prinzipien treu bleiben. Deswegen lief sie hocherhobenen Hauptes auf ihn zu, streckte ihm die Hand entgegen und sagte: „Danke für Ihre Hilfe. Ich weiß das zu schätzen.“

Tim schaute sie verdutzt an und ergriff dann ihre Hand. „Da nicht für.“ Er sah ihr dabei direkt in die Augen und für einen Moment konnte Ellen darin all seine Verletzlichkeit erkennen, bevor der Vorhang wieder fiel und sein Blick erneut ausdruckslos wurde.

„Ich fahr dann mal“, sagte Ellen. Sie konnte sich kaum von seinen Augen lösen. Insgeheim hoffte sie, dass der Moment noch mal wiederkehrte und er sie in seine Seele blicken ließ, was jedoch nicht geschah. „Bis demnächst oder so“, fügte sie noch hinzu und zwang sich, den Blick abzuwenden.

Tim nickte bloß und verstaute das Seil wieder im Kofferraum des Jeeps.

Als Ellen den Motor startete, spürte sie noch immer die Berührung seiner Hand auf ihrer Haut. Sie legte den ersten Gang ein und gab Gas. Dabei schaute sie kurz in den Rückspiegel und bemerkte, dass er ihr nachsah. In dem diffusen Scheinwerferlicht und dem Schneegestöber sah er irgendwie verloren aus, wie er da einsam vor seinem Auto stand. Am liebsten hätte sie solange in den Rückspiegel geschaut, bis er aus ihrem Sichtfeld verschwunden war, doch da sie keinen gesteigerten Wert darauf legte, an diesem Abend die Bekanntschaft mit einer weiteren Schneewehe zu machen, konzentrierte sie sich wieder auf die Fahrbahn und versuchte, nicht unablässig an Tims Augen zu denken.

Die Rückfahrt zum Teeladen gestaltete sich wegen des Wetters als äußerst mühselig. Ellen musste die Strecke von circa fünfzehn Kilometern teilweise im Schritttempo fahren, weil die Sichtweite weniger als drei Meter betrug. Dieser Umstand verlangte ihre vollste Konzentration. Doch trotzdem kehrten ihre Gedanken immer wieder zu Tim zurück.

Ellen dachte an die Verletzlichkeit und den Schmerz in seinem Blick. In dem Bruchteil von zwei Sekunden hatte sie vermutlich den Mann sehen können, von dem Martina ihr erzählt hatte. Der Mann, der nie wieder eine andere Frau lieben wollte und für den Annas Tod nicht das Ende seiner großen Liebe für sie bedeutete. Dieser Mann machte Ellen neugierig. Der wahre Tim interessierte sie und nicht der, der um sich herum eine Mauer gebaut hatte. Gewiss, um sich vor weiterem Schmerz zu schützen, doch das konnte er nicht für den Rest seines Lebens tun. Allein Merle zuliebe musste Tim seine Lebenslust wiederfinden.

Angespornt durch den kurzen intimen Moment zwischen ihnen, fasste sie den Entschluss, sich nicht so leicht von dem Biologen abwimmeln zu lassen. Sie wollte bei Tim am Ball bleiben, um Schritt für Schritt hinter seine Fassade blicken zu können. Wenngleich diese Nuss ziemlich hart zu knacken sein würde und sie noch keinen Plan hatte, wie sie es genau anstellen konnte.

Als sie eine Dreiviertelstunde später endlich Martinas Wagen in der Einfahrt des Hauses parkte, war sie so müde und erschöpft wie nach einem langen Arbeitstag. Dafür hatte sie jedoch einen vagen Plan im Kopf, wie sie es unter Umständen schaffen konnte, Tim besser kennenzulernen. Die Eingebung war ihr gekommen, als sie die Straße passierte, an dem das gelbe Ortsschild von St. Peter-Ording stand. Sie musste sich den Umstand zunutze machen, dass sie Autorin war, und etwas über die Schutzstation schreiben. Das wäre der perfekte Vorwand, um Tim öfter im Westerhever Leuchtturm zu besuchen oder ihn sogar bei seinen biologischen Untersuchungen zu begleiten. Tim war mit seinem komplexen Wesen eine tolle Inspiration für ihren Romanhelden, redete sie sich ein. Doch in Wirklichkeit wusste sie, dass sie ihn auch – aufgrund seines Blickes – privat wiedersehen wollte. Er hatte eine Tiefe, die sie bei Laurits immer vermisst hatte.

„Ich würde übrigens gerne einen Artikel über die Schutzstation schreiben“, eröffnete Ellen am nächsten Morgen

Martina beim Frühstück. „Eine Freundin von mir ist Redakteurin bei einem Magazin, das eine ökologische Rubrik hat. Ich dachte, es wäre doch eine schöne Sache, mal über die Arbeit deines Bruders und seines Teams zu berichten. Was meinst du dazu?“ Dass Ellens Freundin Redakteurin bei dem Magazin war, stimmte zwar, doch für den Moment war der Artikel, den sie angeblich schreiben wollte, natürlich bloß ein Vorwand, um ihren Plan in die Tat umzusetzen.

„Das ist eine sehr gute Idee. Es müsste eh viel mehr über die Schutzstationen berichtet werden, damit die Leute mal erfahren, was für eine wichtige Arbeit dort gemacht wird. Meistens kennen nur die Menschen, die an der Küste leben, die Schutzstationen – und eben ein gewisser Teil der Urlauber, die sich dafür interessierten. Häufig werden die Touristen erst durch Vorträge oder bei der Leuchtturmbesichtigung auf die Institution aufmerksam“, erzählte Martina und köpfte ein Ei mit einem Messer. „Nein, Paul. Das ist nichts für neugierige Kater.“ Sie schob das Tier, das einen langen Hals gemacht hatte und offensichtlich auch gerne etwas vom Frühstücksei gefressen hätte, von ihrem Schoß.

„Meinst du denn, dein Bruder wäre einverstanden, wenn ich ihm bei der Arbeit über die Schulter schaue?“, fragte Ellen und griff nach der Erdbeermarmelade.

„Am besten fragst du ihn einfach selbst. Er hat vorhin angerufen und mich gebeten, ihm ein Teepaket für die

Schutzstation zu packen.“ Martina schaute auf die Uhr. „Normalerweise kommt er den Tee immer abholen, bevor ich den Laden aufschließe. Das müsste also innerhalb der nächsten zwanzig Minuten der Fall sein.“

„Das trifft sich ja gut.“ Ellen rutschte nervös auf ihrem Stuhl hin und her. Mit einem Mal fühlte sie sich unsicher, weil sie die Reaktion von Martinas Bruder nicht im Vorfeld einschätzen konnte. Trotzdem war es gut, dass sie ihn im Beisein von Martina wegen des Artikels fragen konnte. Möglicherweise stimmte er der Idee dann eher zu, wenn seine Schwester zugegen war.

Martinas Bruder klingelte bereits wenige Minuten später an der Tür und kam mit seiner Schwester in die Küche, wo das Teepaket fertig gepackt auf der Anrichte lag.

„Guten Morgen“, grüßte Ellen und lächelte ihn freundlich an.

„Moin.“ Er nickte ihr zu, schnappte sich das Paket und wandte sich wieder zum Gehen.

„Bevor du gleich wieder verschwindest, Tim, Ellen wollte dich noch etwas fragen.“ Martina hatte ihren Bruder am Arm gefasst.

Er zog die Augenbrauen argwöhnisch zusammen und sah Ellen fragend an.

„Ja … also, es ist nämlich so … ich würde gerne über die Schutzstation einen Artikel für ein Magazin schreiben, weil ich die Arbeit, die dort gemacht wird, wirklich interessant finde. Deswegen würde ich mal vorbeikommen wollen, um ein Tagespraktikum als Helferin zu absolvieren“, erklärte Ellen ihr Projekt mit klopfendem Herzen. Tims Art machte sie jedes Mal nervös. Es war für sie unmöglich, diesen Mann einzuschätzen. Bei jeder Begegnung mit ihm hatte sie das Gefühl, sich auf dünnem Eis zu bewegen. „Es könnte auch sein, dass es mehrere Artikel werden. Eine kleine Minireihe über den Nationalpark Wattenmeer, vielleicht“, fügte sie hinzu, nachdem Tim nicht geantwortet hatte und sie nur erstaunt anschaute.

„Was sagst du dazu?“, fragte Martina ihren Bruder und stupste ihn mit dem Ellenbogen an.

„Ich habe für solche Projekte keine Zeit. Bin mit der Arbeit komplett ausgelastet und kann mich mit so was nicht auch noch beschäftigen“, antwortete er schließlich.

„Oh. Schade“, sagte Ellen enttäuscht. Insgeheim hatte sie jedoch mit solch einer Reaktion des Biologen gerechnet.

„Ellen kann doch auch mit Maike und Piet mitgehen. Oder ihnen Fragen stellen, wenn du so beschäftigt bist“, schlug Martina als Alternative vor. „Die zwei kennen sich doch ziemlich gut aus mit der Schutzstation und können Ellen bestimmt auch die nötigen Informationen für den Artikel liefern.“

Tim zuckte bloß gleichgültig mit den Schultern. „Solange ihr mich da raushaltet und ich ungestört meine Arbeit machen kann.“

„Keine Sorge, Tim. Ellen wird dich schon nicht bei deinen Rastvogelzählungen unterbrechen“, meinte Martina und zwinkerte Ellen zu.

Tim murmelte etwas Unverständliches und verließ daraufhin die Küche mit dem Paket unterm Arm. Martina begleitete ihn zur Tür. Ellen trank einen großen Schluck Schwarztee und kraulte Paul, der sich auf dem Stuhl neben ihr niedergelassen hatte, hinter dem Ohr, was ihr ein zufriedenes Schnurren einbrachte. Sie war sich nicht sicher, ob sie sich mit der Frage nun endgültig bei Martinas Bruder ins Aus geschossen hatte. Womöglich hatte sie genau das Gegenteil von dem, was sie wollte, mit ihrer Aktion erreicht, und er ging ihr fortan aus dem Weg.

„Das hätten wir geregelt“, sagte Martina zufrieden, als sie zurück in die Küche kam.

„Ich weiß nicht, ob es deinem Bruder wirklich so recht ist, wenn ich am Leuchtturm auftauche“, warf Ellen ein. „Ich will ihn wirklich nicht stören.“

„Darüber mach dir mal keine Gedanken.“ Martina setzte sich wieder an den Tisch und löffelte den Rest von ihrem Ei. „Natürlich ist es ihm nicht recht. Er würde am liebsten keine Menschenseele sehen. Nie. Aber so läuft das nun mal nicht, und manchmal ist es gut, ihn daran zu erinnern, dass er nicht in einer Blockhütte in den finnischen Wäldern lebt, wo der Postbote bloß einmal im Monat vorbeikommt und sonst niemand“, sagte Martina und stand wieder auf. „Mach dir keine Sorgen. Er wird es schon überleben, wenn du für den Artikel recherchierst. Du kannst dich vorerst an Maike und Piet halten, und wenn du doch noch Infos von Tim brauchst, dann helfe ich dir dabei, diese zu bekommen. Das wird schon."

Ellen war nach dem Frühstück gleich zum Böhler Leuchtturm aufgebrochen, um nachzusehen, ob ihr Brief abgeholt worden war oder sie sogar schon eine Antwort bekommen hatte. Es schneite bereits wieder. Allerdings weniger stark als am Abend zuvor. Bei jedem ihrer Schritte knirschte der Neuschnee unter ihren Stiefelsohlen und die alltäglichen Geräusche waren angenehm gedämpft. Hier und da schippten Leute den Gehsteig vor ihren Häusern frei und streuten Sand oder Splitt auf die freien Flächen. Der Weg zum Deich war noch gar nicht geräumt worden, und Ellen sank mit ihren Stiefeln ein paar Zentimeter tief in dem pulvrigen Weiß ein.

Als sie am Leuchtturm ankam, hatte sie vor Anstrengung gerötete Wangen und fühlte sich wie nach einem Langstreckenlauf. Trotz der schützenden Äste hatte sich eine Schneehaube auf dem Postkasten gebildet. Ellen zögerte einen Moment. Sie hatte ein bisschen Angst davor, den Briefkasten zu öffnen. Was sollte sie tun, wenn ihr Brief noch nicht abgeholt worden war? Würde das bedeuten, dass der Schreiber tatsächlich ein Tourist oder Kurgast war, der vielleicht gar nicht mehr in St. Peter-Ording weilte und deswegen ihre Antwort nie bekommen hatte? Es waren nicht ganz vierundzwanzig Stunden vergangen, seitdem sie die Antwort eingeworfen hatte, stellte sie mit einem Blick auf die Zeitanzeige an ihrem Handy fest. Oder würde es einfach bedeuten, dass sie viel zu ungeduldig war und sich in Gelassenheit üben sollte? Ellen nahm sich vor, egal was sie erwartete, nicht enttäuscht zu sein. Sie öffnete die Klappe und lugte hinein. Ihr Herzschlag beschleunigte sich sofort. Auf dem Boden des Briefkastens lag ein Zettel, und sie erkannte, dass das Blatt Papier kariert war. Sie hatte tatsächlich eine Antwort erhalten. Hastig faltete sie das Blatt auseinander. Sie konnte es nicht erwarten, die Antwort des Leuchtturmwärters zu lesen.

Liebe kleine Silbermöwe,
es freut mich, dass meine Worte dir Trost spenden konnten. So unvorhersehbar und schwierig das Leben oft ist, auf eines kann man sich stets verlassen. Jeder Sturm zieht irgendwann ab, und nach jeder Ebbe kehrt die Flut zurück. Darum: Hab Vertrauen, und sei guten Mutes.
Der Leuchtturmwärter

Ellen war beim Lesen des Briefes warm ums Herz geworden. Die Worte des Unbekannten hatten ihr ein Gefühl von Geborgenheit gegeben. Sie spürte, dass ihr der Gedanke an eine Trennung von Laurits plötzlich nicht mehr so schlimm vorkam. Erstaunt stellte sie fest, dass sie ohnehin schon länger nicht mehr an ihn gedacht hatte. Sie fühlte einen tiefen Frieden in sich, als hätten die Worte des Leuchtturmwärters ihren Liebeskummer für den Moment geheilt. Mit ihren Händen fegte sie den Schnee von einer Bank. Dann setzte sie sich hin und antwortete dem Leuchtturmwärter mit einem Lächeln auf den Lippen. Sie konnte nichts dagegen tun, doch wenn sie an den Schreiber dachte, so sah sie immer das Gesicht von Ayk Truels vor sich. In ihr verfestigte sich das Gefühl, dass er der Leuchtturmwärter war, zumindest wünschte sie sich das.

Von dem Brief des geheimnisvollen Mannes beflügelt, machte sich Ellen, nachdem sie ihre Antwort in den Briefkasten geworfen hatte, auf den Heimweg. Die Worte des Leuchtturmwärters hatten in ihr neue Energie und Motivation freigesetzt. In ihrem Zimmer angekommen, setzte sie sich gleich an den Schreibtisch und arbeitete ihr Exposé weiter aus.

Sie kam nun wesentlich besser mit ihrer Arbeit voran. Langsam entwickelten sich die Figuren vor ihrem inneren Auge, wurden tiefgründiger und greifbarer, mit Ecken und Kanten. Sie überlegte, ob sie den Briefwechsel mit dem Leuchtturmwärter für ihren Roman adaptieren sollte. Im Buch würden sich der Mann und die Frau natürlich irgendwann persönlich treffen. Ob Ellen die wahre Identität des Leuchtturmwärters je erfahren und ihn treffen würde, wusste sie nicht – aber sie hoffte es. Nun lagen schon zwei Briefe des geheimnisvollen Schreibers auf ihrem Schreibtisch, und Ellen merkte, dass sie den Unbekannten immer mehr in ihr Herz ließ, obwohl sie ihn noch nie gesehen hatte – es sei denn, es handelte sich um Ayk Truels.

Plötzlich vibrierte ihr Handy. Ellen schaute auf das Display und erkannte die Nummer von *Bookbantje Truels*. Das kam ja wie gerufen. Vermutlich lag ihre DVD mittlerweile zur Abholung bereit.

„Carstens?", sagte sie mit leichtem Herzklopfen. Sie war gespannt, wer sich dieses Mal am anderen Ende der Leitung melden würde, und hoffte insgeheim, gleich die Stimme des Buchhändlers zu hören und nicht die seiner Mitarbeiterin.

„*Bookbantje Truels.* Ayk Truels am Apparat. Guten Tag, Frau Carstens", erklang die warme Stimme des gut gelaunten Buchhändlers, und ihr Herzschlag beschleunigte sich sofort.

„Hallo, Herr Truels", sagte Ellen ein bisschen außer Atem und versuchte nicht zu überschwänglich zu klingen. Der Buchhändler musste ja nicht gleich merken, wie sehr sie sich über seinen Anruf freute. Oder besser gesagt, wie sehr sie sich über den Anruf des vermutlichen Leuchtturmwärters freute.

„Ich rufe an, weil heute Ihre DVD angekommen ist. Sie liegt für Sie zur Abholung an der Kasse bereit", informierte Ayk Truels sie.

„Das ist nett, dass sie mir Bescheid geben. Ich komme heute noch vorbei, um sie abzuholen", versprach Ellen, wenngleich sie sich lieber auf einen Kaffee oder eine Tasse Tee außerhalb der Buchhandlung mit ihm getroffen hätte. Die Dinge selbst in die Hand zu nehmen und ihn zu einem Kaffee einzuladen, wollte sie jedoch nicht. Da war sie altmodisch und wartete lieber, bis der Mann den ersten Schritt machte. Ob Ayk Truels eventuell auch rätselte, wer die kleine Silbermöwe war? Vorausgesetzt natürlich, dass er der Leuchtturmwärter war.

„Dann freue ich mich auf Ihren Besuch. Vielleicht haben Sie dann ja noch Zeit, eine Tasse Tee mit mir zu trinken?“, fragte er, als könnte er Ellens Gedanken lesen.

„Aber sicher. Sehr gerne sogar.“ Das klappte ja besser als erwartet, jubelte sie innerlich.

„Wir haben heute sehr leckere Schokoladendonuts in den Laden geliefert bekommen, die müssen Sie unbedingt probieren“, bot er ihr an.

Ach so, Teetrinken und Donuts im Buchgeschäft. Aber immerhin. Das konnte auch zu weiteren Dates führen – außerhalb des Buchladens, dachte Ellen. „Das hört sich sehr lecker an. Bewahren Sie auf jeden Fall einen für mich auf.“

„Das mache ich gern, dann bis später“, sagte der Buchhändler.

„Danke und bis später“, verabschiedete sich Ellen.

Ellen legte gut gelaunt auf und freute sich, Ayk Truels wiederzusehen. Sie griff zu ihrem Kulturbeutel, der auf dem Schreibtisch stand, und beförderte Puder, Rouge,

Mascara und einen hübschen Lippenstift hervor. Sie wollte sich von ihrer besten Seite zeigen. Nachdem sie sich dezent geschminkt hatte, griff sie nach ihren silbernen Creolen und einem grobzackigen Kamm. Damit verließ sie das Zimmer, um sich im Bad den letzten Schliff zu geben.

„Ach, gut, dass ich dich treffe“, sprach Martina sie an, die gerade die Treppe hochkam. „Zu dir wollte ich.“

„Ja? Was gibt es denn?“, fragte Ellen.

„Zum einen waren deine Mutter und Rita vorhin hier und haben mir die für dich gegeben.“ Martina übergab Ellen eine Karte, die sich als Gutschein für eine Massage um fünfzehn Uhr heute in der Dünen-Therme entpuppte. „Sie haben mich gebeten, dir zu sagen, dass sie ab halb drei dort sein werden und sich freuen würden, wenn du auch kommst.“

Ellen schüttelte lachend den Kopf. „Wieso hat meine Mutter eigentlich ein Handy, wenn sie es ständig vergisst? Das hätte sie mir auch einfacher per SMS mitteilen können, statt den ganzen Weg hierherzulaufen. Und Rita ist auch nicht besser. Die hat ihr Handy nämlich gleich in Hamburg liegen lassen.“

„Ich glaube, die beiden Damen haben Gefallen an Spaziergängen durch St. Peter gefunden“, meinte Martina amüsiert.

„Scheint so“, bestätigte Ellen ihr.

„Na, Hauptsache, es tut ihnen gut“, sagte Martina. „Aber was ich dir noch sagen wollte, Björn kocht heute

Abend mal fremd in der Seemannskneipe *Seeteufel* von seinem Kumpel Boje. Das macht er jeden Dezember einmal. Ist schon so was wie Tradition. Ich wollte dich und natürlich auch deine Mutter und Rita zum Labskausessen einladen."

„Puh! Ich komme natürlich sehr gerne, und Mama und Rita tun das garantiert auch. Aber Labskaus? Das ist eine echte Herausforderung für mich", gab Ellen zu und spürte, wie sich ihr Magen leicht umdrehte, als sie an das Gericht aus Kartoffeln, Gewürzgurken, gepökeltem Rindfleisch und Roter Bete dachte, das vorwiegend in Norddeutschland gegessen wurde und auch landläufig als ein typisches Matrosengericht bekannt war.

„Keine Sorge! Jeder, der einmal Björns Labskaus gegessen hat, kann gar nicht genug davon bekommen", beruhigte Martina sie. „Und falls es dir wider Erwarten nicht schmecken sollte, kannst du dir natürlich auch etwas anderes bestellen."

„Das ist gut", sagte Ellen erleichtert.

„Aber wenigstens probieren musst du es", bat Martina sie. „Sonst ist der Koch höchst beleidigt."

„Okay, abgemacht. Ich probiere und bringe meine Mutter und Rita mit", versprach Ellen. „Wann sollen wir denn da sein?"

„So gegen zwanzig Uhr."

„Aye, aye, Käpten. Wir werden pünktlich sein", sagte Ellen und ging dann ins Bad.

9. Kapitel

Nachdem sich Ellen im Bad fertig gemacht hatte, war sie zurück ins Gästezimmer gegangen und auf das Blinken ihres Handys aufmerksam geworden. Sie vermutete, dass ihre Mutter versucht hatte, sie zu erreichen, deswegen ließ sie sich Zeit und zog sich erst in Ruhe um, um danach zurückzurufen. Umso überraschter war sie jedoch, als sie feststellte, dass der Anrufer gar nicht ihre Mutter gewesen war, sondern kein Geringerer als Laurits. Normalerweise hätte sie keine Sekunde gezögert, ihn sofort zurückzurufen, doch sie hatte gerade kein großes Verlangen danach, mit ihm zu reden. Fast spürte sie einen inneren Widerstand, wenn sie an ihn dachte. Außerdem sah sie es überhaupt nicht ein, sich womöglich ihre gute Laune durch ein Gespräch mit Laurits vermiesen zu lassen, wo sie sich doch gleich auf den Weg zu *Bookbantje Truels* machen wollte. Er ließ sich mit seinen Nachrichten auch immer so lange Zeit, wie er wollte. Das konnte sie genauso gut tun. Es war das erste Mal, dass Ellen Laurits nicht umgehend zurückrief, und sie fühlte sich erstaunlich gut dabei.

Als sie die Tür zum Buchladen öffnete, traf ihr Blick direkt auf den des Buchhändlers. Ayk Truels kam gleich auf sie zugeeilt und nahm sie in Empfang. „Schön, Sie zu sehen." Er gab ihr zur Begrüßung die Hand und deutete ganz gentlemanlike eine leichte Verbeugung an. „Ich habe Ihnen, wie versprochen, einen Donut zurückgelegt. Möchten Sie dazu eine Tasse Tee? Oder einen Kaffee?"

„Ich trinke gerne einen Tee", nahm Ellen sein Angebot an.

Sie setzten sich an einen kleinen Tisch, der in unmittelbarer Nähe der großen Schaufensterfront und eines überdimensionalen Adventskranzes mit dicken roten Stumpenkerzen stand. Ayk Truels servierte ihr den Tee in einer typischen Tasse mit Indisch-Blau-Dekor, stellte ein Schälchen Kluntjes und Teesahne dazu. Den versprochenen Donut bot er ihr auf einem passenden Teller an.

„Der Donut ist wirklich ziemlich gut", stellte Ellen fest, nachdem sie den ersten Bissen gegessen hatte.

„Ein Geheimrezept der Konditorei *Backhuus* aus St. Peter. Ich habe schon oft versucht, der Inhaberin das Rezept zu entlocken, aber sie scheint gegen meinen Charme immun zu sein", sagte Ayk Truels scherzhaft und zwinkerte ihr zu.

„Kann ich gar nicht verstehen", flirtete Ellen zurück und genoss die lockere Stimmung zwischen ihnen.

Sie nippte an ihrem Tee und ließ ihren Gedanken freien Lauf.

Vor ihr saß vielleicht der Leuchtturmwärter, kam ihr wieder in den Sinn. Der Mann, der sie mit seinen Briefen verzaubert und ihr geholfen hatte, ihr Leben aus einem anderen Blickwinkel zu betrachten. Doch bevor sie sich nicht absolut sicher sein konnte, dass er es tatsächlich war, wollte sie sich bedeckt halten. Um sich als *Silbermöwe* zu outen, war es noch zu früh. Sie musste einen klaren Kopf bewahren, einen Schritt nach dem nächsten machen und die Angelegenheit langsam angehen lassen. Aber auch nicht zu langsam, denn schließlich wollte sie ja wissen, ob Ayk tatsächlich hinter den Briefen steckte. Deswegen brach sie mit ihren Prinzipien und fragte ihn spontan: „Haben Sie heute Abend schon etwas vor?"

Der Buchhändler schaute sie überrascht an. „Heute Abend? Nein, ich habe bloß eine Verabredung mit einem guten Buch. So wie immer nach Feierabend."

„Dann haben Sie ja sicherlich nichts dagegen, wenn ich mich für Ihre Einladung revanchiere. Heute Abend ab zwanzig Uhr kocht nämlich Björn Nissen im *Seeteufel* sein traditionelles Labskaus, und ich möchte Sie einladen, auch dorthin zum Essen zu kommen." Ellen war sich sicher, dass weder Martina noch Björn etwas dagegen hatten, wenn sie nicht nur ihre Mutter und Rita mitbrachte, sondern auch Ayk Truels. „Und falls Sie kein Labskaus mögen, was ich im Übrigen völlig verstehen könnte, gibt es auch noch andere Gerichte."

„Tja, was soll ich dazu sagen? Ich nehme die Einladung

natürlich sehr gerne an. Zumal ich das Lokal mag und ich gern dorthin gehe", sagte er sichtbar erfreut.

„Wunderbar!" Ellen konnte es kaum glauben, dass Ayk Truels sofort zugesagt hatte. „Ich freue mich, dass Sie kommen."

„Wie könnte ich zu so einer Einladung auch Nein sagen? Aber da wäre noch eine Kleinigkeit." Er machte eine geheimnisvolle Pause.

„Ja?", fragte Ellen verunsichert. Was mochte diese Kleinigkeit wohl sein?

„Finden Sie nicht, dass wir uns unter den gegebenen Umständen duzen sollten?", fragte er und lächelte sie an.

„Unbedingt!", stimmte sie zu und erwiderte sein Lächeln. „Ich bin Ellen."

„Und ich Ayk. Schön, dich kennenzulernen, Ellen", sagte er, schüttelte ihre Hand, die er einen Moment zu lang festhielt, und blickte ihr dabei tief in die Augen.

Am Abend fühlte sich Ellen, als hätte sie das erste Mal nach Jahren wieder richtig Sport getrieben. Ihr gesamter Körper schmerzte von der nachmittäglichen Massage in der Dünen-Therme, die sich nicht als eine reine Wohlfühlmassage, sondern als medizinische Behandlung entpuppt hatte. Ihre Oberschenkel brannten wie Feuer, und sie hatte Schwierigkeiten, überhaupt die Treppen bis ins Erdgeschoss runterzukommen.

„Was stakst du denn so ungelenk herum?", fragte Martina amüsiert, die mit ihren Töchtern am Treppenabsatz bereits auf Ellen wartete.

„Frag besser nicht. Bevor ich das nächste Mal eine Massage über mich ergehen lasse, werde ich vorher sicherstellen, dass ich mich die darauffolgenden Tage nicht bewegen muss. Und wenn ich jetzt schon so einen Muskelkater habe, möchte ich nicht wissen, wie es mir morgen oder übermorgen gehen wird“, beklagte sich Ellen. Sie setzte immer ein Bein auf die nächste Stufe und zog das andere hinterher.

Kim und Lisa kicherten. Es musste sehr merkwürdig aussehen, wie sich Ellen mit den Treppenstufen abmühte und dabei schmerzhaft ihr Gesicht verzog.

„Im Fernsehen habe ich letztens eine Werbung für einen Treppenlift gesehen. Vielleicht können wir dir ja so einen besorgen“, schlug eines der Zwillingsmädchen vor.

„Ist zwar was für Omas und Opas, aber Leute mit Muskelkater können den bestimmt auch benutzen“, kicherte die andere.

„Zu liebenswürdig“, sagte Ellen und verdrehte gespielt genervt die Augen. „Aber nein, danke. In spätestens drei Tagen ist der Muskelkater weg, und ich bin wieder die Alte“, erklärte sie, als sie die letzte Treppenstufe geschafft und endlich bei Martina und den Kindern angekommen war.

„Dann können wir ja jetzt los“, stellte die Teeladenbesitzerin fest. „Björn ist direkt nach der Arbeit zum *Seeteufel* gegangen, um alles vorzubereiten. Ich soll dir übrigens ausrichten, dass es auch Grünkohl mit Pinkel gibt.“

„Da bin ich aber erleichtert. Pinkelwurst esse ich nämlich deutlich lieber als Labskaus“, gab Ellen ehrlich zu, die im Vorfeld ernsthaft überlegt hatte, ob sie auch nur einen Bissen von dem Labskaus herunterbekommen würde. Vor einigen Jahren war sie auf einer Betriebsfeier der Bank in einem Hamburger Restaurant gewesen, bei der ebenfalls Labskaus für die gesamte Belegschaft serviert wurde. Ellen hatte neben ihrem Vorgesetzten gesessen und das Gericht unter Aufbringung von höchster Überwindung heruntergewürgt. Danach war ihr zwei Tage lang schlecht gewesen, und sie hatte sich geschworen, um Labskaus zukünftig einen großen Bogen zu machen.

Martina musste lachen. „Björn hatte scheinbar Angst, dass du wegen des Labskaus kneifen könntest. Oder dass unsere Töchter sich weigern mitzukommen.“

Die Zwillinge verzogen angewidert die Gesichter und machten Würgegeräusche.

„Lisa und Kim mögen nämlich überhaupt kein Labskaus“, erklärte Martina amüsiert.

„Aber Grünkohl essen wir“, sagte eines der Mädchen.

„Davon schaffen wir sogar zwei Portionen“, ergänzte die andere. „Mit Pinkel.“

Ellen, Martina und die Mädchen fuhren mit dem Kombi zu dem Lokal, das sich zwischen den Ortsteilen Dorf und Bad auf der Badallee befand. Ellens Mutter und Rita warteten schon vor dem Eingang der Kneipe auf sie, obwohl es erst kurz nach halb acht war. Die beiden Frauen waren wie immer überpünktlich.

„Wow! Ihr habt euch ja richtig in Schale geworfen“, begrüßte Ellen die beiden und begutachtete die perfekt gestylten Haare und das Make-up ihrer Mutter, für das zweifelsfrei Rita verantwortlich war.

„Moin, Moin. Gut seht ihr aus“, fand auch Martina.

„Das ist Ritas Werk“, bestätigte Elke Carstens die Vermutung ihrer Tochter. „Ist schon praktisch, eine Freundin zu haben, die sich mit Haaren und Make-up auskennt.“

„Eine meiner leichtesten Übungen. Keine große Sache“, wiegelte Rita ab. „Wollen wir reingehen?“

Im *Seeteufel* war schon richtig was los. Die rustikal eingerichtete Kneipe erinnerte durch ihre Aufmachung an ein altes Seemannsschiff. An der Decke hingen Fischernetze mit allerhand Strandgut sowie ein Steuerruder, das zu einer Lampe umfunktioniert worden war. An den Wänden waren Bilder von Kapitänen, Schiffen, dem ortsansässigen Shanty-Chor und ein überdimensionaler Kompass befestigt. Die Wand hinter der rustikalen Holztheke schmückten rot-weiße Rettungsringe und über dem Thekenbereich schwebte ein kleines Segelschiff.

„Da vorn sind unsere Plätze“, sagte Martina und zeigte auf den einzig freien Tisch, der sich neben einer alten Jukebox mit Schallplatten befand und auf dem ein Aufsteller mit dem Wort *Reserviert* stand.

Die Frauen gaben an der altmodischen Garderobe ihre

Jacken, Mützen und Schals ab. Martina hängte die Daunenjacken ihrer Töchter auf einen Kleiderbügel. Die Mädchen hatten Schulfreundinnen mit ihren Eltern in dem Lokal entdeckt und liefen nun zu ihnen rüber.

„Ich hätte nicht gedacht, dass es so voll sein würde“, sagte Ellen zu Martina und zählte im Geiste die Stühle an ihrem Tisch durch, um sich zu vergewissern, dass überhaupt noch ein Platz für Ayk übrig sein würde, wenn er kam. Glücklicherweise hatten sie einen der größten Tische in der Kneipe mit acht Sitzplätzen reserviert. Somit war ein Stuhl für den Buchhändler gesichert. „Hätte ich das gewusst, hätte ich dich vorher gefragt, ob ich Ayk Truels überhaupt mitbringen darf. Aber ich dachte, so kann ich mich für seine Einladung zu Tee und Donuts revanchieren“, berichtete Ellen Martina.

„Ayk kommt auch, wie schön! Ist doch gar kein Problem. Wir haben genug Platz und können zur Not auch noch einen Stuhl dazu holen. Wo steckt Ayk denn?“, fragte Martina und sah sich suchend um, nicht ohne Ellen vorher einen schmunzelnden Blick zuzuwerfen.

„Er scheint noch nicht da zu sein. Ich habe ihm gesagt, dass es ab zwanzig Uhr losgeht“, antwortete Ellen. „Aber wieso sollten wir noch einen Extrastuhl brauchen? Wir sind doch zu siebt. Oder täusche ich mich?“

„Genau genommen sind wir sogar zu neunt. Mein Bruder und Merle kommen nämlich auch noch“, verkündete Martina.

„Oh! Dann bin ich mit meiner großzügigen Einladung wohl über das Ziel hinausgeschossen“, stellte Ellen fest. Sie blickte zum Eingangsbereich vom *Seeteufel*, wo wie auf Kommando Tim und Merle hereinkamen.

„Ach was! Notfalls isst Tim an der Theke, wenn das mit den Stühlen nicht klappen sollte. Das macht ihm überhaupt nichts aus, sondern kommt ihm bestimmt äußerst gelegen. So kann er nämlich perfekt Gesprächen aus dem Weg gehen und seine Brummbär-Attitüde ungestört pflegen.“

„Bist du sicher?“, fragte Ellen. Ihr wäre es äußerst unangenehm gewesen, wenn sie Ayk noch nicht einmal einen Stuhl hätte anbieten können, aber Martinas Bruder wollte sie natürlich auch nicht vertreiben. Was würde er dann von ihr denken? Damit hätte sie unter Garantie keine weiteren Pluspunkte bei ihm sammeln können.

Martina legte eine Hand auf Ellens Arm. „Ganz sicher. Ich kenne meinen Bruder. Ihm liegt nichts an Geselligkeit.“

In der Zwischenzeit hatte auch Merle ihre dicke Winterjacke ausgezogen und Ellen entdeckt. Das Mädchen winkte und lief auf ihren Tisch zu. Merle hatte die Haare zu einem Pferdeschwanz zusammengebunden und trug ein apfelgrünes Kleid, das gut zu ihren rötlichen Haaren passte, dazu eine lilafarbene Strumpfhose und Winterstiefel, die knapp unter ihren Knien endeten.

„Hallo Merle“, begrüßte Martina ihre Nichte und gab ihr einen Kuss auf die Stirn.

„Hallo“, grüßte Merle und strahlte Ellen an, die sie offensichtlich besonders ins Herz geschlossen hatte. „Ist das voll hier!“ Dann blickte sich das Mädchen nach allen Seiten um.

„Kim und Lisa sind da drüben“, machte ihre Tante sie auf ihre Cousinen aufmerksam und deutete in Richtung der Zwillinge.

Das Mädchen lief sofort zu Kim und Lisa und deren Mitschülern hinüber, die sich um einen Kicker aufgestellt hatten und gerade ausmachten, wer gegen wen spielen sollte.

Inzwischen war auch Tim bei ihnen angekommen, den Martina ebenfalls mit einem Kuss, dieses Mal auf die Wange, begrüßte.

„Moin.“ Er nickte den Frauen zu und sagte dann zu seiner Schwester: „Ich brauch erst mal was Warmes.“ Daraufhin setzte er sich an die Theke und bestellte einen Tee. Martina ließ sich auf einen Hocker neben ihm nieder und begann ein Gespräch mit ihm.

Ellens Mutter beugte sich zu ihrer Tochter rüber. „Ziemlich wortkarg, der Typ.“

„Das ist Tim. Martinas Bruder und Merles Papa“, informierte Ellen ihre Mutter. Sie hatte mit Tims spröder Art gerechnet, sodass ihr sein Verhalten schon fast normal vorkam und sie sich eher darüber gewundert hätte, wenn er redseliger gewesen wäre.

„Hätte ich nie gedacht, dass die beiden verwandt sind.

Martina ist ganz anders. Sie hat eine viel offenere Art", stellte Ellens Mutter fest. „Da könnte man glatt denken, dass ihr Bruder vom Postboten ist."

„Mama!", sagte Ellen gespielt entsetzt. „Also wirklich …"

„Aber besser als so ein aalglatter Typ wie dein Laurits. Was macht der eigentlich? Du erzählst gar nichts mehr von ihm."

„Ach, keine Ahnung. Hat wohl viel zu tun in seinem Restaurant", meinte Ellen ausweichend. Sie wollte an dem Abend nicht über ihren Beziehungsstatus sprechen, der ja genau genommen auch völlig ungeklärt war. Außerdem wollte sie auch nicht darüber nachdenken, dass Laurits versucht hatte, sie zu erreichen, und sie sich deswegen noch bei ihm zurückmelden musste.

„Die Menschen sind eben verschieden", schaltete sich Rita unvermittelt ein. „Guck dir meine Schwester Bruni an. Die geht auch zum Lachen in den Keller. Würdest du glauben, dass wir Geschwister sind, wenn du es nicht wüsstest?", fragte Rita Ellens Mutter und lenkte sie von Laurits ab. „Und die ist garantiert nicht vom Postboten."

„Stimmt", gab diese zu.

„Er war früher auch ganz anders. Jedenfalls hat Martina mir das erzählt. Aber das war, bevor …" Ellen beendete den Satz nicht, weil sie Ayk entdeckt hatte, der seinen Blick suchend durch die Kneipe schweifen ließ. Ellen spürte gleich, wie freudige Nervosität in ihr aufstieg. Sie erhob sich und winkte ihm zu.

Als er sie entdeckt hatte, kam er zu ihrem Tisch. „Guten Abend, die Damen.“ Er lockerte seinen Schal, den er um den Hals gebunden hatte. „Ich hoffe, ich bin nicht zu spät dran.“

„Nein, nein. Es gab noch nichts zu essen. Aber setzen Sie sich doch zu uns“, übernahm Ellens Mutter das Wort und bot ihm wie selbstverständlich den Platz neben ihrer Tochter an.

Ellen strich sich leicht verlegen eine Haarsträhne aus dem Gesicht und lächelte Ayk an. Endlich traf sie ihn mal außerhalb des Buchladens.

„Na, da bin ich ja froh. Das Labskaus wollte ich mir nämlich unter gar keinen Umständen entgehen lassen.“ Er lachte Ellen an, die sofort wusste, dass er auf ihr Gespräch in der Buchhandlung anspielte, bei dem sie sich als kein besonderer Labskaus-Fan geoutet hatte.

„Wir essen lieber Grünkohl mit Pinkel“, erklärte Rita. „Mit dem Labskaus haben wir es nicht so. Da muss man wahrscheinlich direkt von der Küste kommen, um dem was abgewinnen zu können.“

„Ich würde eher sagen, es kommt darauf an, wer das Labskaus zubereitet. Gerichte, die von Björn gekocht werden, schmecken eigentlich alle“, sagte Ayk.

„Ich wusste gar nicht, dass du Björn kennst“, schaltete sich Ellen nun in das Gespräch zwischen Rita und dem Buchhändler ein.

„Ich kenne Björn sogar von klein auf. Wir sind früher …“

„Entschuldigung, Ayk, mein Handy klingelt.“ Ellen zog ihr vibrierendes Handy aus der Gesäßtasche ihrer Jeans. Auf dem Display las sie Laurits’ Namen. Mist! Seinen letzten Anruf hatte sie nach dem Treffen mit Ayk im Buchladen ganz vergessen – was Ellen gleichsam verwunderte wie auch erleichterte –, und er war ihr erst vorhin wieder eingefallen, als ihre Mutter sie nach Laurits gefragt hatte. Vermutlich war dies ein eindeutiges Zeichen dafür, dass sie ihren Liebeskummer langsam überwand und bereit für neue Dinge in ihrem Leben war. Oder wie der Leuchtturmwärter sagen würde: Sie hatte einen Sturm überstanden. Ein wirklich schönes Gefühl – und vor allem so befreiend! Aber trotzdem musste sie den Anruf entgegennehmen. Sie konnte und wollte dem Gespräch mit Laurits nicht länger aus dem Weg gehen. Auch wenn es ihr gerade mehr als ungelegen kam, aber wann kam diese Art von Gespräch schon gelegen? Ellen warf sich ihre dicke Jacke über und verließ im Eilschritt die Kneipe, um ungestört mit Laurits telefonieren zu können. Bei dieser Unterredung brauchte sie definitiv keine Mithörer. Sie rechnete nicht damit, dass es sich um ein erfreuliches Gespräch handeln würde.

„Hallo?“, meldete sie sich und setzte sich draußen auf der Terrasse in einen Strandkorb, der sie einigermaßen vor dem Wind schützte.

„Ellen! Na endlich“, ertönte Laurits’ Stimme. „Ich habe

mir schon Sorgen gemacht und dachte, dir sei was passiert!“

Du hast dir Sorgen um mich gemacht? Das ist ja mal was ganz Neues. So lag es ihr auf der Zunge. „Wieso sollte mir denn etwas passiert sein? Mir geht es gut“, antwortete sie stattdessen, weil sie keine Lust auf zusätzliche Diskussionen hatte.

„Du hast dich nicht bei mir gemeldet. Vorhin habe ich versucht, dich zu erreichen, und du bist nicht ans Telefon gegangen. Da ist es ja wohl nur logisch, dass ich mir so meine Gedanken mache“, sagte er mit einem vorwurfsvollen Unterton.

„Ach, weißt du, ich habe hier so viel mit meinen Recherchen für das neue Buch zu tun, dass ich noch gar nicht dazu gekommen bin, dich anzurufen. Aber du hast mich ja jetzt erreicht. Was gibt’s denn?“, fragte sie locker und war von ihrer eigenen Gelassenheit beeindruckt.

„Ellen, wegen der Sache im Café … also, ich habe mir darüber Gedanken gemacht und finde, wir sollten noch mal ganz von vorn anfangen. Einen Neustart und dann mal schauen, wohin die Reise geht. Wir können uns das Fährhaus übrigens in der nächsten Woche anschauen. Ich habe heute früh mit dem Makler telefoniert, es ist noch zu haben.“

Ellen traute ihren Ohren nicht. Hatte ihr Laurits gerade mitgeteilt, dass er nun doch bereit war, mit ihr zusammenzuziehen und eine feste Beziehung zu führen? Vor einer Woche noch hätte sie nicht gewusst, wohin mit ihrer Freude, doch inzwischen war so viel passiert. Sie war sprachlos und fühlte sich wie in einem schlechten Film. Die Situation war irgendwie grotesk. Wie schnell sich Dinge ändern konnten! Ihre Gefühle für Laurits waren deutlich abgekühlt, seit sie nach St. Peter-Ording gekommen war.

„Ellen? Bist du noch da?“, hörte sie Laurits’ Stimme nah an ihrem Ohr.

„Ja … ich bin da“, antwortete sie.

„Also, was sagst du?“, fragte er. „Wir könnten uns Montag um zehn Uhr das Kapitänshaus ansehen.“

„Am Montag werde ich noch nicht wieder in Hamburg sein“, sagte Ellen ausweichend, um Zeit zu gewinnen.

„Verstehe. Wann kommst du denn wieder zurück? Ich kann den Besichtigungstermin bestimmt auf einen anderen Tag verschieben“, schlug er vor.

„Es … es tut mir total leid, Laurits, aber ich glaube nicht, dass Zusammenziehen gerade das Richtige für uns ist“, sagte sie und umschlang ihren Oberkörper mit einem Arm.

„Ach so! Dann sag ich dem Makler ab. Kein Problem“, sagte er leichthin. „Das läuft uns ja auch nicht weg. Wir können auch ruhig weiterhin in getrennten Wohnungen leben. Ich dachte nur, dir wäre es wichtig, dass wir zusammen in dieses Haus ziehen.“

„Das war mir auch wichtig, und ich hatte gehofft, dass es dir auch wichtig sein würde. Doch nun bin ich mir nicht mehr so sicher, was ich überhaupt gerade empfinde. Daher können wir uns die Besichtigung sparen." Ellen holte tief Luft.

„Wie? Was soll das jetzt heißen? Stellst du etwa unsere Beziehung infrage? Hast du jemand anderen kennengelernt?", fragte er irritiert.

„Nein. Ich habe niemanden kennengelernt. Ich habe einfach viel nachgedacht und festgestellt, dass unsere Vorstellungen doch etwas auseinandergehen und ich im Moment nicht weiß, wie es mit uns weitergehen soll", sagte sie ihm die Wahrheit. Jedenfalls fast.

„Das ist ja interessant", kommentierte er ihre Aussage sarkastisch. Anscheinend glaubte er ihr kein Wort und war sich sicher, dass nur ein anderer Mann der Grund für ihre Verunsicherung sein konnte. „War es das dann jetzt mit uns?"

„Lass uns darüber reden, wenn ich wieder in Hamburg bin, ja?", versuchte Ellen die Entscheidung herauszuzögern.

In der Leitung erklang ein Knacken, danach ein Tuten. Laurits hatte einfach aufgelegt.

Ellen ließ das Telefon sinken und war erleichtert, auch wenn das Gespräch nicht angenehm verlaufen war. Sie würden sich in Hamburg noch mal in Ruhe zusammensetzen und über alles sprechen. Ihn gleich zurückzurufen hätte keinen Sinn gemacht, dafür kannte sie ihn zu gut. War er sauer auf jemanden, so brauchte er einige Zeit, bis er sich wieder beruhigt hatte. So war das nun mal. Wenn sich sein

Zorn gelegt hatte, würde sie sich wieder bei ihm melden, und dann könnte man weitersehen, dachte Ellen.

Als sie zurück in den Speiseraum kann, war das Essen bereits aufgetragen worden. Die meisten Gäste hatten das traditionelle Labskaus bestellt und es schien ihnen auch zu schmecken. Ellen ging zu ihrem Tisch und stellte fest, dass der Platz neben ihrem leer war. Sie blickte sich um. Ayk war doch nicht etwa gegangen, weil sie so plötzlich zum Telefonieren nach draußen verschwunden war und ihn hatte stehen lassen? Nein, dann hätte er beim Verlassen der Kneipe an ihr vorbeikommen müssen. Er musste also noch da sein. Nur wo? Sie entdeckte ihn kurz darauf an der Theke. Er saß neben Tim, und beide Männer waren in ein Gespräch vertieft, was sie überraschte.

„Ellen!“ Martina hatte sie gesehen und winkte sie zum Tisch. „Björn lässt fragen, was du haben möchtest. Labskaus oder Grünkohl mit Pinkel?“

Ellen setzte sich auf ihren Platz. „Ich probiere gern das Labskaus. Habe ich ja versprochen. Für mich dann aber eine Kinderportion bitte.“

„Kommt sofort.“ Martina ging zur Theke und bestellte das Essen für Ellen. Als sie wieder zurückkam, hatte sie die beiden gut gelaunten Männer im Schlepptau. Tim und Ayk trugen ihre Teller und Getränke in den Händen, stellten diese auf dem Tisch ab und setzten sich zu ihnen.

Ellen erkannte Martinas Bruder kaum wieder. Er wirkte gelöst und schien den Abend zu genießen. Seine Wangen waren leicht gerötet, und um seine Augen hatten sich Lachfältchen gebildet.

„Sorry, aber das war ein wichtiger Anruf“, entschuldigte sich Ellen bei Ayk für ihr abruptes Verschwinden und überspielte so ihr Erstaunen.

„Mach dir keine Gedanken. Alles ist gut“, winkte er ab. „Tim und ich haben uns in der Zwischenzeit gut unterhalten.“

„Das kann man wohl sagen“, bestätigte Martinas Bruder bestens gelaunt die Aussage von Ayk.

„Was ist denn mit deinem Bruder los?“, raunte Ellen Martina zu, die neben ihr saß, als die Männer ihr Gespräch fortsetzen. „So guter Stimmung habe ich ihn ja noch nie erlebt.“

„Die hat er auch nur dank dir“, verkündete Martina.

„Wie? Dank mir?“, fragte Ellen erstaunt.

„Genauer gesagt, dank Ayk, den du zum Essen eingeladen hast“, sagte sie. „Das war eine überaus gute Idee.“

„Aha. Also kennt Ayk nicht nur deinen Mann, sondern auch deinen Bruder?“, kombinierte Ellen.

„Björn kennt er schon aus dem Kindergarten. Ayk und Tim haben sich in der ersten Klasse angefreundet und sind seitdem gute Freunde. Er war sogar damals bei der Hochzeit mit Anna sein Trauzeuge.“

„Wow“, staunte Ellen. „In St. Peter-Ording scheint ja wirklich jeder jeden zu kennen.“

„Natürlich. Und es war goldrichtig, dass du Ayk mitgebracht hast. Er schafft es immer wieder, Tims Stimmung aufzuheitern. Es ist dann fast so, als sei er wieder der alte Kindskopf von früher und als wäre das schreckliche Unglück nie geschehen. Ayk knackt den dicken Panzer, der Tim umgibt, jedes Mal, sodass er für eine Weile seine Sorgen vergisst“, erklärte Martina. „Ah, da kommt dein Essen.“

Das Labskaus schmeckte Ellen überraschend gut, wenngleich sie sich ihr Date mit dem Buchhändler ganz anders vorgestellt hatte – irgendwie persönlicher. Trotz der vielen Leute. Dennoch genoss sie das gemeinsame Essen in der gelösten Runde sehr und konnte nicht aufhören, sich über die Wandlung von Martinas Bruder zu wundern. Ayk Truels schien nicht nur auf sie einen zauberhaften Einfluss zu haben.

„Wusstest du eigentlich, dass Ellen Bücher schreibt?“, fragte Ayk Tim und trank einen Schluck aus seinem Bierglas. „Stell dir vor, sie kam in meinen Laden und sagte kein Wort darüber, dass sie eine bekannte Bestsellerautorin ist. Und das wirklich Schlimme ist ja, ich habe sie auch gar nicht erkannt und musste erst durch die Reportage im Fernsehen erfahren, wem ich da kürzlich Bücher verkauft hatte. Kannst du dir das vorstellen?“

„Jo. Das wusste ich wohl von Martina, dass sie Autorin ist. Außerdem will Ellen einen Artikel über die Schutzstation schreiben“, informierte Tim seinen Freund und nannte sie dabei wie selbstverständlich bei ihrem Vornamen.

„Ach wirklich?“, fragte der Buchhändler Ellen. „Das hört sich ja spannend an. Davon hast du mir gar nichts erzählt.“

„Ist ja auch eine recht neue Idee. Der Artikel wäre für ein Hamburger Magazin, bei dem eine Freundin von mir arbeitet“, erzählte Ellen. Sie kam aus dem Staunen über Tims plötzliche Redseligkeit nicht mehr raus. Unter keinen Umständen hätte sie damit gerechnet, dass er etwas über den angedachten Artikel erzählen würde. Zumal er bei ihrem letzten Zusammentreffen noch ausdrücklich betont hatte, keine Zeit für so ein Projekt zu haben.

„Das ist ja eine grandiose Idee“, sagte Ayk begeistert. „Wann fängst du denn mit der Recherche für deinen Artikel an? Oder hast du etwa schon längst damit begonnen?“

„Nein, bis jetzt noch nicht ...“, antwortete Ellen vage und schaute zu Tim, der ihren Blick mit seinen eisblauen Augen erwiderte, die mit einem Mal gar nicht mehr so kühl wirkten.

„Von mir aus kann es jederzeit losgehen“, sagte er.

Ellen traute ihren Ohren nicht. „Ähm ... klar. Ich hätte morgen Zeit. Oder übermorgen“, bot sie ihm an und spürte, wie ihr Herz einen Hüpfer tat. Endlich würde sie die Möglichkeit bekommen, mehr über ihn und womöglich auch Anna zu erfahren. Ayk, sei Dank!

Martinas Bruder nickte. „Übermorgen wäre nicht schlecht. Piet und ich machen Rastvogelzählungen, da könnten wir Hilfe gebrauchen. Kannst du so gegen zehn Uhr am Westerhever Leuchtturm sein?“

„Ja, na klar, ich werde da sein“, sicherte sie ihm zu.

„Zieh dich aber wetterfest an. Sonst liegst du danach mit einer Grippe im Bett. Die Zählungen im Winter haben schon einige hartgesottene Leute umgehauen.“

„Werde ich tun.“ Mit so viel Fürsorglichkeit von dem Biologen hatte Ellen nicht gerechnet.

„Ach, da würde ich auch gerne mitkommen, aber ich kann meinen Laden nicht allein lassen“, meinte Ayk bedauernd. „Sosehr ich meine Arbeit im Buchladen auch liebe, manchmal würde ich einfach gerne mehr in der Natur sein. “

„Deine Arbeit im Buchladen hat aber auch ein paar Vorteile gegenüber der Arbeit eines Biologen“, meinte Tim.

„Ach ja? Dann nenn mir mal so einen Vorteil“, forderte Ayk seinen Freund auf.

„Du bist völlig unabhängig von der Witterung und musst dir nicht beim Rastvögelzählen den Hintern abfrieren“, konterte Tim trocken.

Ayk musste lachen. „Da hast du natürlich recht, wobei es bestimmt auch nicht schlecht ist, sich mal den Hintern abzufrieren und dabei die Silbermöwen beim Segeln im böigen Wind zu beobachten.“

Das Wort „Silbermöwen“ hatte Ellen getroffen wie der Schlag. Später, als sie im Bett lag und über den netten

Abend in geselliger Runde nachdachte, fragte sie sich, ob Ayk Truels ihr damit einen Hinweis hatte geben wollen? Hatte er sie etwa auch erkannt? Oder war es einfach purer Zufall gewesen, dass er Silbermöwen an diesem Abend erwähnt hatte? Immerhin flogen diese Vögel nicht gerade selten in St. Peter-Ording umher. Diese Fragen brachten Ellen um den Schlaf. Sie musste herausfinden, ob sich Ayk Truels hinter den Worten des Leuchtturmwärters verbarg, die sie so in ihren Bann gezogen hatten.

Bevor sie einschlief, beschloss Ellen, am nächsten Tag zu versuchen, den Briefeschreiber am Postkasten abzupassen, um so endlich hinter seine wahre Identität zu kommen. Und sie nahm sich auch fest vor, sich in Ruhe bei Tine zu melden, die ja von den neuesten Entwicklungen in Ellens Leben noch gar nichts wusste.

10. Kapitel

Am nächsten Tag war Ellen zeitig in Richtung Böhler Leuchtturm aufgebrochen, um sich auf die Lauer zu legen und den geheimnisvollen Briefeschreiber auf frischer Tat zu ertappen. Am Briefkasten angekommen, öffnete sie die Klappe und stellte fest, dass dort immer noch ihre Antwort auf den Leuchtturmwärter wartete. Zuerst war sie enttäuscht, keinen neuen Brief vorzufinden. Doch je länger sie darüber nachdachte, umso logischer erschien es ihr, dass der Umstand ihr eigentlich in die Hände spielte und sich dadurch ihre Chancen erhöhten, den Briefeschreiber an diesem Tag noch zu erwischen. Sie hoffte nämlich, dass er ähnlich neugierig auf ihre Briefe war wie sie auf seine und er sich bestimmt bald auf den Weg zu dem alten Briefkasten machen würde. Ihre Chancen standen also nicht schlecht. Allerdings gab es keine Möglichkeit für sie, sich irgendwo zu verstecken und unauffällig auf den Briefeschreiber zu warten. Ellen konnte sich nur in Sichtweite des Leuchtturms aufhalten, auf die Salzwiesen blicken und abwarten – was sie auch tat. Damit befand sie sich gewissermaßen auf dem Präsentierteller, wenn sie mitbekommen wollte, wer zum Leuchtturm ging. Aber es blieb ihr nichts anderes übrig. Hätte sie sich auf eine der Bänke neben dem Leuchtturm gesetzt, hätte sich der unbekannte Schreiber vermutlich durch ihre Anwesenheit abgeschreckt gefühlt. Deswegen hielt sie einen großzügigen Sicherheitsabstand zum Leuchtturm ein, der es ihr trotzdem ermöglichte zu sehen, wer kam. Der einzige Vorteil, den sie hatte, war, dass der unbekannte Briefeverfasser ihre Identität ebenso wenig kannte wie sie seine und deswegen nicht davon ausgehen konnte, dass sie die kleine *Silbermöwe* war. Falls Ayk zufällig hier vorbeikommen sollte, wäre das nur eine weitere Bestätigung für sie, dass er ihr tatsächlich die Briefe geschrieben hatte. Das konnte dann unmöglich ein Zufall sein.

Es waren kaum Leute unterwegs. Eine Frau mit ihrem Hund kam des Weges; dann eine ältere Dame mit zwei Kindern an den Händen und schließlich zwei Männer, die begeistert Fotos von der schneebedeckten Landschaft machten.

Nach einer Weile spürte Ellen, dass sie mittlerweile Eisfüße hatte. Unmöglich konnte sie den ganzen Tag auf dem Deich bleiben, wenn sie sich nicht den sicheren Tod in der klirrenden Kälte holen wollte. Nach gut zwei Stunden beschloss sie eine Pause einzulegen. Insgeheim ärgerte sie sich darüber, dass sie keine Thermoskanne mit heißem Tee mitgenommen hatte, um sich aufwärmen zu können. Was, wenn genau jetzt der unbekannte Schreiber kam und sie ihn verpasste? Doch es half nichts. Sie musste vernünftig sein, wenn sie sich keine Erkältung oder gar Lungenentzündung einhandeln wollte, und kehrte deswegen zum Teeladen zurück, wo sie sich mit einem zweiten Frühstück stärkte und mit einer Tasse *St. Peter Winterbrise* aufwärmte.

Als sie mittags zum zweiten Mal am Böhler Leuchtturm ankam und im Postkasten nachsah, lag dort ein Antwortbrief für sie. Der Briefeschreiber war in der Zwischenzeit tatsächlich da gewesen, stellte sie enttäuscht fest. Sie hatte es doch geahnt. So ein Pech! Das Treffen mit dem Leuchtturmwärter war zum Greifen nahe gewesen – verdammt! Beim nächsten Mal musste sie unbedingt an die Thermoskanne Tee denken, um länger durchhalten zu können. Aber immerhin hatte sie nun einen Hinweis darauf, um welche Uhrzeit er ungefähr da gewesen war und konnte somit den Zeitpunkt näher einkreisen, wann sie ihn vermutlich beim nächsten Mal erwischen konnte – falls er zu bestimmten Tageszeiten zum Böhler Leuchtturm ging. Ellen faltete das Blatt Papier auseinander. Sie konnte die Antwort des Leuchtturmwärters nie schnell genug lesen.

Liebe kleine Silbermöwe,
die gute Nachricht ist, dass Vögel nie das Fliegen verlernen, egal, wie lange sie sich nicht mehr emporgeschwungen haben. Besonders Silbermöwen sind Meister darin, sich bei starken Winden in der Luft zu

bewegen und sicher an ihr Ziel zu gelangen. Du kannst das auch. Du musst dich nur trauen. Und ich bin mir sicher, dass du eines Tages wieder deine Flügel spreizen und dich federleicht in die Lüfte erheben wirst, als hättest du nie etwas anderes getan. Das ist das Gesetz der Natur, und dem kann sich niemand entziehen.
Der Leuchtturmwärter

Die Worte des Leuchtturmwärters hatten bei Ellen eine Gänsehaut verursacht. Wie schaffte er es nur, ihr immer den richtigen Rat zu geben und ihn so unbeschreiblich schön zu verpacken? Sofort schöpfte sie neue Hoffnung, und alles erschien ihr mit einem Mal leichter. Sie antwortete ihm umgehend.

Lieber Leuchtturmwärter,
deine Worte berühren mich sehr. Und ich fühle mich tatsächlich so, als seien mir neue Flügel gewachsen. Ich habe bereits die ersten Flugversuche unternommen und werde mir nun jeden Tag ein Stück mehr zutrauen.

Dank deiner Briefe nehme ich langsam wieder Kurs auf. Mein innerer Kompass funktioniert etwas zuverlässiger, und ich blicke zuversichtlich in die Zukunft.

Danke dafür! Bis hoffentlich bald!
Die kleine Silbermöwe

Ellen steckte ihre Antwort in den Briefkasten. Ihre Füße fühlten sich schon wieder wie Eisklumpen an, und in ihrer Nasenspitze hatte sie kaum mehr Gefühl. Zeit für eine heiße Dusche und warme Wollsocken. Hier würde sie heute sicherlich nichts mehr verpassen. Der Briefeschreiber kam vermutlich frühestens morgen wieder vorbei, um nach einer Antwort von ihr zu schauen. Dumm nur, dass sie ausgerechnet morgen die Verabredung mit Martinas Bruder hatte, dachte sie fast ein bisschen enttäuscht. Viel lieber würde sie sich erneut am Leuchtturm auf die Lauer legen, statt den Biologen bei seiner Arbeit zu begleiten. Doch absagen wollte sie nicht, denn wer wusste schon, ob er sich zu einem späteren Zeitpunkt noch mal darauf einlassen würde, dass sie ihn begleitete. Vielleicht schaffte sie es ja trotz ihrer Verabredung mit Tim, am nächsten Tag am Postkasten vorbeizuschauen.

Ellen hatte ein schlechtes Gewissen. Seitdem sie in St. Peter-Ording war, hatte sie ihre beste Freundin Tine sträflich vernachlässigt und ihr nur hin und wieder kurze Nachrichten über WhatsApp geschickt, obwohl sie normalerweise viel lieber mit ihr telefonierte. Normalerweise war Tine über alles in Ellens Leben informiert, selbst wenn es sich bloß um Kleinigkeiten handelte. Doch über Ayk und die Briefe vom Leuchtturmwärter hatte sie bislang kein Wort verloren. Sie hatte ihr noch nicht einmal erzählt, dass die Beziehung mit Laurits momentan auf Eis lag. Es war höchste Zeit, sich bei Tine zu melden und ihr alles zu berichten.

Am Abend ergriff Ellen die Gelegenheit beim Schopfe, als sie sah, dass Tine bei Facebook online war, und brachte ihre beste Freundin über die Entwicklung mit ihr und Laurits im Chat auf den aktuellen Stand.

Tine Krämer: Oh, meine Liebe, ich habe gedacht, dass du großen Liebeskummer hast und dich deswegen nicht meldest.
Ellen Carstens: Den hatte ich auch. Aber so richtig. Das kannst du mir glauben!
Tine Krämer: Und nun bist du deinen Herzschmerz los?
Ellen Carstens: Im Moment ist es okay. Wir müssen noch mal sprechen, wenn ich wieder zurück in Hamburg bin. Aber gerade will ich nicht an Laurits denken.
Tine Krämer: Also, wenn du mich fragst, ist es eine sehr kluge Entscheidung von dir, dass du die Sache mit Laurits überdenken willst. Er war immer recht unverbindlich, fand ich.
Ellen Carstens: Damit hast du völlig recht, und seit ich in St. Peter-Ording bin, ist mir das auch endlich klar geworden. Manchmal braucht man wohl räumlichen Abstand zu den Dingen, um einen anderen Blick auf sie zu bekommen.
Tine Krämer: Na, wenn ich gewusst hätte, dass du nur nach St. Peter-Ording reisen musst, um zu dieser Er-

kenntnis zu gelangen, hätte ich dich längst dorthin geschickt. ☺
Ellen Carstens: ☺ Der Ort hat bestimmt auch etwas mit meiner Einsicht zu tun, allerdings nicht ausschließlich. Eher die Menschen hier.
Tine Krämer: Wusste ich es doch! Du hast jemanden kennengelernt!
Ellen Carstens: Du Fuchs! Ja und nein. So genau weiß ich es gerade nicht. Aber irgendwie schon.
Tine Krämer: Erzähl! Das hört sich ja total spannend an!

Ellen berichtete ihrer Freundin nun alles der Reihe nach. Sie schrieb von ihrer Bekanntschaft mit Ayk Truels, der zufällig auch der beste Freund von Martinas Bruder Tim war. Sie erwähnte Tims schweren Schicksalsschlag, der sie unter anderem zu ihrem Liebesroman inspiriert hatte, und ihren Plan, Martinas Bruder näher kennenzulernen, um mehr über die romantische Liebesbeziehung zwischen ihm und Anna zu erfahren.

Tine Krämer: Puh! Das ist ganz schön hart und geht einem direkt ans Herz. Mit Tim möchte ich nicht tauschen wollen.
Ellen Carsten: Nein, ich auch nicht. Es gibt da allerdings noch etwas. Ich überlege gerade, wie ich dir es erzählen soll, ohne dass es sich allzu merkwürdig für

dich anhört und du denkst, dass ich von allen guten Geistern verlassen bin.
Tine Krämer: Keine Sorge, so schnell kannst du mich nicht schocken.

Ellen schrieb ihr nun von dem Tag, an dem sie zufällig den verwitterten Briefkasten am alten Leuchtturm entdeckt hatte. Sie beschrieb Tine ihr damaliges Gefühlschaos, ihren Liebeskummer wegen Laurits und den Kampf mit ihrer Ideenlosigkeit sowie das dringende Bedürfnis, sich einem Fremden anzuvertrauen, wenngleich dieser zu dem Zeitpunkt bloß in ihrer Fantasie existierte. Als sie Tine berichtete, dass sie tatsächlich einen Brief an ihren imaginären Leuchtturmwärter verfasst hatte, reagierte Tine genauso, wie sie es sich von ihrer besten Freundin gewünscht hatte.

Tine Krämer: Na, ein bisschen seltsam ist das schon. Doch der Zweck heiligt bekanntlich die Mittel. Und solange du dich damit gut fühlst, ist doch alles in Ordnung. Ist eben eine Art Kummerkasten für dich gewesen. Hauptsache, es hat dir geholfen. Wobei du dich mir natürlich auch jeder Zeit hättest anvertrauen können.
Ellen Carstens: Das ist total lieb, Tine, danke. Aber weißt du was? Ich habe tatsächlich eine Antwort bekommen.
Tine Krämer: Nein!

Ellen Carstens: Doch! Und es ist nicht bei der einen Antwort geblieben. Heute habe ich wieder einen Brief von dem Leuchtturmwärter aus dem Postkasten gefischt.
Tine Krämer: Das ist ja krass!
Ellen Carstens: Ja, oder? Die Briefe haben mir echt geholfen, mein Gefühlschaos zu sortieren, und sind mit ein Grund, weswegen ich meinen Liebeskummer wegen Laurits so schnell in den Griff bekommen habe.
Tine Krämer: Wow, wie romantisch! Weißt du denn gar nicht, wer dir diese Briefe schreibt? Oder hast du eine Vermutung?
Ellen Carstens: Ich glaube, dass es Ayk ist. Jedenfalls hoffe ich es! Es deutet alles auf ihn hin, die bildhafte Sprache, der kluge und weise Inhalt der Nachrichten.
Tine Krämer: Und was machst du, wenn er es nicht ist? Sondern eine zahnlose Oma, der es einfach Spaß macht, Briefe zu schreiben? Hast du schon mal darüber nachgedacht?
Ellen Carstens: Sehr witzig, Tine. Aber das glaube ich nicht. Mein Gefühl sagt mir, dass es Ayk ist. Ich werde es herausbekommen und den Briefeschreiber auf frischer Tat ertappen.
Tine Krämer: Da wäre ich gern dabei. Sag mir sofort Bescheid, sobald du den Buchhändler beim anonymen Briefeinwurf erwischt hast.

Ellen Carstens: Das mache ich. Versprochen.
Tine Krämer: Und wenn es die zahnlose Oma ist, möchte ich es bitte auch erfahren!

Ellen musste lachen und gab Tine ihr Wort, sie auf dem Laufenden zu halten und ihr alle Neuigkeiten umgehend mitzuteilen. Egal, als was sich der Leuchtturmwärter letztlich entpuppte. Sie beendete den Chat und wandte sich dem Kleiderschrank zu, um möglichst wetterfeste Kleidung für ihren morgigen Termin mit Tim herauszusuchen. Sie spürte eine leichte Nervosität in sich aufsteigen, sobald sie an das Treffen mit Martinas Bruder dachte. Würde sich Tim über ihr Erscheinen freuen? Oder hatte er sich in der Zwischenzeit wieder in den wortkargen Eigenbrötler zurückverwandelt, für den sie Luft war? Ellen beruhigte sich damit, dass Piet auch da sein würde, und ging zu Bett.

Am nächsten Morgen klopfte es leise an ihre Zimmertür. „Ellen?“, hörte sie Martinas Stimme von der anderen Seite der Tür. „Bist du schon wach?“

„Moment. Ich komme.“ Ellen rieb sich die Augen und setzte sich auf. Der Wecker zeigte 07:34 Uhr an. Draußen war es noch dunkel. Sie knipste die Nachttischlampe an, lief zur Zimmertür und öffnete sie. „Guten Morgen.“

„Moin, Ellen. Tut mir leid, wenn ich dich geweckt habe. Ich wusste nicht, wann du aufstehen wolltest“, entschuldigte sich Martina für die frühe Störung.

Ellen machte eine wegwerfende Handbewegung. „Schon gut. Ich wäre eh gleich aufgestanden."

„Tim hat angerufen. Du brauchst heute nicht um zehn Uhr am Westerhever Leuchtturm zu sein …", informierte Martina sie.

„Oh, das ist aber schade. Ich hatte mich schon auf die Vogelzählung gefreut", unterbrach Ellen sie enttäuscht, die sich in ihrer Ahnung vom Vorabend bestätigt fühlte. Sie hatte sich ja gedacht, dass Tims gute Laune nicht anhalten würde.

„Lass mich doch erst mal ausreden. Du wirst auch mit ihm Vögel zählen gehen. Keine Sorge", beruhigte Martina sie. „Nur nicht oben in Westerhever. Er hat mich gebeten dir auszurichten, dass du um zehn Uhr am Böhler Leuchtturm sein sollst. Piet und er warten da auf dich. Weißt du, wo das ist?"

„Ja klar. Ich mache mich schnell fertig und komme dann gleich runter", sagte Ellen. Sie war erleichtert darüber, dass sich ihre Befürchtungen doch nicht erfüllt hatten. Außerdem würde sie so zum Böhler Leuchtturm kommen, was ihr sehr gelegen kam. Dass sie sehr genau wusste, wo sich der Leuchtturm befand, behielt sie lieber für sich.

Nachdem Ellen gefrühstückt und sich dick eingepackt hatte, verließ sie das Haus. Sie war früh dran und wollte auf keinen Fall zu spät zu ihrer Verabredung mit Tim kommen. Pünktlichkeit lag in ihrem Naturell, und außerdem wollte sie Martinas Bruder keinen Anlass geben, sich womöglich über sie zu ärgern. Sie kam eine Viertelstunde zu früh beim Leuchtturm an. Ellen rechnete damit, dass sie auf Tim und Piet warten musste und so noch genug Zeit hatte, um einen ungestörten Blick in den Postkasten werfen zu können. Doch da hatte sie sich zu früh gefreut. Tim erwartete sie schon vor dem Böhler Leuchtturm und beobachtete etwas mit einem Feldstecher auf den Salzwiesen. Unter einem Arm hatte er eine Kladde mit einem Stift geklemmt.

„Guten Morgen“, grüßte Ellen ihn, als sie bei ihm angekommen war, und schaute sich nach seinem Teamkollegen um, konnte Piet aber nirgends entdecken.

„Moin. Da haben wir heute aber Glück mit dem Wetter. Wir können froh sein, dass es nicht schneit“, sagte Tim und reichte ihr zur Begrüßung sogar die Hand, was Ellen überrascht und erfreut zur Kenntnis nahm. Das Eis zwischen ihnen schien seit dem gemeinsamen Abend mit Ayk im *Seeteufel* gebrochen zu sein.

„Ja, da haben wir echt Glück. Vögel im Schneesturm zu zählen stelle ich mir nicht ganz so einfach vor“, meinte Ellen locker.

„Nee, das ist definitiv eine Übung für Fortgeschrittene“, erklärte er in einem gut gelaunten Tonfall.

„Ist denn Piet gar nicht hier? Ich dachte, er sei dabei?“, fragte Ellen den Biologen.

„Doch, der ist da. Er holt nur schnell Ferngläser aus dem Jeep. Kann ein paar Minuten dauern, bis er wieder da ist.

Den Wagen haben wir hinterm Deich geparkt. Die Ferngläser hatten wir vorhin liegen lassen, als wir zum Deich marschiert sind. Doch ohne Feldstecher gestaltet sich das Vögelzählen eher schwierig."

Tim erklärte Ellen, was er für den Tag geplant hatte, und eine Weile später stieß Piet zu ihnen. In einer Hand trug er die Feldstecher, von denen er einen Ellen übergab. In der anderen Hand hielt er eine Kladde mit Formularen und einen Stift, die er ihr ebenfalls gab. „Auf den Formularen kannst du deine Zählergebnisse notieren. Pro gezählten Vogel machst du in der jeweiligen Spalte der verschiedenen Vogelarten einen Strich", wies er sie an.

„Du kannst uns jederzeit fragen, wenn du dir bei einer Vogelart nicht sicher bist", sagte Tim. „Wie gut kennst du dich denn mit Rastvögeln aus?"

„Es geht so", antwortete Ellen unsicher.

„Dachte ich mir", gab Tim mit einem angedeuteten Lächeln zurück. „Frag einfach!"

Was Ellen dann auch tat. Im Laufe des Vormittages lernte sie, wie Austernfischer, Eiderenten, Nonnengänse und Sturmmöwen aussahen. Silbermöwen erkannte sie jedoch ohne fremde Hilfe. Und was Ellen nicht für möglich gehalten hatte: Das Beobachten und Zählen der Vögel machte ihr nicht nur großen Spaß, sondern war dazu auch noch spannend.

Sie arbeiteten sich langsam von Strandabschnitt zu Strandabschnitt, wobei sie darauf bedacht waren, immer genügend Abstand zu den Vögeln zu wahren, um sie nicht zu stören. Die Zeit beim Zählen und Beobachten der Tiere verging dabei wie im Flug, und Ellen war überrascht, als Tim verkündete, dass es Zeit für die Mittagspause war.

„Dort drüben in dem Pfahlbau gibt es eine leckere Kartoffelsuppe", schlug Tim vor.

„Genau das, was ich brauche", stimmte Piet zu, und auch Ellen stand der Sinn nach einem Teller heißer Suppe.

Ellen und die beiden Männer liefen auf einem Steg entlang, der über den Strand zum Restaurant führte. Das Holz war teilweise durch überfrierende Nässe rutschig geworden.

An einer Stelle verlor Ellen den Halt. „Ah!" Sie kippte nach hinten, ruderte mit den Armen und versuchte, ihr Gleichgewicht wiederzufinden, als zwei Arme sie umschlangen und auffingen.

„Vorsicht! Das war knapp." Ellen spürte Tims Atem an ihrem Ohr. Er richtete sie behutsam wieder auf.

„Äh … danke", sagte Ellen atemlos und merkte, dass ihr leicht schwindelig war. Ihr schlug das Herz bis zum Hals. Sie konnte nicht genau sagen, ob das von dem Schrecken kam oder von der Tatsache, dass sie Tim gerade so unerwartet nahe gekommen war. Sie wusste aber, dass sich seine Nähe unheimlich gut angefühlt hatte und sie den Moment gerne noch länger ausgekostet hätte, und das verwirrte sie. Eigentlich hatte sie sich doch auf den Leuchtturmwärter eingeschossen, hinter dem sie nach wie vor Ayk Truels vermutete. Wieso war sie dann so empfänglich für Tims Berührung?

„Bei den Sohlen ist es auch kein Wunder, dass du dir fast das Genick gebrochen hättest“, stellte Tim mit einem Blick auf ihre Stiefel fest. „Die sind nicht besonders griffig.“

„Offensichtlich nicht“, meinte Ellen, aber war in diesem Moment ganz dankbar dafür.

„Das hätte leicht ins Auge gehen können“, fand auch Piet.

„Dank dir ist ja nichts passiert“, sagte Ellen zu Tim und lächelte ihn an.

Tim erwiderte ihr Lächeln und nickte. „Na, dann lasst uns unseren Weg mal fortsetzen. Möglichst unfallfrei, wenn's geht.“

Die Kartoffelsuppe tat Ellen gut und wärmte sie auf. Nach dem Essen zogen sie wieder los in nördlicher Richtung. Vor einem Weg, der sich durch die Dünenlandschaft schlängelte, blieb Tim stehen. Sein Gesicht hatte einen angespannten Ausdruck angenommen.

„Am besten zählt ihr in den Dünen, und ich bleibe hier oben auf dem Deich und zähle von hier aus“, sagte der Biologe.

„Ist gut“, stimmte Piet ihm zu und wollte sich auf den Weg in die Dünen machen.

„Kann ich auch von hier oben aus zählen?“, fragte Ellen. Sie wollte bei Tim bleiben. Ihr Gefühl sagte ihr, dass es besser wäre, ihn jetzt nicht allein zu lassen.

Der Biologe nickte. „Natürlich."

„Dann gehe ich allein in die Dünen", sagte Piet leichthin und marschierte los. Ihm war Tims Veränderung offenbar nicht aufgefallen. Oder er ließ sich nichts davon anmerken. Vielleicht kannte er auch den Grund, weswegen Tim nicht in die Dünen gehen wollte.

Ellen und Tim blieben auf dem Deich zurück. Einige Zeit zählten sie die Vögel schweigend. Ellen wagte es nicht, Tim anzusprechen. Er schien gedanklich meilenweit weg zu sein.

„Ich gehe schon seit Jahren nicht mehr den Weg durch die Dünen", sagte er plötzlich unvermittelt in das Schweigen hinein.

Ellen sah ihn von der Seite an. „Wieso nicht? Gibt es dafür einen besonderen Grund?", fragte sie vorsichtig, weil sie vermutete, dass sein Verhalten mit Annas Tod zu tun hatte. Tim wich ihrem Blick aus. „Zu viele Erinnerungen." Er schaute nach oben, wo zwei Möwen am Himmel kreisten.

„Was für Erinnerungen?", tastete Ellen sich vor.

Er wandte sich ihr zu. „Erinnerungen an gute Zeiten. An meine Frau Anna, als sie noch lebte."

Ellen senkte den Blick und nickte. „Martina hat mir schon davon erzählt", sagte sie vage und hoffte, mit der Anmerkung nicht zu weit vorgeprescht zu sein.

„Es war ein großer Schock. Für uns alle. Und ist es immer noch. Keine Ahnung, ob es jemals wieder anders werden wird", sagte er ernst. „Es ist nicht leicht, nach so einem

Schicksalsschlag einfach weiterzumachen. Auch für Merle nicht.“

Tim wirkte mit einem Mal sehr verletzlich, wie er da stand – mit hängenden Schultern und vor Kummer gezeichnetem Gesicht. Ellen konnte nicht anders, als ihm eine Hand auf den Arm zu legen. „Ich finde, Merle kann froh sein, dass sie so einen tollen Vater wie dich hat. Viele Kinder wären dankbar dafür. Im Leben läuft eben nicht immer alles nach Plan, aber es ist wichtig, dass man versucht aus jeder Situation das Beste zu machen. Und das tust du“, sprach sie ihm Trost zu. Sie wusste zwar nicht viel über die Beziehung zwischen ihm und seiner Tochter, doch das, was Martina ihr erzählt hatte, hatte ihn als verantwortungsvollen Vater gezeigt.

Tim schüttelte den Kopf. „Es ist alles meine Schuld. Ich hätte Anna an dem Tag begleiten können, dann wäre das alles nicht passiert. Aber nein, ich hatte ja Wichtigeres zu tun, musste eine Tür streichen.“ Er lachte bitter auf.

„Die hättest du bestimmt nicht gestrichen, wenn du gewusst hättest, was passieren würde. Aber du bist nun mal kein Hellseher und konntest nicht ahnen, was geschehen würde. Niemand hätte das gekonnt. Selbst der beste Vater und Ehemann nicht“, sagte Ellen voller Überzeugung.

„Ich habe zwei Menschenleben auf dem Gewissen. Kannst du dir vorstellen, wie sich das anfühlt?“, fragte er sie. „Das ist eine Schuld, die ich ewig mit mir herumtragen werde.“

„Wieso hast du zwei Menschenleben auf dem Gewissen? Merle lebt doch, und sie ist so ein freundliches und liebenswertes Mädchen. Es ist nicht deine Schuld. Es war ein schrecklicher Unfall, den niemand vorhersehen konnte.“

„So einfach ist das nicht, Ellen“, widersprach Tim. „Anna war schwanger.“

„Was?“ Ellen schaute ihn entsetzt an. „Das wusste ich nicht.“

„Kannst du auch nicht, weil Anna und ich es damals noch niemandem erzählt hatten. Noch nicht mal Martina. Sie weiß es bis heute nicht. Anna war erst in der zehnten Woche. Wir wollten deswegen noch etwas abwarten, bevor wir es Merle und den anderen sagen“, sprudelte es aus ihm heraus.

Ellen nickte. „Das verstehe ich. Aber wieso hast du Martina bis heute nicht erzählt, dass Anna schwanger gewesen ist?

Tim zuckte mit den Schultern. „Was hätte das gebracht? Dadurch wären Anna und das Baby nicht wieder lebendig geworden, und Martina hätte ich damit noch größeren Kummer zugefügt.“ Er wirkte bei seiner Erklärung resigniert.

„Verstehe. Ich verspreche dir, dass ich mit niemanden darüber rede“, gab Ellen ihm ihr Ehrenwort. „Auch nicht mit Martina.“

„Danke, Ellen.“

„Klar“, erwiderte sie.

„Das hat wirklich gutgetan, endlich mit jemandem darüber zu sprechen. Ich hätte nie gedacht, dass du die Person sein würdest, der ich das mal anvertrauen würde“, gab er zu. „Aber der Zeitpunkt war wohl gekommen, und es musste einfach mal raus.“

„Es ist gut, dass du es mir erzählt hast. So was sollte man nicht mit sich allein ausmachen. Falls du jemanden zum Reden brauchst, ich bin da“, bot sie ihm an und lächelte aufmunternd.

„Danke.“ Tim schaute durch sein Fernglas. „Schau mal. Da vorn ist eine Gruppe Nonnengänse.“

Ellen betrachtete Tim von der Seite, wie er versuchte, wieder tapfer weiterzumachen – so wie er es wohl schon seit Jahren tat. Seit Annas Tod. Sie empfand Mitgefühl, aber gleichzeitig auch eine gewisse Bewunderung für ihn. Er hatte es nicht leicht gehabt und doch gab er nicht auf.

In dieser Nacht stellte Ellen das handschriftliche Exposé für ihren Liebesroman fertig. Das Gespräch mit Tim hatte sie innerlich aufgewühlt, berührt und auch inspiriert, sodass die Ideen für ihren Roman nur so sprudelten. Natürlich traf ihn keine Schuld an dem Tod seiner Frau und des ungeborenen Kindes, aber trotzdem konnte Ellen verstehen, warum er so fühlte, und nachvollziehen, weswegen er sich in sein Schneckenhaus zurückgezogen hatte. Sie hoffte, dass ihr Gespräch einige Dinge bei ihm ins Rollen gebracht hatte. Ellen wünschte sich von Herzen für ihn, dass er die Schatten der Vergangenheit irgendwann würde abstreifen können und eines Tages wieder glücklich sein könne. Aber vor allem wünschte es sich Ellen für Merle, damit diese wieder so etwas wie Unbeschwertheit erleben durfte, falls das überhaupt möglich war.

11. Kapitel

„Ich möchte nicht wissen, wie die Wohnung aussieht, wenn ich nachher nach Hause komme“, sagte Ellens Mutter und mummelte sich in ihren Schal ein. „Nach dem Aufräumen und Putzen brauche ich bestimmt gleich wieder eine Kur.“

„Oder vorab eine Putzkolonne“, meinte Rita und stellte ihre Tasche auf dem Bahnsteig ab, wo bereits weitere Reisende auf die Ankunft des Zuges nach Husum warteten. „Schade, dass die Kur schon wieder vorbei ist. Ich wäre gerne noch bis Weihnachten hiergeblieben.“

„Ich habe gedacht, du kommst wieder zurück mit uns. Wie lange willst du denn noch bleiben?“, fragte Elke Carstens ihre Tochter.

„Das weiß ich noch nicht so genau. Aber Weihnachten feiern wir auf jeden Fall zusammen. Bis dahin habe ich meine Recherchearbeit auf jeden Fall beendet“, antwortete Ellen.

„Bücher schreiben wäre nix für mich. Viel zu aufwendig. Dann mache ich doch lieber Haare und Make-up. Das geht schneller“, fand Rita.

„Ein bisschen verrückt war meine Tochter schon immer,

deswegen wundert mich das mit der Schriftstellerei nicht. So ein Buch zu schreiben ist eine Heidenarbeit und um sich das freiwillig aufzuhalsen, muss schon die ein oder andere Tasse im Schrank fehlen. Mich hat eher das BWL-Studium damals überrascht. Das fand ich für Ellen gleich viel zu trocken und langweilig. Oder einfach zu bodenständig", kommentierte Ellens Mutter die Bemerkung ihrer Freundin.

Ellen musste lachen. „Na, da bin ich ja froh, dass ich deinen Erwartungen doch noch gerecht geworden bin. Wann kommt denn euer Zug?"

„Jetzt", sagte Rita mit vorgebeugtem Oberkörper und deutete in die Richtung, aus der sich ein Zug dem St. Peter-Ordinger Bahnhof näherte.

Nachdem Ellen ihre Mutter und Rita verabschiedet hatte, machte sie sich zu Fuß auf den Rückweg zu ihrer Unterkunft. Kurze Zeit später betrat Ellen den Teeladen.

„Moin. Hast du deine Mutter und Rita in den Zug gesetzt?", fragte Martina.

„Ja. Die sind unterwegs nach Hamburg", bestätigte Ellen. „Hätte ich bei meiner Ankunft in St. Peter-Ording nie für möglich gehalten, dass ich länger hierbleiben würde als die beiden. Eigentlich wollte ich die zwei ja nur für ein paar Tage besuchen und hatte gar keinen längeren Aufenthalt eingeplant."

Das Telefon im Laden klingelte.

„Tja, unverhofft kommt oft, würde ich sagen. Moment mal eben." Martina ging ans Telefon. „Martinas Teeladen? Ach, das ist ja eine Überraschung." Martina schaute zu Ellen und zog die Augenbrauen hoch. Ellen wusste zwar nicht, wer am anderen Ende der Leitung war, doch konnte sie aus Martinas Mimik schließen, dass es ein wichtiger Anruf und sie zumindest positiv überrascht war. „Das ist ja wunderbar. Natürlich habe ich sehr großes Interesse. Terminlich ist das auch kein Problem. Ich werde mir gerne etwas überlegen und mich dann bei Ihnen melden. Vielen Dank, dass Sie an mich gedacht haben. Ja, das machen wir so. Bis übermorgen dann. Tschüs." Martina legte auf und schaute Ellen ungläubig an. „Du errätst nicht, wer das gerade war."

„Wer denn? Etwa der Weihnachtsmann?", scherzte Ellen.

„Eher die Weihnachtsfrau. Das war Heikedine Kamp vom NDR. Sie wollen noch eine Reportage drehen. Dieses Mal aber nicht allgemein über St. Peter-Ording, sondern speziell über meinen Teeladen."

„Das ist ja toll, Martina!", freute sich Ellen für ihre Freundin.

„Ja, vor allem, weil der letzte Bericht sich so positiv auf den Umsatz ausgewirkt hat. Seitdem brummt der Onlineshop wie nichts, wie du ja weißt."

Ellen nickte zustimmend.

„Frau Kamp hat mich gefragt, ob wir für die Dreharbeiten vielleicht irgendetwas Besonderes machen können. Ein Tee-Event oder so was. Ich habe ihr gesagt, ich überlege mir was, habe aber natürlich im Moment noch keine Ahnung, was man da machen könnte."

„Mach dir darüber mal keine Sorgen. Uns wird schon was einfallen", sagte Ellen zuversichtlich.

„Uns?", fragte Martina.

„Natürlich uns. Oder glaubst du, ich überlege nicht mit? Wer Bücher schreiben kann, der wird doch auch eine Idee für eine Reportage beisteuern können. Apropos Bücher, ich bin heute Abend zu einer Ausstellungseröffnung bei *Bookbantje Truels* eingeladen. Kommst du mit?"

Am Abend warf sich Ellen für die Ausstellung im Buchladen in Schale. Das tat sie nicht nur, weil man dies für solch ein Event eben tat, sie wollte vor allem Ayk gefallen. Sie hatte am Nachmittag extra den In-Friseur – laut Martina – in St. Peter-Ording aufgesucht. Erfreulicherweise hatte sie dort spontan einen Termin bekommen, was in der Hauptsaison sicher unmöglich gewesen wäre. Mit frisch geschnittenem Haar und neuen Strähnchen war man doch gleich ein ganz anderer Mensch, fand Ellen. Nach dem Friseurbesuch war sie noch in einer Boutique gewesen und hatte sich eine schwarze Hose und ein schickes Oberteil für den abendlichen Anlass gekauft. Als sie ihre Reisetasche für den Kurzurlaub in St. Peter-Ording gepackt hatte, waren ausschließlich bequeme und sportliche Kleidungsstücke darin gelandet. An der Nordsee trug man ja eher Friesennerz und Gummistiefel als High Heels und Minirock. Wie hätte Ellen auch ahnen können, dass sie in St. Peter-Ording zu einer Ausstellungseröffnung eingeladen werden würde? Aber nun war sie perfekt für den Anlass gerüstet und freute sich auf die Veranstaltung. Martina hatte spontan zugesagt, sie zu begleiten. Und so machten sie sich auf den Weg zu dem Laden.

Die Bilder des Malers waren auf Staffeleien aufgestellt. Leise Weihnachtsmusik erklang im Hintergrund, die vorwiegend aus englischsprachigen Klassikern wie *I'm Dreaming of a White Christmas* oder *Jingle Bells* bestand. Das Publikum war äußerst gemischt. Neben anderen Künstlern, offensichtlichen Kurgästen und einer Schulklasse mit zwei Lehrern, die vermutlich vom hiesigen Internat kamen, entdeckten die beiden Frauen auch Martinas Bruder, der an einem Tisch neben Ayk Truels stand und verschiedene Häppchen probierte.

„Was macht denn Tim hier?“, fragte Martina überrascht. „Der kommt doch sonst nicht aus seinem Leuchtturm raus. Hat er dir gesagt, dass er mit Ayk verabredet ist?“

„Nee. Bei der Vogelzählung hat er nichts davon erwähnt“, antwortete Ellen und spürte eine Woge der Freude in sich aufsteigen. Sie wusste nur nicht, worüber sie sich eigentlich freute. War sie glücklich, den Buchhändler zu sehen, oder hatte sie Herzklopfen, weil der Biologe unverhofft anwesend war? Die Antwort darauf nicht zu wissen verwirrte sie. In solch einem Gefühlschaos hatte sie sich seit ihrer Pubertät nicht mehr befunden. Damals war sie heimlich in einen Jungen verliebt gewesen, der eine Stufe über ihr war, und zugleich schwärmte sie für einen Typen aus ihrem Tanzkurs.

Nach der Vogelzählung hatte sie häufiger an Martinas Bruder denken müssen, an die Situation, in der er sie aufgefangen hatte, und an das Gespräch, in dem er ihr sein Herz ausgeschüttet und ihr sein Geheimnis anvertraut hatte, von dem noch nicht mal seine Schwester etwas wusste.

„Das ist ja mal eine Überraschung. Mit dir habe ich hier gar nicht gerechnet." Martina war zu Ayk und Tim gegangen. Sie gab ihrem Bruder einen Kuss auf die Wange. „Moin, Ayk", begrüßte sie auch den Buchhändler.

„Das kann ich nur zurückgeben. Ich wusste auch nicht, dass du hier sein würdest", sagte Tim zu seiner Schwester.

„Ellen hat mich überredet mitzukommen", erklärte Martina ihm.

„Ja, das habe ich. Martina braucht dringend ein kreatives Umfeld. Hallo zusammen", begrüßte sie Ayk und Tim und nahm sich ebenfalls ein Häppchen, um etwas zu tun zu haben, das sie von ihrer aufkommenden Nervosität ablenkte. Krampfhaft überlegte sie, was sie als Nächstes sagen konnte, und brachte schließlich nur eine einfache Frage fertig: „Wo ist denn eigentlich der Maler der Kunstwerke?"

„Dort drüben an der Staffelei“, sagte Ayk und wies auf einen Mann, der von den Schülern umringt wurde.

Ellen erkannte in dem Maler den Pfeifenmann aus dem Zug. Als sich ihre Blicke trafen, nickte er ihr zu und lächelte.

„Willst du jetzt etwa auch Bücher schreiben, Martina?“, nahm Ayk den Faden neckend wieder auf. „Oder warum brauchst du ein kreatives Umfeld?“

„Wahrscheinlich Teebücher“, kommentierte Tim und erntete dafür einen Knuff in die Seite von seiner Schwester.

„Nein, Bücher werde ich keine schreiben“, sagte Martina.

„Da haben wir ja noch mal Glück gehabt“, neckte Tim sie wieder, was Martina mit einem Augenrollen quittierte.

„Ich habe heute von Heikedine Kamp, der NDR-Moderatorin, einen Anruf bekommen. Sie hat mich gefragt, ob sie eine Reportage über meinen Laden drehen kann. Und zwar speziell über meinen Teeladen, nicht über St. Peter-Ording im Allgemeinen.“

„Das hört sich für mich so an, als hätte die Moderatorin einen Narren an deinem Laden gefressen“, freute sich Tim.

„Wahrscheinlich war die Einschaltquote ganz gut“, mutmaßte Martina.

„Wie dem auch sei, Glückwunsch!“, sagte Ayk und bot Martina ebenfalls ein Häppchen an.

„Danke." Martina griff nach einem Schnittchen mit Käse und Tomate. „Das ist toll und wirklich eine Ehre. Aber da ist auch das Problem. Sie hat gefragt, ob wir für die Reportage irgendetwas Besonderes auf die Beine stellen können. Eine Art Tee-Event oder so. Ich habe spontan zugesagt, aber ohne zu wissen, was man überhaupt machen könnte", erzählte sie.

„Ach, da wird uns doch bestimmt was einfallen. Ich glaube, ich hätte da sogar schon eine Idee", sagte Tim und zog mit seiner Aussage drei neugierige Augenpaare auf sich.

„Da bin ich jetzt aber gespannt", meinte Martina und biss in ihr Häppchen. „Mein Bruder, der Event-Manager."

„Was hältst du von einer Tee-Wattwanderung unter meiner Leitung? Das könnte man auch recht schnell organisieren", verkündete Tim seinen Plan und sah Martina triumphierend an. Er war wie ausgewechselt. Seine eigenbrötlerische Art schien er momentan eingemottet zu haben. Er zeigte zur Abwechslung mal eine entspannte Seite von sich, die Ellen äußerst gut gefiel.

„Und was passiert auf so einer Tee-Wattwanderung?", wollte Ellen wissen. „Wie passt Tee mit einer Wattwanderung zusammen?"

„Ich könnte mich mit einer kleinen Gruppe Wanderer vor Sonnenuntergang treffen. Jeder Teilnehmer bekommt eine Feuerfackel und damit wandern wir zuerst durch das Watt, mit dem Ziel Westerhever Leuchtturm, wo dann im

Anschluss eine Teeverkostung stattfindet. Was meint ihr, wie gut den Leuten der Tee schmecken wird, wenn sie ordentlich verfroren am Leuchtturm ankommen."

„Mensch! Das ist es! Tim, du bist einfach genial!" Martina fiel ihrem Bruder vor Begeisterung um den Hals.

„Super! Das wird bestimmt toll", war sich Ellen sicher.

„Eine großartige Idee", lobte auch Ayk seinen Freund. „Dafür werden sich die Leute bestimmt interessieren. Wenn ihr wollt, kann ich die Veranstaltung bei mir im Laden mit Flyern bewerben. Oder ein Plakat ins Schaufenster hängen."

„Oh ja, das wäre prima! Dann müssen wir nur noch gucken, wann es von den Gezeiten her passt." Martina war Feuer und Flamme.

„Und im Anschluss könnten wir dann eine Art verfrühtes Biikebrennen am Leuchtturm machen und den Abend gemütlich mit den Teilnehmern ausklingen lassen", schlug Tim vor.

„Und Björn könnte eine Krabbensuppe für die Leute kochen. Das wäre es doch!" Martina sprühte förmlich vor Begeisterung für die Tee-Wattwanderung.

„Dann biete ich hiermit schon mal offiziell meine Hilfe für das Event an", sagte Ellen mit einem Seitenblick auf Tim. Sie war zunehmend davon fasziniert, dass unter der rauen Oberfläche des Biologen seine sensible und kreative Seite immer mehr zum Vorschein kam. Langsam konnte sie sich vorstellen, wie Tim vor Annas Tod gewesen sein musste und warum seine Frau für ihn hierhergezogen war. Er hatte definitiv etwas Anziehendes.

In den kommenden Tagen war Ellen mit der Vorbereitung der Tee-Wattwanderung und dem Feinschliff ihres Exposés quasi rund um die Uhr beschäftigt. Sie schrieb einen Text für die regionale Zeitung und entwarf den Flyer für die Veranstaltung. Heikedine Kamp war von der geplanten Tee-Wattwanderung mehr als begeistert und versprach Martina einen ausführlichen TV-Bericht mit einer längeren Sendezeit als ursprünglich vorgesehen. Sie hatte nur darum gebeten, das Event möglichst schnell zu organisieren, da Weihnachten vor der Tür stand und sie die Reportage gerne noch vor den Feiertagen drehen und ausstrahlen wollte.

Die Tee-Wattwanderung fand schon am kommenden Samstag statt. Martina und Björn waren direkt zum Leuchtturm gefahren, um die anschließende Teeverkostung und die Krabbensuppe vorzubereiten, wobei sie von einem Reporter und einem Kameramann begleitet wurden. Am späten Nachmittag versammelte sich eine Gruppe von zwanzig Wanderern sowie die Moderatorin und ein weiterer Kameramann auf dem Ordinger Strandparkplatzes, von wo aus sie unter Tims Führung in Richtung Westerhever Leuchtturm aufbrachen. Die Temperaturen waren eisig, aber zumindest war es trocken. Martina hatte sich bis zum Schluss Sorgen darüber gemacht, dass ihr ein Schneesturm womöglich einen Strich durch die Rechnung machen könnte und die Dreharbeiten im letzten Moment noch platzen würden. Doch das war glücklicherweise nicht der Fall.

Tim ging voraus und führte die Wanderer sicher und routiniert durch das Watt. Ellen, Ayk, Merle und die Zwillinge hatten es sich nicht nehmen lassen, ebenfalls an der Wanderung teilzunehmen. Die Fackeln leuchteten in der Dämmerung, und aus der Ferne blitzte immer wieder das Leuchtfeuer des Westerhever Leuchtturms auf, was dem Marsch etwas Mystisches und Unwirkliches verlieh. Ellen fühlte sich ein bisschen wie in eine andere Zeit zurückversetzt, als die Walfänger noch mit Feuer vom Festland verabschiedet wurden.

Als die Wandergruppe nach dem Marsch am Westerhever Leuchtturm ankam, waren alle Teilnehmer, das Fernsehteam eingeschlossen, restlos durchgefroren und tranken sich zur Begrüßung dankbar durch die ausgesuchten Tees, die Martina vorbereitet hatte. Sie präsentierte der Moderatorin und den Teilnehmern die verschiedenen Sorten und erklärte ihnen ausführlich die jeweiligen Besonderheiten. Die Gruppe wärmte sich an dem Tee und dem großen Feuer, das Piet und Maike zuvor entzündet hatten. Unweit des Feuers hatte Björn Stellung bezogen und versorgte, nachdem die Teeverkostung beendet war, die Teilnehmer der Wanderung mit der stärkenden Krabbensuppe.

Ellen stand vor dem Feuer und blickte gedankenversunken in die Flammen, als Merle neben ihr auftauchte und ihr einen Teller mit Suppe hinhielt. „Hier, soll ich dir von Onkel Björn bringen."

„Das ist aber nett von euch. Danke, Merle", sagte Ellen, nahm den Teller entgegen und lächelte das Mädchen an, das wieder zurück zu den Zwillingen lief. Die Kinder setzten sich auf eine Bank neben Piet, der alte Seemannslieder zum Besten gab und sich auf einer Gitarre begleitete.

Tim schlenderte zu Ellen rüber und reichte ihr einen Löffel. „Den hat Merle im Eifer des Gefechts vergessen." Er blieb neben ihr stehen und versenkte seine Hände in die Taschen seines Parkas.

„Danke. Ich habe schon überlegt, ob ich die Suppe trinken soll", meinte Ellen mit einem Augenzwinkern. „Die Wanderung ist ja großartig gelaufen. Da hattest du wirklich einen guten Einfall."

„Ein blindes Huhn findet auch mal ein Korn", scherzte er und zeichnete mit einem Fuß einen Kreis in den schneebedeckten Boden.

„Aber jetzt mal im Ernst, hast du dir vorher schon darüber Gedanken gemacht?", erkundigte sich Ellen. „Die Idee war ja schon recht ausgereift."

Tim nickte. „Ja. Das Konzept für Tee-Wattwanderungen habe ich schon länger im Kopf gehabt. Aber ich habe nie mit Martina darüber gesprochen."

„Warum denn nicht?", wollte Ellen wissen.

Tim wippte auf seinen Füßen vor und zurück und schaute ins Feuer. „Weiß nicht. Ich habe ja lange Zeit viele

Dinge mit mir herumgetragen, über die ich nicht gesprochen habe. Vielleicht komme ich langsam an den Punkt, wo ich anfange, über die angesammelten Sachen zu reden. Warum auch immer."

Ellen schaute Tim an. „Das freut mich sehr zu hören. Ist doch super, wenn sich da was tut. Ich finde, du meisterst deine Situation wunderbar."

Tim atmete hörbar aus. „Danke, Ellen, dass du mir zugehört hast – letztens bei der Vogelzählung …", er stockte, „und überhaupt." Plötzlich öffnete er seine Arme und zog sie an sich, ohne dabei den Teller mit der Krabbensuppe zu berühren.

Ellens Herz schlug so heftig gegen ihre Brust, dass sie befürchtete, Tim könnte es hören. „Schon gut. Habe ich gerne gemacht", nuschelte sie etwas verlegen.

Er ließ wieder von ihr ab. „Ich werde mal rüber zu Ayk gehen", sagte er und deutete mit einem Nicken zu dem Buchhändler, der in ein angeregtes Gespräch mit Heikedine Kamp verwickelt war. „Bevor er der Moderatorin noch Bücher verkauft."

„Alles klar. Und ich hole mir von Martina noch einen neuen Tee. Ich habe noch nicht alle Sorten probiert." Ellen ging zu Martina hinüber. Der Andrang der Wanderer war mittlerweile abgeebbt und hatte sich zu Björns Krabbensuppe verlagert.

„Na, wie ist es gelaufen?", fragte Ellen die Teeladenbesitzerin.

„Super. Die Leute haben nach der Verkostung so viele Tees gekauft, dass fast keine mehr übrig sind. Darüber hinaus habe ich noch zig Bestellungen aufgenommen, die in den nächsten Tagen im Laden von den Leuten abgeholt werden. Besser hätte es gar nicht laufen können", sagte Martina zufrieden.

„Da hatte Tim wirklich eine gute Idee", meinte Ellen.

„Ja, die hatte er! Ich traue mich kaum, es auszusprechen, weil ich Sorge habe, dass er wieder in alte Muster zurückfällt, aber irgendwie hat Tim sich verändert. Er erinnert mich wieder mehr an den Tim, der er früher war, kreativ, unternehmungslustig und hilfsbereit."

„Ich hoffe auch, dass es so bleibt. Auch für dich und Merle", stimmte Ellen Martina zu.

„Ach ja, die kleine Merle." Martina strich sich eine Haarsträhne hinters Ohr und seufzte. „Darüber wollte ich auch noch mit dir reden."

„Worüber? Über Merle?", fragte Ellen erstaunt.

„Ja", bestätigte Martina.

„Warum? Was ist mit ihr?"

Ellen stellte ihren Teebecher ab und sah Martina erwartungsvoll an.

„Es ist so", begann Martina. „Merle wünscht sich seit Annas Tod eine neue Frau für Tim. Sie vermisst ihre Mutter unheimlich und wünscht sich wieder Eltern. Einen Vater und eine Mutter. So wie das eben normal ist."

Ellen nickte. „Ja, das hat sie mir erzählt. Sie wünscht

sich jedes Jahr zu Weihnachten eine neue Frau für ihren Vater."

„Stimmt genau", bestätigte Martina. „Vorhin kam sie freudestrahlend auf mich zu und verkündete, dass sich ihr Weihnachtswunsch dieses Jahr nun endlich erfüllen wird. Ich habe sie dann gefragt, woher sie das so genau weiß, und sie sagte, dass es nun eine neue Frau für Tim gibt. Sie hofft, dass diese neue Frau für immer dableibt."

„Ach?" Ellen musste schlucken. Sie spürte eine leichte Übelkeit in sich aufsteigen, die sich mit einer großen Enttäuschung mischte. Wie konnte sie auch geglaubt haben, dass Tim in ihr etwas Besonderes sah, bloß weil er sich ihr anvertraut hatte! Die Nähe, die zwischen ihnen entstanden war, hatte sie zu dem Glauben verleitet, dass sie in ihm etwas berührt hatte. Doch wahrscheinlich hätte er sich an dem Tag der Vogelzählung auch jedem anderen anvertraut, der gerade da gewesen wäre. Einfach aus dem Grund, weil es der richtige Augenblick dafür gewesen war. Sie ärgerte sich über sich selbst, denn sie hatte wieder den gleichen Fehler gemacht wie schon bei Laurits und sich ein Bild von Tim erschaffen, das nichts mit der Realität zu tun hatte. Ellen räusperte sich. „Davon habe ich überhaupt nichts mitbekommen", sagte sie kehlig. Sie fürchtete sich vor der Antwort auf die Frage, die sie Martina als Nächstes stellte. Doch sie musste es tun. „Wer ist denn diese Frau?"

Martina sah sie stirnrunzelnd an. „Du."

12. Kapitel

Ellen war völlig perplex. Sie hatte mit allem gerechnet, aber nicht damit, dass Merle in ihr die zukünftige Frau für ihren Vater sah. „Ich?“, fragte sie deshalb ungläubig.

„Ja, du. Merle hat dich auserkoren“, wiederholte Martina das zuvor Gesagte.

„Das ist ja was! Ich weiß gar nicht, was ich dazu sagen soll“, gestand Ellen.

„Du brauchst nichts dazu zu sagen. Mich hat es genauso überrascht, als Merle es mir vorhin erzählt hat. Mir war es nur wichtig, dass du es erfährst. Entschuldige mich kurz“, sagte Martina und wandte sich an drei Teilnehmer der Wanderung, die an den Tisch herangetreten waren und noch etwas Tee wollten.

Ellen war mit einem Mal leicht schwindelig geworden. Sie musste diese Neuigkeit erst einmal verdauen. Einerseits freute sie sich darüber, dass Merle sie so sehr in ihr Herz geschlossen hatte, denn das beruhte auf Gegenseitigkeit. Andererseits gab es da aber noch einen nicht unbedeutenden Knackpunkt: Tim. Was würde er zu den Plänen seiner Tochter sagen, wenn er davon erfuhr? Würde ihm der Gedanke gefallen? Oder wäre er abgeschreckt, da er seiner

Frau ewige Liebe geschworen hatte und an einer neuen Beziehung nicht im Geringsten interessiert war? Und was fühlte sie eigentlich dabei? Immerhin verspürte Ellen nach wie vor ein Interesse an Ayk, hatte in Hamburg einen vermutlichen Expartner sitzen, mit dem es einiges zu bereden gab, und dann war da auch noch der Leuchtturmwärter, dessen Identität noch immer nicht geklärt war. Ellens Gefühlschaos war perfekt. In ihrem Kopf verhedderten sich ihre Gedanken wie Wollfäden miteinander, die durcheinandergeraten waren.

Ellen machte einen kleinen Spaziergang, um ein paar Minuten für sich zu sein und sich zu sammeln.

Den Rest des Abends verbrachte sie mit Ayk, der nicht müde wurde, sich mit ihr über Bücher zu unterhalten. Endlich war es zu dem Gespräch gekommen, auf das sie schon so lange gewartet hatte, und trotzdem konnte sie es nicht genießen, weil sie merkte, wie ihre Gedanken immer wieder zu Tim zurückkehrten. Irgendwann sammelten sich alle Teilnehmer der Wanderung um Piet und Maike. Sie hatten Großraumtaxis organisiert, die die Wattwanderer zurück nach St. Peter-Ording fahren sollten, und wollten sie nun zu den Autos bringen.

Ayk verabschiedete sich von Ellen, die mit Martina, Björn und den Zwillingen später zurückfahren wollte. „Ich habe gar nicht gemerkt, wie die Zeit vergangen ist. Das passiert mir immer, wenn ich mich über Bücher unterhalte“, sagte er und wandte sich dann an Tim, der zu ihnen gekommen war. „Danke für den tollen Abend! Bei der nächsten Tee-Wattwanderung bin ich gerne wieder dabei."

Nachdem Piet und Maike mit den Leuten zu den Taxis aufgebrochen waren, kehrte langsam Ruhe auf dem Grundstück um den Leuchtturm ein. Ellen und Tim halfen Martina und Björn beim Aufräumen und Abwaschen. Merle und die Zwillinge räumten die Klappstühle zurück in einen Abstellraum.

„Papa, darf ich heute bei Kim und Lisa schlafen?", fragte Merle ihren Vater, nachdem sie mit Aufräumen fertig waren und sich auf den Heimweg machen wollten. „Bitte!"

„Von mir aus ja. Doch so wie es aussieht, werden wohl Kim und Lisa eher die Nacht bei uns verbringen." Tim deutete zum Fenster, vor dem ein dichtes Schneetreiben herrschte.

„Oje! Ein Schneesturm. Das hat uns gerade noch gefehlt. Ich fürchte, Tim hat recht. Den Fußmarsch bis zum Auto schaffen wir heute nicht mehr", stimmte Martina ihrem Bruder zu.

„Ihr könnt auf der Gästecouch im Wohnzimmer schlafen. Für Kim und Lisa kann ich in Merles Zimmer das Klappgästebett aufstellen. Da passen die zwei Mädchen locker drauf."

Die Kinder brachen spontan in lautes Jubeln aus.

„Juhu! Endlich schlafen wir mal bei dir", rief Lisa freudig und umarmte Merle.

„Wie toll!" Merle klatschte begeistert in die Hände.

„Und wo schlafe ich?“, wollte Ellen wissen, die sich schon auf einer Pritsche im Abstellraum die Nacht verbringen sah.

„Hm, lass mich mal nachdenken.“ Tim überlegte kurz. „Oben im Leuchtturm ist noch ein Schlafplatz. Der wurde ursprünglich mal vom Leuchtturmwärter genutzt.“

Ellen zog die Stirn in Falten. „Ursprünglich – hört sich irgendwie nach vor hundert Jahren und nicht sehr gemütlich an.“

Tim lachte auf. „Keine Sorge, die Matratze ist nicht ursprünglich. Die wurde erst letzten Sommer gekauft.“

„Aha …“ Ellen war davon noch nicht ganz überzeugt.

„Ich zeige es dir. Dann wirst du sehen, dass es sich um ein sehr gemütliches Bett handelt“, sagte Tim zu Ellen.

„Dann wäre das ja auch geklärt“, meinte Björn. „Zeig du Ellen ihren Schlafplatz, und Martina und ich bauen inzwischen das Gästebett für die Lütten auf.“

„Dann mal viel Spaß, ihr zwei“, sagte Martina, bevor sie Björn ins Obergeschoss zu dem Kinderzimmer folgte, und zwinkerte Ellen zu, die so gut es ging versuchte, dies zu ignorieren.

„Puh! Diese vielen Stufen gehen ja ganz schön in die Beine“, keuchte Ellen außer Atem und war froh, dass sie nach einer gefühlten Ewigkeit endlich oben angekommen waren.

„Der Weg in den Himmel führt über genau neun Stockwerke und hundertsiebenundfünfzig Stufen. Aber wenn man oben angekommen ist, dann wird man mit der tollen Aussicht belohnt", erklärte Tim ihr.

„Hoffentlich auch mit einem bequemen Bett." Ellen schüttelte den Kopf. „Die Erbauer haben damals echt den Fahrstuhl vergessen."

Tim lachte. „Ich glaube nicht, dass sie sich 1906 über so einen neumodischen Kram Gedanken gemacht haben."

„Wie oft gehst du denn hier rauf?", fragte Ellen schnaufend.

„Och, manchmal mehrmals am Tag. Ich biete ja auch Führungen an", erklärte Tim. „Also, eigentlich bin ich täglich hier oben."

„Dann kannst du dir definitiv die Mitgliedschaft in einem Fitnessstudio sparen", stellte Ellen fest und fuhr sich mit dem Handrücken über die Stirn, auf der sich kleine Schweißperlen gebildet hatten.

Tims Mund umspielte ein Lächeln. „Das stimmt. Das lässt einen nicht einrosten, äußerst praktisch, die ganze Sache."

Er führte Ellen auf die Galerie des Leuchtturms. Das Leuchtfeuer erhellte in regelmäßigen Abständen die Dunkelheit. „Tagsüber kannst du von hier aus weite Teile der Halbinsel Eiderstedt überblicken und sogar einige Halligen sehen. Und nachts kannst du durch den hellen Schein des Leuchtfeuers aufs Meer schauen."

Ellen trat näher an das gläserne Bullauge. „Im Moment

sehe ich bloß Schneegestöber. Nicht einmal das Meer ist zu sehen."

„Tim trat neben Ellen und schaute ebenfalls durch das Fenster. „Das ist ein richtiger Blizzard. So einen Schneesturm habe ich hier schon lange nicht mehr erlebt. Gut, dass ihr hiergeblieben seid, sonst würde ich mir jetzt Sorgen um euch machen. Bei dem Wetter sollte keiner draußen umherirren", sagte Tim und zeigte sich Ellen abermals von seiner fürsorglichen Seite, die ihr sehr gefiel.

„Meinst du, der Schneesturm wird länger dauern?", fragte sie ihn.

„Keine Ahnung. Aber so wie das im Moment da draußen aussieht, werden in kurzer Zeit einige Zentimeter Neuschnee gefallen sein", sagte Tim. „Bevor sich der Sturm nicht wieder verzogen hat, könnt ihr nicht zurück nach St. Peter." Er machte nicht den Eindruck, dass ihn der Umstand störte, Ellen länger als geplant bei sich zu haben. Ihm schien das Naturereignis eher gelegen zu kommen, was Ellens Herzschlag beschleunigte.

„Ich zeige dir dann mal das Bett", sagte Tim und öffnete eine Tür, die in ein kleines Zimmer führte, in dem ein Bett, ein Sekretär und ein kleiner Schrank standen.

„Wie gemütlich!" Ellen betrat den Raum und setzte sich auf das Bett. „Fühlt sich bequem an."

„Habe ich doch gesagt." Tim folgte Ellen mit seinen Blicken, die nun zu dem antiken Sekretär gegangen war und dort eine kleine Schublade herauszog. „Falls der Schneesturm länger dauern sollte, bleibe ich einfach und schreibe den Artikel hier."

„Merle wäre sicherlich begeistert, wenn du das tun würdest", meinte Tim und konnte sich abermals das Grinsen nicht verkneifen.

Ellen sah überrascht zu ihm rüber. Hatte ihm seine Tochter etwa auch schon verklickert, dass Ellen seine neue Frau werden sollte? „Wieso wäre Merle denn begeistert, wenn sie erfährt, dass ich wegen des Schneesturms hierbleiben müsste?"

„Meine Tochter meint, dass du die passende Frau für mich bist." Tim schaute ihr in die Augen. „Eigentlich bin ich kein Fan von Schneestürmen. Aber ich muss zugeben, dieser hier kommt mir ganz gelegen." Er kam auf sie zu und griff nach Ellens Hand. Ehe Ellen begreifen konnte, wie ihr geschah, zog er sie langsam an sich. Als sich ihre Lippen berührten, fühlte sich Ellen tatsächlich wie im Himmel.

Der Schneesturm brachte über fünfundzwanzig Zentimeter Neuschnee und dauerte noch bis in die frühen Morgenstunden des Sonntags an.

Ellen und Tim hatten eine romantische Nacht im Leuchtturm verbracht und waren sich dabei so nahegekommen, wie es Ellen sich in ihren kühnsten Träumen nicht hätte vorstellen können. In dieser Nacht, als der Schneesturm um den Leuchtturm gefegt war, wurde sich

Ellen endlich über ihre Gefühle klar. Das Kopfzerbrechen um Laurits und Ayk hatte ein Ende. Sie hatte sich in Tim verliebt. Ellen hätte nie gedacht, dass unter seiner rauen Schale ein so liebevoller und zugewandter Mann stecken könnte.

Am liebsten hätte sie auch den ganzen Sonntag mit ihm verbracht. Als Tim und sie die Treppen wieder hinabstiegen, war es fast elf Uhr.

In der Küche von Tims Wohnhaus lag ein Zettel mit einer Nachricht auf dem Tisch. Tim nahm die Notiz und las sie laut vor.

Hallo, ihr Schlafmützen!
Wir wollten euch nicht wecken und sind schon wieder zurück nach St. Peter gefahren. Merle haben wir mitgenommen. Lisa und Kim wollen heute zusammen mit ihr einen Schneemann in unserem Garten bauen.
Liebe Grüße und bis später
Martina

Ellen schüttelte den Kopf. „Da haben die uns einfach allein gelassen“, sagte sie gespielt entrüstet.

„So fürsorglich kenne ich meine Schwester gar nicht“, scherzte Tim, und seinen Mund umspielte dabei ein verschmitztes Lächeln.

„Und wie komme ich jetzt wieder zurück nach St. Peter-Ording?“, fragte Ellen.

„Ich fahre dich natürlich. Aber zuerst trinken wir noch eine Tasse Tee." Ohne Ellens Antwort abzuwarten, gab Tim Ellen einen Kuss auf die Nase, schnappte sich den Teekessel und füllte ihn mit Wasser.

„Gute Idee." Ellen lächelte ihn an und ließ sich auf einem der Stühle nieder, die an dem großen Tisch in der Küche standen.

Als Tim später mit dem Wagen von der Schutzstation vor Martinas Teeladen anhielt, seufzte Ellen leise auf.

„So, da wären wir", sagte Tim.

„Ach, schade. Der Schneesturm hätte von mir aus noch einen Tag länger dauern können", sagte sie lächelnd.

„Wir sehen uns ja jetzt hoffentlich öfter", sagte Tim augenzwinkernd und gab ihr einen Kuss.

„Ja. So schnell wirst du mich jetzt nicht mehr los." Sie strich sanft über seine Wange.

„Dann lass uns mal reingehen. Sonst wundern die sich noch, was wir solange im Auto machen", sagte Tim und konnte sich dabei ein Schmunzeln nicht verkneifen.

Sie betraten das Haus und fanden die Familie beim Mittagessen in der Küche vor. Als sie sich dazusetzten, blickte Ellen in die glücklichen Gesichter von Merle und Martina. Wobei die Teeladenbesitzerin Ellen immer wieder vielsagende Blicke zuwarf und sich das Grinsen verkneifen musste. Auch Björn schien sich zu freuen, er stand beschwingt auf, holte zwei Teller und erzählte irgendetwas von einer ausgelassenen Feier, die ein paar Tage zuvor im Hotel stattgefunden hatte. Aber Ellen hörte nicht richtig hin. Sie schwebte noch auf Wolke sieben und warf dem schönen Mann neben ihr verstohlene Blicke zu. Dann sprachen sie über die Tee-Wattwanderung, und Martina äußerte den Wunsch, solch ein Event zukünftig in regelmäßigen Abständen zu veranstalten, unabhängig vom Fernsehen. Tim erklärte sich bereit, dafür alles Notwendige in die Wege zu leiten und auch in Zukunft als Wattführer zur Verfügung zu stehen.

Im Anschluss machte sich Tim mit seiner Tochter wieder auf nach Westerhever. Ellen und Tim hatten sich die größte Mühe gegeben, sich nichts anmerken zu lassen, doch Martinas Grinsen hatte Bände gesprochen, was Ellen etwas verlegen machte. Immerhin war Tim Martinas Bruder und kein entfernter Bekannter aus dem Ort. Nachdem sie Martina versprochen hatte, ihr später alles zu erzählen, zog sich Ellen in ihr Zimmer zurück. Sie musste die letzte Nacht erst einmal für sich Revue passieren lassen, bevor sie mit irgendjemandem darüber sprach. Außerdem musste sie sich an den Gedanken gewöhnen, dass sie sich tatsächlich bis über beide Ohren in Tim verliebt hatte. Im Grunde genommen war sie in der perfekten Stimmung, um den Feinschliff ihres Exposés zu beenden, fand Ellen. Doch als sie ihre handgeschriebenen Notizen hervorholen wollte, stellte sie fest, dass sie ihre Tasche bei Tim im Auto vergessen hatte. Wenigstens befand sich ihr Handy in ihrer Jackentasche. Gut, dass sie zuvor ihre Nummern ausgetauscht hatten. Sie schrieb Tim eine SMS.

Hi Tim, ich habe meine Tasche bei dir im Auto liegen lassen. Können wir uns am Parkplatz treffen, damit ich sie abholen kann? Ich vermisse dich übrigens jetzt schon!

Sie rechnete nicht mit einer sofortigen Antwort, da Tim und Merle noch unterwegs waren. Deswegen klickte sie auf die Messenger-App ihres Handys, um Tine eine Nachricht zu schreiben und sie über die neuesten Ereignisse zu informieren. Danach ließ sie sich aufs Bett fallen und schaute an die Decke. Eigentlich war sie kein Fan von Fernbeziehungen, doch für Tim konnte sie sich vorstellen zwischen Hamburg und St. Peter-Ording hin- und herzupendeln. Sie fühlte sich einfach nur glücklich und leicht, konnte es immer noch nicht fassen, dass Amors Pfeil sie unverhofft mitten ins Herz getroffen hatte.

13. Kapitel

Hi Ellen, sorry, habe deine SMS eben erst gelesen. Hatte mein Handy nicht dabei und bin gerade mit Merle zu Hause angekommen. Wir können uns gerne gleich noch treffen, wenn du deine Sachen dringend brauchst. Wann könntest du am Jeep sein? Du fehlst mir übrigens auch! Kuss, Tim.

Ellen und Tim verabredeten sich für den späten Nachmittag. Als Ellen mit Martinas Auto an dem kleinen Parkplatz ankam, auf dem der Jeep der Schutzstation parkte, wartete der Biologe schon auf sie.

Ellen und er umarmten sich zur Begrüßung, und Merle ließ es sich ebenfalls nicht nehmen, sie einmal kräftig zu drücken.

„Mein Handy hat die ganze Zeit in der Küche neben dem Eierkocher gelegen. Deswegen musstest du so lange auf eine Antwort warten. Ich gehöre nicht zu den Leuten, die ständig erreichbar sind. Beziehungsweise möchte ich es auch gar nicht sein“, erklärte er sich noch mal.

Ellen winkte ab. „Das macht ja nichts. Hat ja auch so geklappt.“

„Vermutlich ist das ein Grund, weswegen ich so gerne

hier arbeite. Fernab von Trubel und Geschäften, dafür umgeben von Natur, so weit das Auge reicht. Und oftmals eh ohne Handyempfang."

Ellen nickte wissend. „Mir hat mal jemand gesagt, ohne Handyempfang hat man hier Pause."

Tim lachte auf. „Das stimmt." Dann schloss er den Jeep auf und hielt Ausschau nach Ellens Tasche. Schließlich fand er sie im Fußraum hinter dem Beifahrersitz. „Kein Wunder, dass du sie vergessen hast. Auf den ersten Blick hätte ich sie gar nicht entdeckt", meinte er. Tim angelte nach der Schultertasche, zog sie zu sich, wobei sich durch eine ruckhafte Bewegung deren Inhalt auf dem Rücksitz verteilte, weil Ellen vergessen hatte den Reißverschluss zuzuziehen. „Mist!", fluchte Tim.

„Kein Problem. Mein Fehler", entgegnete Ellen und hob einen Stift auf.

„Hier. Bitte!" Merle übergab ihr den Schlüssel zu Martinas Haus, der ebenfalls aus der Tasche gefallen war. Sie sammelten Kugelschreiber, einen Lippenstift, lose Blätter, eine Geldbörse und einen Notizblock ein. Einige handschriftliche Aufzeichnungen fielen in den Schnee. Tim fluchte und angelte hektisch nach den Blättern, in der Hoffnung, sie mögen nicht durchgeweicht sein oder die Notizen verschmiert. Er wischte einige Zettel notdürftig an seinem Parka ab, um das Papier zu trocknen. Dabei fiel sein Blick auf die Notizen, die er zunächst für Stichworte gehalten hatte, die Ellen für den geplanten Artikel notiert hatte. Als er dann jedoch Annas und Merles Namen las, stutzte er. Was hatten die Namen seiner verstorbenen Frau und seiner Tochter mit dem Artikel zu tun?

Ellen hielt ihm eine Hand entgegen, um die Blätter entgegenzunehmen, doch Tim wehrte ab. Er setzte sich wortlos in den Jeep, machte die Autotür zu und fing an, Ellens Aufzeichnungen aufmerksam durchzulesen.

Ellen schluckte. Sie befürchtete, dass er die Notizen falsch interpretieren könnte. „Merle, wartest du hier kurz? Ich setze mich mal eben zum Papa ins Auto."

Das Mädchen nickte. „Ist gut. Da vorn liegt noch was, das aus der Tasche gefallen ist. Ich gucke, ob ich noch was finde."

Ellen öffnete die Tür zur Beifahrerseite und ließ sich auf den Sitz neben Tim sinken. „Du darfst das jetzt nicht falsch verstehen …", setzte sie an.

„Was gibt es da falsch zu verstehen? Das ist hier die Kurzfassung für einen Liebesroman, in dem du meine und Annas Geschichte ausschlachtest. Sogar den Zusatz „nach einer wahren Geschichte" hast du nicht vergessen. Und ich Idiot habe tatsächlich geglaubt, dass ich in dir jemand Besonderen gefunden habe. Dabei hast du mich von Anfang an hintergangen und für deine Zwecke missbraucht", schnaubte er aufgebracht.

„Aber so ist es doch gar nicht …", versuchte Ellen ihn hastig zu beschwichtigen.

„Ich Idiot", unterbrach er sie. „Dabei hätten bei mir

schon viel eher die Alarmglocken schrillen müssen. Schon an dem Abend, an dem du Merle zum Leuchtturm gebracht hast, weil meine Schwester nicht konnte. Ich erinnere mich an das Telefongespräch, in dem du erwähnt hattest, Details für ein Schreibprojekt zu sammeln. Zu dem Zeitpunkt habe ich mir allerdings noch nichts dabei gedacht, doch nun wird mir alles klar. Langsam kapiere ich es. Du hast mich eiskalt getäuscht und mir dein Interesse bloß vorgespielt, um an Einzelheiten meiner Geschichte zu kommen. Sehr clever!“ Er schaute sie mit einem eiskalten Gesichtsausdruck an, der Ellen erschreckte.

„Ich verstehe ja, dass du jetzt so was denkst, aber es ist in Wirklichkeit anders. Ich habe mich in dich verliebt. Diese Notizen habe ich doch davor gemacht. Es waren doch bloß inspirierende Ideen“, redete sich Ellen um Kopf und Kragen.

Tim blieb hart. „Du hattest von Anfang an bloß ein berufliches Interesse an mir. Vermutlich war es noch nicht einmal Zufall, dass du bei meiner Schwester das Gästezimmer bezogen hast.“

Ellen verschränkte die Arme vor der Brust. Ihr Herz schlug ihr vor Aufregung bis zum Hals. Sie hatte Angst, das Missverständnis zwischen ihr und Tim nicht klären zu können. „Das stimmt nicht“, widersprach sie ihm vehement. „Es hat sich einfach so ergeben. Woher sollte ich auch deine und Annas Geschichte gekannt haben?“

„Du bist doch Schriftstellerin“, entgegnete er zynisch.

„Und die meisten Autoren sind doch wahre Meister der Recherche, und Annas Geschichte ist damals groß durch die Presse gegangen. Wahrscheinlich hast du zufällig einen Zeitungsartikel über Annas Tod gelesen und bist deswegen gezielt nach St. Peter-Ording gereist, um an alle Einzelheiten der Tragödie zu kommen", sagte er schmerzerfüllt. Er sah sie fassungslos an und schüttelte abermals den Kopf. „Wie konntest du mir das nur antun, nachdem ich angefangen habe, dir zu vertrauen? Wie kannst du nur so gefühlskalt sein, aus der Tragödie meines Lebens Profit schlagen zu wollen?"

Er ließ die Seiten sinken, die er noch immer in den Händen hielt.

„Lass es mich dir doch erklären", unternahm Ellen einen neuen verzweifelten Versuch, die Situation zu retten.

„Lass gut sein. Ich weiß genug." Tim hielt ihr die Zettel mit den Aufzeichnungen hin. Dann stieg er ohne ein weiteres Wort aus dem Auto und wartete darauf, dass sie es ihm gleichtat, um kurz darauf mit seiner Tochter wieder zurück zum Leuchtturm zu gehen.

14. Kapitel

Als Ellen am nächsten Morgen aufwachte, war sie niedergeschlagen und fühlte sich gerädert. Sie hatte unruhig geschlafen und war von Albträumen geplagt worden. Tim hatte sie am Vortag einfach so stehen gelassen und sich auf keine weiteren Gespräche eingelassen. Für ihn schien klar zu sein, dass sie ihm etwas vorgespielt und ihn ausgenutzt hatte. Ellen fühlte sich schrecklich. Am liebsten wäre sie ihm gestern nachgelaufen, doch sie hatte sich wegen Merle zusammengerissen und war einfach wieder zurück nach St. Peter-Ording gefahren. Das Kind hatte schon genug Familiendrama für mindestens ein Leben mitgemacht. Ellen setzte sich auf und fuhr sich durch ihr verstrubbeltes Haar. Dann vergrub sie ihr Gesicht in beide Hände und versuchte, einen klaren Gedanken zu fassen. Nein, so konnte sie die Dinge nicht stehen lassen. Unmöglich. Sie musste unbedingt noch mal mit Tim sprechen. Er musste sie anhören und ihr wenigstens die Chance geben, sich zu erklären. Darum würde sie kämpfen. Nicht nur, um ihm die Wahrheit zu sagen, sondern auch, weil sie ihn wirklich liebte. Sie schaute auf ihr Handy, das sie auf das kleine Nachtischchen gelegt hatte, ob er ihr vielleicht eine SMS geschickt hatte. Natürlich hatte ihr Tim keine Nachricht geschrieben. Warum sollte er auch? Aber hoffen durfte man ja. Ellen seufzte laut, stand auf und zog sich an. Sie verließ ihr Zimmer und lief die Treppe hinunter.

„Moin, Ellen“, begrüßte sie Martina, die am gedeckten Frühstückstisch saß und für die Zwillinge Pausenbrote schmierte. „Kaffee und Tee sind schon fertig. Bedien dich einfach, du weißt ja, wo alles ist.“

„Guten Morgen“, sagte Ellen bemüht fröhlich, nahm sich eine Tasse aus dem Hängeschrank und goss sich Tee ein. Tims Schwester war zwar mittlerweile eine echte Freundin geworden, doch wollte sie die Ereignisse des Vortags vorerst für sich behalten. Nachher glaubte Martina noch Tims Version, und ihre Freundschaft wäre dahin, weil sie in Ellen eine Verräterin sah. „Sag mal, Martina, weißt du, wo Tim heute arbeitet?“, fragte sie stattdessen.

„Nee, das weiß ich nicht. Aber vermutlich irgendwo am Strand. Das wechselt ja täglich bei ihm.“

„Ah, okay. Verstehe. Dann werde ich ihn nachher mal anrufen und fragen, wo genau er ist.“ Ellen bemühte sich Martina gegenüber, sich nichts von dem Streit zwischen ihr und Tim anmerken zu lassen. Vielleicht ließe sich ja doch noch alles klären, hoffte sie. Als sie nach dem Frühstück probierte, ihn zu erreichen, musste sie feststellen, dass sein Handy ausgeschaltet war. Sie hinterließ ihm eine Nachricht auf der Mailbox, bat um ein Treffen und versuchte es schließlich auf der Festnetznummer der Station Wattenmeer. Dort erreichte sie Maike.

„Hallo Maike, hier ist Ellen. Ich würde gerne mit Tim sprechen. Ist er da?", fragte sie, wobei ihr Herz vor Aufregung stark klopfte.

„Nein, leider nicht. Tim zählt heute Vögel ganz im Norden vom Ordinger Strand", informierte sie Maike.

„Ah, okay." Ellen überlegte kurz, was sie nun tun sollte. Sie konnte jedenfalls die Ungewissheit nicht länger aushalten. Sie musste die Situation mit Tim klären. Ihn unbedingt davon überzeugen, dass sie ihn nicht ausgenutzt und er sich nicht in ihr getäuscht hatte. „Glaubst du, ich würde ihn beim Vogelzählen finden, wenn ich zum Ordinger Strand gehe?"

„Ich denke schon. So viele Leute sind ja momentan nicht unterwegs. Eigentlich dürftest du ihn nicht übersehen", sagte Maike.

„Ich danke dir."

„Da nicht für", antwortete Maike und legte auf.

Am Ordinger Strand herrschte gähnende Leere. Die wenigen Leute, die unterwegs waren, hielten sich vermutlich um diese Jahreszeit eher am Strand des Zentrums im Ortsteil Bad auf, wo Cafés und Restaurants zum Aufwärmen in unmittelbarer Nähe waren. Ellen blickte vom Deich herunter auf den Strandparkplatz, auf dem nur ein schwarzes Auto parkte: Tims Jeep. Ihr Herz begann sogleich vor Aufregung schneller zu schlagen. Tim konnte nicht weit sein. Sie lief die Zufahrt zum Parkplatz entlang und schaute sich dabei um. Als sie am Strand angekommen war, schlug sie die gleiche Richtung ein, die sie damals schon bei der Wattwanderung genommen hatten. Richtung Norden. Richtung Westerhever Leuchtturm.

Der Strand wirkte wie ausgestorben. Es kam ihr auch hier niemand entgegen. Die einzigen Lebewesen weit und breit waren unzählige Silbermöwen, die sich anscheinend auf dem Strandabschnitt verabredet hatten. Sie lief weiter und blickte sich nach allen Seiten um. Nach einiger Zeit wollte sie ihre Suche schon abbrechen, als sie Tim schließlich doch entdeckte. Er stand vor einer Düne. Ellen überlegte, ob sie ihn rufen und so auf sich aufmerksam machen sollte. Aber sie entschied sich dagegen, da sie nicht wusste, ob sie eventuell die Vögel durch ihre Rufe aufschrecken und damit die Ergebnisse der Rastvogelzählung beeinflussen würde. Darüber hinaus hatte sie Sorge, dass Tim machte, dass er wegkam, wenn er sie sah.

„Hallo“, sagte sie zaghaft, als sie ungefähr drei Meter von ihm entfernt war.

Tim schaute sich überrascht um. Er war ganz in die Zählerei vertieft gewesen und hatte nicht registriert, dass sich ihm jemand genähert hatte. Er schaute sie an, sagte aber nichts. Dann wandte er sich wortlos wieder ab und machte sich Notizen in seiner Kladde.

„Ich wollte noch mal mit dir reden“, begann Ellen das

Gespräch. Aber er reagierte nicht auf sie. „Dein Handy war aus, und deswegen habe ich in der Schutzstation angerufen. Maike hat mir gesagt, dass ich dich hier finden würde“, erklärte sie. „Das mit gestern ist wirklich bloß ein Missverständnis.“

Er drehte den Kopf zu ihr. „Oh ja. Das Missverständnis habe ich ja schwarz auf weiß lesen können.“ Sein Tonfall troff vor Zynismus.

Ellen schüttelte verzweifelt den Kopf. „Lass es mich doch wenigstens erklären.“

Tim schnaubte. „Was gibt es denn da noch zu erklären? Du hast doch von Anfang an nur mit mir und meinen Gefühlen gespielt“, warf er ihr vor.

„Aber das stimmt doch gar nicht. So war es nicht!“ Das konnte Tim doch unmöglich denken. Nicht nachdem, was in der Nacht im Leuchtturm zwischen ihnen passiert war. „Hältst du mich wirklich für so abgebrüht? Das ist doch … Blödsinn!“

„Blödsinn? Ich sag dir, was Blödsinn ist: dass ich mich überhaupt auf dich eingelassen habe und tatsächlich geglaubt habe, dass sich da was zwischen uns entwickeln könnte. Das war Blödsinn. Und jetzt lass mich in Ruhe. Ich muss arbeiten.“ Er machte noch eine Notiz, und dann ging er den Strand weiter nordwärts hoch und ließ Ellen einfach stehen. Mal wieder.

Sie blickte ihm unglücklich hinterher und spürte, wie ihr die Tränen in die Augen stiegen. Sie wusste nicht, was sie tun sollte. Traute er ihr wirklich zu, dass sie auf diese Weise mit seinen Gefühlen gespielt hatte? Dabei liebte sie ihn doch! Davon musste sie ihn überzeugen. Doch schien es im Moment aussichtslos zu sein, da Tim zu keinem Gespräch bereit war. Sie war völlig neben der Spur und genau so weit wie vor dem Gespräch.

In ihrer Ratlosigkeit lief sie den Strand entlang. Allerdings in die entgegengesetzte Richtung, südwärts. Als sie Handyempfang hatte, schickte sie vor lauter Verzweiflung ihrer Freundin Tine eine kurze Nachricht.

Hi Tine, mein Glück war scheinbar nur von kurzer Dauer. Irgendwie ist alles schiefgegangen. Erzähle ich dir morgen, ja? Wenn ich wieder in Hamburg bin. LG Ellen

Ellen marschierte weiter, der Wind blies ihr scharf ins Gesicht, und sie fuhr sich mit dem Handrücken über ihre Augen, um sich die Tränen wegzuwischen. Sie lief und lief, bis sie irgendwann den Böhler Leuchtturm auf dem Deich entdeckte.

Sie dachte an den Leuchtturmwärter. Vielleicht konnte er ihr noch einmal helfen. Er hatte ihr zuvor schon in einer verzweifelten Lage geholfen. Sie musste ihm einen Brief schreiben. Umgehend. Mit etwas Glück würde sie seine Antwort noch vor ihrer Abreise bekommen.

Ellen folgte dem Weg durch die schneebedeckten Salzwiesen bis zu einem Steg, der direkt auf den Deich führte. Ohne sich umzusehen, eilte sie mit schnellen Schritten auf die Büsche zu, hinter denen der Postkasten verborgen lag. Sie öffnete die Klappe und entnahm das Blatt Papier, das dort vermutlich schon seit einigen Tagen auf sie wartete. Ihre Hände zitterten leicht, als sie es entfaltete und die vertraute Schrift des Leuchtturmwärters erblickte.

Liebe Silbermöwe,
es freut mich ungemein, von deinen ersten Flügelschlägen durch böige Winde zu lesen. Sicherlich findest du nun schneller als gedacht den Weg zu deinem Heimathafen.

Ich wünsche dir von Herzen weiterhin den erforderlichen Mut, damit du allen kommenden Lebensstürmen trotzen kannst, und bin jetzt schon auf deine Antwort gespannt.
Der Leuchtturmwärter

Was sollte sie ihm darauf antworten? Morgen war Heiligabend. Sie würde zurück nach Hamburg fahren, um wie ursprünglich geplant, das Fest der Liebe mit ihren Eltern zu feiern. Das passte auch. Immerhin waren ihre Eltern die beiden Personen in ihrem Leben, auf die sie sich stets verlassen konnte und die sie wirklich liebten. Sie beschloss, dem Leuchtturmwärter noch einen letzten Brief zu schreiben, um ihn über ihre Abreise zu informieren. Es wäre nicht richtig gewesen, ohne einen letzten Brief einfach zurück nach Hamburg zu fahren.

Lieber Leuchtturmwärter,
noch ist der Sturm nicht vorüber. Es ist sogar ein weiterer Sturm aufgezogen, den ich nicht habe kommen sehen. Doch ich werde mich bemühen, ihn zu überstehen. Manchmal ist es besser, seine Route allein fortzusetzen. Manchmal muss man sich von seinen Vorstellungen lösen und bereit sein zu erkennen, dass das Leben einen anderen Weg für einen vorgesehen hat. Leider habe ich den Mann, den ich sehr liebe, durch ein großes Missverständnis verloren.

Dies ist mein letzter Brief an dich. Morgen Mittag fahre ich mit dem Zug zurück nach Hamburg.

Falls wir uns bis dahin nicht mehr lesen sollten, wünsche ich dir von Herzen fröhliche und gesegnete Weihnachten und danke dir für deine Briefe. Sie haben mich verändert. Viel mehr, als du dir wahrscheinlich vorstellen kannst.

Auf Wiedersehen und alles Liebe!
Die kleine Silbermöwe (Ellen Carstens)

Sie hatte einen Augenblick gezögert, doch dann ihren richtigen Namen hinzugefügt. Es erschien ihr wichtig, am Ende ihre Identität preiszugeben. Außerdem keimte in ihr die Hoffnung auf, dass der Briefeschreiber sich ebenfalls zu erkennen geben würde. Sie öffnete den Postkasten und legte ihren Antwortbrief hinein. Dann marschierte sie zurück zu Martinas Haus, um ihre Sachen für die Rückreise zu packen. Am Nachmittag wollte sie sich von Ayk Truels verabschieden und ihm schöne Weihnachten wünschen. Dem Buchhändler würde sie es zutrauen, dass er Heiligabend am Bahnhof erschien, wenn er denn der Leuchtturmwärter war. Sie wünschte sich, dass sie vor ihrer Abreise erfahren würde, wer ihr diese wundervollen Briefe geschrieben hatte. Am liebsten wäre es ihr natürlich, wenn Tim am Bahngleis auftauchen würde, damit sie das Missverständnis klären konnten und sich wieder versöhnten. Doch Happy Ends gab es wohl eher in Hollywood-Filmen mit Meg Ryan und Tom Hanks und nicht in der Realität auf dem Bahnhof in St. Peter-Ording.

Am nächsten Tag war Ellen schrecklich traurig. Der Abschied von Martina und ihrer Familie fiel ihr nicht leicht. Zuvor hatte sie sich schon von Ayk verabschiedet, der es sehr bedauert hatte, dass sie wieder nach Hamburg zurückfuhr, aber mit keinem Wort einen Hinweis auf seine Identität als Leuchtturmwärter gegeben hatte. Ellen hatte Martina ihre spontane Abreise mit Weihnachten begründet und dass sie die Feiertage mit ihren Eltern verbringen wollte. Ellen war sehr enttäuscht, dass Tim sich nicht mehr bei ihr gemeldet hatte und sie sich deswegen auch nicht von Merle verabschieden konnte. Merle hatte ihr über Martina ausrichten lassen, dass sie doch bleiben sollte, um am Nachmittag mit ihr und Martinas Familie zum Weihnachtsgottesdienst in die Kirche St. Peter zu gehen, wo sie und ihre Cousinen im Kinderchor sangen. Ellen fiel es schwer, dem Mädchen den Wunsch abzuschlagen, doch sie wusste, dass es richtig war, nicht hinzugehen.

Martina fuhr Ellen zum Bahnhof und nahm ihr das Versprechen ab, so bald wie möglich wieder zu Besuch bekommen. Die beiden Frauen nahmen sich zum Abschied in den Arm, und Ellen winkte Martinas Kombi hinterher, bis er um eine Ecke gebogen und verschwunden war. Nun stand sie mutterseelenallein am Bahnsteig des St. Peter-Ordinger Bahnhofs. Selbst der Taxistand war verwaist. Sie schien der einzige Fahrgast zu sein, der an diesem Tag den Küstenort verlassen wollte.

Als die Bahn pünktlich um zwölf Uhr einfuhr, schaute sie sich noch mal um. Aber außer ihr war niemand zu sehen. Kein Ayk und auch niemand anderes, der der Leuchtturmwärter hätte sein können.

15. Kapitel

„Ellen?“ Sie zuckte zusammen. Sie war so tief in Gedanken versunken gewesen, dass sie nicht mitbekommen hatte, dass sie nicht mehr allein auf dem Bahnsteig war. Sie schaute hoch und traute ihren Augen nicht. Vor ihr stand Tim.

„Du?“, fragte sie erstaunt.

„Ja, ich“, sagte er leise.

„Was machst du hier? Ich meine, woher weißt du, dass ich hier bin? Hat Martina dir gesagt, wann mein Zug fährt?“, sprudelte es aus ihr heraus.

„Nein. Martina hat mir nichts gesagt.“ Er setzte sich neben sie.

„Aber, wieso …?“, setzte Ellen zu einer neuen Frage an.

„Ich weiß jetzt, dass du nicht mit meinen Gefühlen gespielt hast“, sagte er. „Doch als mir die Notizen für dein Buch quasi vor die Füße gefallen sind, habe ich mich wahnsinnig hintergangen und getäuscht gefühlt.“

„Das diente einzig und allein als Inspirationsquelle für mich. Martina hat mir eure Geschichte erzählt. Und dann du selbst. Ich hätte nie etwas davon veröffentlicht, ohne dich vorher zu fragen“, erklärte Ellen ihm. „Es tut mir sehr leid, wenn du deswegen gedacht hast, ich würde dich hintergehen. Ich hätte eher mit dir darüber reden sollen."

„Ich hätte dich auch erst nach den Notizen fragen können, bevor ich eins und eins zusammengezählt habe", gab er zu. „Wann geht denn dein Zug? Solltest du nicht schon längst unterwegs sein?", fragte er mit einem Unterton, den Ellen nicht ganz deuten konnte.

„Ja, sollte ich. Aber ich habe es einfach nicht übers Herz gebracht, in die Bahn einzusteigen und St. Peter-Ording zu verlassen", sagte sie leise.

„Gut", erwiderte er ebenso leise und schaute auf seine Hände.

„Aber woher weißt du eigentlich, dass ich hier bin, wenn Martina dir nichts gesagt hat?", fragte Ellen noch einmal. Wenn überhaupt hätte sie eher mit dem Erscheinen des Leuchtturmwärters gerechnet. „Das verstehe ich nicht."

„Deswegen." Tim steckte seine Hand in die Tasche und zog ihren zerknitterten Brief heraus.

Ellen schaute ihn an und schüttelte fassungslos den Kopf. Sie hatte einen Kloß im Hals, und Tränen traten ihr in die Augen. „Aber …"

„Ich bin der Leuchtturmwärter", sagte er und wischte sanft mit beiden Händen ihre Tränen weg, die ihr über die Wangen liefen. „Nicht weinen."

„Ich habe mir so sehr gewünscht, dass du es bist", schluchzte sie überwältigt von ihren Gefühlen. „So sehr!"

Als Tim ihren Kopf in die Hände nahm und sie küsste, konnte Ellen ihr Glück kaum fassen. Tim war der Leuchtturmwärter. Und er war hier, um sie davon abzuhalten, zurück nach Hamburg zu fahren. Es war ein Happy End, das sich Hollywood nicht besser hätte ausdenken können!

Ellen blieb über Weihnachten in St. Peter-Ording und hatte wieder das Gästezimmer über dem Teeladen bezogen. Sie hatte zuallererst ihre Eltern darüber informieren müssen, dass sie nun doch nicht wie ausgemacht Weihnachten mit ihnen verbrachte.

„Ich hoffe, du hast nicht allzu viel Essen für mich vorbereitet“, sagte Ellen mit einem schlechten Gewissen zu ihrer Mutter am Telefon, die nicht allzu begeistert darüber war, Heiligabend auf ihre Tochter verzichten zu müssen.

„Selbstverständlich habe ich das. Was denkst du denn? Das mache ich doch immer“, entgegnete Ellens Mutter und verstärkte damit ihre Gewissensbisse.

„Tut mir total leid …“

„Mach dir über das Essen mal keine Gedanken. Das wird schon nicht verkommen. Ich habe nämlich Rita und Werner eingeladen“, sagte ihre Mutter. „Ihr Sohn kommt nämlich auch nicht wie geplant. Der ist lieber last minute nach Gran Canaria geflogen, um Weihnachten all inclusive zu haben und am Strand zu brutzeln. Also, für mich wäre das ja nichts.“

„Für mich auch nicht“, stimmte Ellen ihr zu. „Grüß

Papa von mir, und sag ihm, er soll nicht böse sein. Sobald ich wieder da bin, lade ich euch ganz chic zu eurem Lieblingsitaliener ein. Fröhliche Weihnachten für euch.“

Und an Tine schrieb sie:

Liebe Tine, es hat sich doch noch mal gedreht. Alles ist gut, und ich bleibe über die Feiertage in St. Peter-Ording und feiere mit dem Leuchtturmwärter Weihnachten. Mehr dazu, wenn ich wieder in Hamburg bin. Fröhliche Weihnachten! Ich habe dich lieb! Deine Ellen

Am Nachmittag besuchte Ellen mit Martinas Familie und Tim den Weihnachtsgottesdienst in der Kirche St. Peter, wo Merle und die Zwillinge ihren großen Auftritt mit dem Kinderchor hatten. Während Ellen den Kinderstimmen lauschte, schweiften ihre Gedanken ab. Sie ließ noch einmal Revue passieren, was seit ihrer Ankunft in St. Peter-Ording alles geschehen war. Sie dachte zurück an ihre erste Begegnung mit Martina, Ayk Truels, Merle und Tim, der neben ihr saß und voller Vaterstolz dem Gesang seiner Tochter lauschte. Dabei durchströmte sie ein Gefühl von Dankbarkeit und purem Glück. Sie sah nun in allem einen Sinn, ihre Enttäuschung über Laurits, der Anruf ihrer Lektorin, die ihr unerwartet vorgeschlagen hatte, einen Liebesroman zu schreiben, und die spontane Reise nach St. Peter-Ording, um ihre Mutter und Rita zu besuchen. Sie hätte nie im Traum damit gerechnet, dass sie so eine neue Liebe finden würde, die sich schon jetzt als etwas ganz Besonderes anfühlte.

Nach dem Gottesdienst fand bei Martina die traditionelle Weihnachtsfeier statt, bei der Tim zum ersten Mal seit Annas Tod wieder dabei war. Björn hatte sich mit dem Fünf-Gänge-Weihnachtsmenü selbst übertroffen, und Ellen hatte das Gefühl, jeden Moment zu platzen, nachdem sie den letzten Bissen vom Dessert gegessen hatte.

„Ich könnte jetzt ein bisschen Bewegung vertragen", sagte Tim zu ihr, dem es ähnlich zu gehen schien.

„Oh ja, ich auch", stimmte Ellen ihm zu.

„Geht ihr nur", sagte Martina. „Wir machen hier jetzt erst mal Klarschiff, und die Bescherung machen wir dann, wenn ihr wieder da seid."

Tim und Ellen zogen ihre Winterjacken an, als Merle im Flur auftauchte.

„Möchtest du mitkommen?", fragte Ellen das Mädchen.

„Nein." Sie schüttelte den Kopf und kaute auf ihrer Unterlippe. „Ich wollte fragen, ob sich mein Weihnachtswunsch erfüllt hat? Bleibst du bei uns?"

Ellen schaute zu Tim. Er lächelte sie zustimmend an. Dann beugte sie sich zu dem Mädchen runter und gab ihr einen Kuss auf die Wange. „Ja, dein Weihnachtswunsch hat sich erfüllt. Ich bleibe."

Ellen und Tim schlenderten Hand in Hand durch die verschneiten Straßen von St. Peter-Ording. Die Fenster der meisten Häuser waren hell erleuchtet. Hier und da roch es nach Kartoffeln, Rotkohl und Braten mit Soße. Man konnte im wahrsten Sinne des Wortes riechen, dass Weihnachten war.

„Wohin gehen wir eigentlich?", fragte Ellen, als Tim auf die Straße Zum Leuchtturm abbog.

Er antwortete ihr bloß mit einem geheimnisvollen Lächeln.

„Du willst doch nicht etwa jetzt an den Strand?", hakte sie nach.

„Das wirst du gleich sehen", antwortete er und führte sie weiter, bis sie den Deich und den Böhler Leuchtturm erreicht hatten.

Ellen blickte ihn fragend an. „Was hast du vor?"

„Erwartest du nicht noch was?", stellte er ihr eine Gegenfrage.

„Erwarten?", überlegte sie. „Nein. Was soll ich denn noch erwarten?"

„Eine Antwort vom Leuchtturmwärter eventuell?", schlug er vor.

Ellen lachte auf. „Ja, hättest du dich nicht als Leuchtturmwärter geoutet, dann hätte ich in jedem Fall im Postkasten nachgeschaut."

„Warum machst du es nicht trotzdem?"

Ellen musste lachen und ging rüber zu den Büschen, bog

die Zweige auseinander und öffnete die Klappe. In dem verwitterten Postkasten lag ein roter Umschlag. Ellen nahm ihn heraus. Auf der Vorderseite des Kuverts stand: *Für die kleine Silbermöwe*. Sie drehte sich mit einem Grinsen auf den Lippen zu Tim um.

„Du hast Post“, sagte er mit einem verschmitzten Lächeln.

„Sieht ganz so aus.“ Ellen tastete den Umschlag ab. „Es fühlt sich aber nicht nach einem Brief an. Da scheint irgendein Gegenstand drinzustecken.“

„Mach ihn doch mal auf“, forderte Tim sie auf.

Ellen öffnete den Umschlag und fischte einen Schlüssel heraus, an dem ein Miniatur-Anhänger des Westerhever Leuchtturms baumelte.

„Damit du immer einen Schlafplatz hast, wenn du in St. Peter-Ording bist“, erklärte Tim, bevor sie ihn fragen konnte, wofür der Schlüssel war, und zog sie an sich.

„Und ich dachte, das wäre der Schlüssel zum Herzen des Leuchtturmwärters“, sagte sie gespielt enttäuscht.

„Den Schlüssel hast du doch schon längst und dazu noch zu einem echten Friesenherzen“, antwortete er ihr und schaute ihr in die Augen. „Den Schlüssel hattest du von Anfang an.“

16. Kapitel

Kurz nach Weihnachten hatte Ellen beschlossen, das Exposé für ihren Liebesroman noch mal umzuschreiben, bevor sie es an den Verlag schickte. Sie wollte für das Buch nicht die Geschichte von Anna und Tim missbrauchen. Die Angelegenheit sollte in Frieden ruhen und nicht mit Gewalt an die Öffentlichkeit gezerrt werden. Stattdessen wollte sie eine neue Geschichte erzählen. Eine Geschichte zwischen einem Mann und einer Frau, die sich anfangs bloß Briefe geschrieben hatten, ohne einander zu kennen. Die romantische Liebesgeschichte nach einer wahren Begebenheit, zwischen der kleinen Silbermöwe und dem Leuchtturmwärter.

Das war nun über ein Jahr her. Mittlerweile war der Frühling wieder an der nordfriesischen Küste angekommen, und in den Salzwiesen tummelten sich Tausende Rastvögel. Ellen hatte sich freundschaftlich von Laurits getrennt und war irgendwann von Hamburg nach St. Peter-Ording gezogen, weil die ständige Pendelei zwischen Hamburg und dem Kurort auf die Dauer zu viel Zeit gekostet hatte. Außerdem wollte sie mit Tim nicht bloß eine Wochenendbeziehung führen, sondern auch den Alltag mit ihm erleben. Ihre einzige Bedingung war gewesen, dass sie sich eine neue gemeinsame Wohnung suchten. Die Einsamkeit am Westerhever Leuchtturm war am Wochenende zwar schön gewesen, aber nichts auf Dauer für sie. Deswegen hatten Tim und Ellen ein kleines Friesenhäuschen im Ortsteil Böhl, unweit des alten Leuchtturms, bezogen. Tim fuhr nun jeden Morgen mit dem Auto zur Arbeit zum Westerhever Leuchtturm, was ihm aber nichts ausmachte. Besonders Merle hatte sich über den Umzug in den Ort gefreut. Sie konnte nun zu Fuß zur Schule laufen und wohnte in unmittelbarer Nachbarschaft zu ihren Freundinnen – und sie hatte wieder eine richtige Familie.

„Ich komme“, rief Ellen, als es an der Tür klingelte. Sie warf sich eine Strickjacke über und öffnete. Draußen stand ein Fahrer eines Kurierdienstes. In der einen Hand hielt er ein Paket und in der anderen einen bunten Strauß Frühlingsblumen.

„Sind Sie Ellen Carstens?“, fragte er.

„Ja … sind die für mich?“, wunderte Ellen sich und zeigte auf den Blumenstrauß.

„Das Paket auch. Darf nur Ihnen persönlich übergeben werden.“ Er überreichte ihr die Blumen und den Karton. Ellen legte beides im Flur ab und unterschrieb die Zustellungsbestätigung. Mit einem Blick auf das Adressetikett sah sie, dass die Post vom Verlag kam. Sie trug das Paket und die Blumen in die Küche und legte beides auf den Küchentisch. Mit einem Messer schnitt sie in der Mitte des Kartons das Klebeband auf und hätte fast vor Freude aufgeschrien, denn in dem Paket waren die Belegexemplare ihres Liebesromans. *Der Brief des Leuchtturmwärters* prangte in großen Lettern auf dem Buchcover, das einen verwitterten Briefkasten neben einem alten Leuchtturm zeigte. Im Hintergrund konnte man das Meer erkennen. Im Nachhinein kam es ihr so vor, als hätte Frau Allekotte von Anfang an gewusst, dass sie ihre eigene Liebesgeschichte aufschreiben würde – und keine Geschichte, die sie sich ausgedacht hatte. Sie schlug das Buch auf, um die Widmung noch einmal zu lesen.

Für Tim.
Man verliebt sich nicht in jemanden, damit das Leben in geordneten Bahnen verläuft, sondern man verliebt sich in den einen Menschen, der es chaotisch und unvorhersehbar macht und es aus den Angeln hebt. In die Person, die dich fühlen lässt, dass du lebst und die dir das Gefühl gibt, dass im Leben alles möglich ist.

Ellen lächelte. Als sie die Blumen ins Wasser stellen wollte, entdeckte sie eine kleine Karte, die an der Folie klebte, in die die Blumen eingewickelt waren. Auf der Rückseite war eine Nachricht von ihrer Lektorin.

Liebe Frau Carstens,
herzlichen Glückwunsch zur Veröffentlichung Ihres ersten Liebesromans. Wir haben uns alle sofort in die Geschichte der kleinen Silbermöwe und des Leuchtturmwärters verliebt. Beim Lesen kommt es einem vor, als würden die Personen tatsächlich existieren und als hätten Sie die Geschichte hautnah miterlebt.

Nochmals meinen herzlichsten Glückwunsch für Der Brief des Leuchtturmwärters.
Liebe Grüße an die Küste
Ihre Isabel Allekotte

Ellen drehte mit einem Lächeln auf den Lippen die Karte um und betrachtete das abgebildete Motiv, das einen wunderschönen Strand zeigte. Zwischen dem Meer und dem Horizont stand in geschwungenen Buchstaben:

Great things happen at the sea.

– ENDE –

Dank

Es war 1997, an Pfingsten, als ich das erste Mal mit meiner Freundin Simone nach St. Peter-Ording fuhr. Zu diesem Zeitpunkt ahnte ich noch nicht, dass dieser Ort mal so eine wichtige Rolle in meinem Leben spielen würde.

Dies ist nun schon mein dritter St. Peter-Ording-Roman. Und das Buch wäre vermutlich ohne das grandiose Team von HarperCollins Germany nie entstanden.

Danke an meine Entdeckerin, die Redakteurin (an deren Name ich mich leider nicht mehr erinnern kann – verflixt!), die damals zufällig meine *Strandperlen* aus dem Stapel eingesandter Manuskripte gefischt hat und mit den Worten „Das hier ist was!“ den Startschuss für die Veröffentlichungen meiner St. Peter-Ording-Romane gegeben hat. Ich hoffe, Sie können sich noch daran erinnern und wissen, dass Sie gemeint sind!

Ebenfalls danken möchte ich den Lektorinnen Laura Oehlke und Friderike Baum sowie Anne Tente, ohne deren kluge Hinweise dieses Buch nicht zu dem geworden wäre, was es nun ist.

Ein großes Danke geht auch wieder an Julius Arens, der sich unter anderem unermüdlich um die virale Verbreitung meiner Bücher im Internet kümmert und einen grandiosen Job macht!

Vielen Dank an Jasmin Strauß, die bei HarperCollins Germany die Presse- und Öffentlichkeitsarbeit verantwortet. Danke, liebe Jasmin, für dein Engagement bei der Pressearbeit und der Organisation meiner Lesereisen. Die Welt ist ein Dorf, und alle Wege führen, wenn schon nicht immer nach St. Peter-Ording, dann aber wenigstens nach Gelsenkirchen. ;-)

Ein superdickes Dankeschön geht an meine Agentin Anja Koeseling, die von Anfang an an mich und meine St. Peter-Ording-Romane geglaubt hat.

Ich schicke ein fröhliches Moin, Moin direkt an die nordfriesische Küste, nach St. Peter-Ording. Ich freue mich riesig darüber, dass das nordfriesische Bad mich und meine Bücher „adoptiert“ hat und mir die Möglichkeit gibt, aus meinen Geschichten direkt vor Ort zu lesen. Danke für diese Gelegenheiten an die Teams vom Beach Motel und der Bücherei und Mediothek der Gemeinde St. Peter-Ording.

Ebenfalls danken möchte ich Wolfgang Kiene, dem Betreiber der I-love-Sankt-Peter-Ording-Gruppe auf Facebook, sowie deren Mitgliedern. Ich freue mich riesig darüber, dass ihr mich mit meinen Büchern von Anfang an so nett bei euch aufgenommen habt. Vielen Dank für eure Unterstützung und eure Begeisterung für meine Geschichten!

Ein großes Dankeschön geht auch an meinen ehemaligen Schulkollegen Fabio Santin nach Xanten. Im Eis-Café Santin durfte ich 2015 das erste Mal aus den *Strandperlen* vorlesen. Danke, dass du das Ladenmotto „Ihr ganz persönliches Italien!“ für meine Lesungen immer in „Willkommen am schönsten Strand der Welt in St. Peter-Ording“ umwandelst. Ich freue mich schon auf die nächsten Lesungen bei dir!

Zwei große Dankeschöns gehen an meine lieben Autorenkolleginnen Alice Pantermüller und Kerstin Gier, die mich immer zum Weitermachen motiviert haben und mich nie ans Aufgeben haben denken lassen. Danke euch beiden! Ihr seid echt toll!

Darüber hinaus möchte ich mich bei Martina für die Inspiration zu der Buch-Martina und ihren Töchtern bedanken sowie für das köstliche Neujahrskuchen-Rezept! Ich hoffe, es gibt im Dezember wieder welche bei dir und ich kann dann zum Adventstee ins ostfriesische Leer vorbeikommen. Danke, dass ich dich immer so spät anrufen darf und du mich jedes Mal fragst, wie viele Seiten ich denn schon geschrieben habe.

Übrigens: Martinas Tee gibt es tatsächlich. Er ist käuflich bei www.teewicht.de zu erwerben. Danke, lieber Alexander Fiedler, für die Kreation der *St. Peter Winterbrise*, dem Tee zum Buch. Er schmeckt einfach köstlich und hat mich bei manchen nächtlichen Schreibstunden wachgehalten und gewärmt. Ich freue mich schon auf weitere

Teekreationen von dir. Deine Tees schmecken einfach am besten!

Danke, Kerstin, dass ich seit so vielen Jahren immer auf dich zählen kann! Dieses Mal kommst du zwar nicht im Buch vor, aber dafür ein Kater namens Paul.

Einen sonnigen Gruß schicke ich zu Christiane nach Gran Canaria, die meine St. Peter-Ording-Romane stets unter der spanischen Sonne liest und sich so ein bisschen Nordsee-Feeling an den Atlantik holt.

Bedanken möchte ich mich auch mal wieder bei meinen Eltern. Ihr seid die Besten!

Last but not least geht der größte und wichtigste Dank aber an euch, die ihr das gerade lest. Ohne euch und eure Begeisterung für meine Geschichten, hätten meine St. Peter-Ording-Romane nie das Licht der Welt erblickt und würden vermutlich auf irgendwelchen Festplatten schlummern. Ihr seid der Grund, warum ich diese Bücher schreibe. Ohne euch wäre mein Traum, über den wahrscheinlich schönsten Ort an der Küste Deutschlands zu schreiben, nie wahr geworden! Danke, danke, danke! Ich werde weiter schreiben, solange es Leser wie euch gibt!

Bevor ich es vergesse: Auf der nächsten Buchseite findet ihr übrigens das Rezept für Martinas Neujahrskuchen. Zum Nachbacken. Zum Genießen. Zum Nebenbeiessen beim Lesen.

Ich wünsche euch allen gemütliche Lesestunden mit Tee

und Neujahrskuchen, fröhliche Weihnachten und ein gesegnetes neues Jahr!

Wir sehen uns. Irgendwo. Aber ganz bestimmt am schönsten Strand der Welt – in St. Peter-Ording!

Tanja Janz

im Juni 2016

Martinas Neujahrskuchen

Zutaten: (für ca. 60 Neujahrsröllchen in einem Waffelhörnchenautomat)

500 g Mehl
250 g Butter
2–3 Eier
375 g Kandis
2 Päckchen Vanillezucker
1 Vanillestange
1 Päckchen Kardamom
1 Päckchen Anissamen
1–1,5 Liter Wasser

Zubereitung:

Zuerst das Wasser mit dem Kandis und der Vanillestange aufkochen und danach abkühlen lassen.

Aus den übrigen Zutaten und dem Zuckerwasser wird ein weicher Teig zubereitet, der leicht vom Löffel fließt.

Dann wird das Hörncheneisen erhitzt und mit einer Speckschwarte ausgerieben.

Pro Waffel nun einen Löffel Teig in das Eisen geben.

Sobald der Dampf entweicht, ist die Waffel fertig.

Bevor sie abgekühlt und hart ist, schnell mit einem Kochlöffel aufrollen.

Fertig.

Vanillesahne (zum Füllen der Neujahrskuchen)

300 g Sahne
1 Vanilleschote
1 EL Zucker

Zubereitung:

Zuerst die Vanilleschote längs halbieren und dann das Mark mit dem Messerrücken herauskratzen. Die Sahne und das Vanillemark steif schlagen und dabei einen Esslöffel Zucker dazugeben. Danach die Sahne in einen Spritzbeutel mit Sternaufsatz geben und kurz vor dem Verzehr der Neujahrskuchen mit der Vanillesahne füllen.

Martina und ich wünschen euch einen guten Appetit!

Informationen zu unserem Verlagsprogramm, Anmeldung zum Newsletter und vieles mehr finden Sie unter:

www.harpercollins.de

DIESER TITEL
IST AUCH ALS HÖRBUCH ERHÄLTLICH!

Tanja Janz - Friesenherzen und Winterzauber
Lesung | Liebesroman | 4 CDs
ca. 300 min
bearbeitete Fassung
€ 14,90 [D] |
€ 16,80 [A] | sFr 20,90
ISBN 978-3-96108-007-6

Lesen Sie auch von Tanja Janz:

Band-Nr. 25930
9,99 € (D)
ISBN: 978-3-95649-568-7
304 Seiten
Auch als eBook erhältlich!

Tanja Janz
Krabbe mit Rettungsring

War es wirkliche eine gute Idee, an einer Abnehm-Show teilzunehmen? Das fragt sich Mittdreißigerin Nina, als sie in Seenot im kalten Wasser vor St. Peter-Ording treibt. Und das nur, weil ihre blöde Weight Fight-Kollegin Silke mit den Katzenfoto-Shirts ihre Surfkünste maßlos überschätzt hat. Können Nina und ihr Team nun noch gewinnen? Und warum muss ausgerechnet Rettungsschwimmer Veit sie aus dem Meer fischen, der die Abnehmer abschätzig „Krabben mit Rettungsring“ nennt? Ja, sie sind alle füllig und sie haben vielleicht zu lange in der Sonne gebrutzelt. Aber sie wird es ihm und allen anderen zeigen - zusammen mit Silke, Paul und Edwin, der besten Abnehmtruppe der Welt.